Paco Ignacio Taibo II

EINE LEICHTE SACHE

Kriminalroman

Aus dem Spanischen übersetzt
von Gerhard Baumrucker

Edition Nautilus

Editorische Notiz: Paco Ignacio Taibo II, 1949 in Gijon (Spanien) geboren, lebt als Schriftsteller, Journalist und Historiker in Mexiko. Begründer des neuen lateinamerikanischen Kriminalromans. Seine mehr als 20 veröffentlichten Bücher wurden in 21 Sprachen übersetzt.
Die Originalausgabe erschien 1977 unter dem Titel »Cosa facil«, Neuauflage 1998 bei Editorial Planeta Mexicana, México, D.F. Die Rechte an der deutschsprachigen Übersetzung von G. Baumrucker, 1981, liegen beim W. Goldmann Verlag, München.
Bei Edition Nautilus sind von Taibo II erschienen: *Auf Durchreise / Roman* (1997), *CHE. Die Biographie des Ernesto Guevara* (1997) sowie *Olga Forever / Krimi in zwei Fällen* (1998).
Umschlaggestaltung: Maja Bechert

Edition Nautilus Verlag Lutz Schulenburg
Am Brink 10 · D-21029 Hamburg

1. Auflage 1999 · ISBN: 3-89401-336-2
Printed in Germany

Für die verbleibenden Mitglieder des *Full:*
Toño Garst *El Biznagra,* Toño Vera *El Cérebro,*
Paco Abardía *El Quinto* und Paco Pérez Arce *El Ceja;*
eingedenk jenes Nachmittags, als wir,
statt Lenin zu studieren, lieber Volleyball spielten.

In diesem Leben
          ist Sterben leicht.
Das Leben leben
          ist äußerst schwer.
               MAJAKOWSKI

Kapitel 1

Die einzige Hoffnung liegt in der Aktion. Sartre

»Noch mal dasselbe, Chef«, sagte Hector Belascoarán Shayne.

Er hatte sich an die Theke vorgearbeitet und stand seit einer halben Stunde mit aufgestützten Ellbogen da. Den Blick ins Ungefähre gerichtet, hatte er die Zeit verstreichen lassen und seinen Gedankengang nur durch kurze Bestellungen beim Wirt unterbrochen. *El Faro del Fin del Mundo*, der ›Leuchtturm am Ende der Welt‹, eine Bilderbuchkneipe, befand sich im alten Kern der stolzen Stadt Azcapotzalco, ehemals ›ganz weit draußen‹ gelegen, heute auch nur ein Industrievorort mit ein paar malerischen Landsitzresten, Familiengrüften, Dorfkirchen und einer monströsen Raffinerie, technisches Glanzstück der fünfziger Jahre.

Er leerte das Glas Cola mit Zitrone und bekam ein neues hingestellt. Den Rum hatte er auf den mit Sägespänen bestreuten Boden der Kneipe geschüttet und der Cola statt dessen einen Spritzer Zitronensaft beigefügt. Diese jugendfreie Version von *Cuba Libre* war das einzige, was er seit einer halben Stunde zu sich nahm; auf diese Weise brauchte er sich nicht nachsagen zu lassen, er trinke in einer Kneipe keinen Alkohol. Außerdem machte ihm das Täuschungsmanöver Spaß.

Um ihn herum besoff sich eine Volksmusikkapelle hoffnungslos mit Mezcal und Tequila. Die Leute hatten ein Engagement gesucht, aber keines gefunden, und feierten ihr Mißgeschick. Zwischen den einzelnen Runden und Runden und Runden spielten sie die alten Lieder, scheppernd auf asthmatischen Posaunen und Trompeten, die wie verrostetes Blech klangen.

Der Lärm schwoll immer mehr an.

Er bestellte noch einen *Cuba Libre* und wiederholte das Spielchen mit dem Ausgießen des Rums. Macht insgesamt sieben, rechnete er nach. Er wußte nicht genau, ob er die Kneipe im Zustand des Verdurstens betreten hatte, oder ob er einfach am Besäufnis der Musiker teilhaben wollte. Jedenfalls verfehlten seine fiktiven *Cuba Libres* in dieser Atmosphäre nicht ihre psychologische Wirkung.

»Don Belascoarán?« ließ sich eine heisere Stimme inmitten des Getöses vernehmen.

Er nahm das Glas von der Theke und folgte dem Mann durch das Gewimmel der sternhagelvollen Musiker, Dirnen und Raffineriearbeiter am Beginn ihres Samstagsrabatzes. Sie gelangten zu dem freien Einzeltisch im Hintergrund des Lokals, den es in jeder Kneipe gibt und der immer nur darauf zu warten scheint, daß Pedro Infante, der Publikumsliebling, sich in schmucker Charrotracht an ihm niederläßt. Hectors neuer Bekannter ließ sich auf einen Stuhl fallen und wartete, bis Hector seinem Beispiel folgte, dann nahm er seinen Texashut ab.

»Ich habe einen Auftrag für Sie.« Er mochte um die Fünfzig oder darüber sein; auf der braungebrannten Stirn eine vier bis fünf Zentimeter lange Narbe; fester Blick; graue Augen in einem gutgeschnittenen Gesicht mit harten Zügen.

Hector nickte.

»Aber zuerst muß ich Ihnen eine Geschichte erzählen. Eine Geschichte aus der Geschichte Mexikos. Sie fängt da an, wo die Schulbücher aufhören, nämlich auf der Hacienda Chinameca, mit dem Leichnam des Revolutionshelden Emiliano Zapata, von Fliegen fast aufgefressen ... Mit einem Leichnam, den man für denjenigen von Don Emiliano *gehalten hat.*«

Er machte eine Pause und stürzte den Tequila hinunter.

»Aber Emiliano war gar nicht auf der Hacienda; er hat seine Feinde gekannt und ihnen nicht über den Weg getraut. Deshalb hatte er einen Gefährten hingeschickt, der ihn immerzu gedrängt hatte, hinzugehen. Und der hat dann im Kugelhagel dran glauben müssen. Emiliano hat sich versteckt und zugesehen, wie die Revolution verplätschert ist ... Heutzutage hätte er das nicht getan, aber damals war seine Zuversicht ausgebrannt. Er hatte keinen Glauben mehr, wollte nicht mehr weitermachen. Deshalb hat er sich versteckt. 1926 hat er einen jungen Mann aus Nicaragua kennengelernt. In Tampico. Da haben sie beide gearbeitet, bei der *Huasteca Petroleum Company.* Emiliano war ein schweigsamer Mann. Die Sprache hatte ihn verlassen; nach der Revolution war ihm die Lust am Reden vergangen. Er war damals schon siebenundvierzig; erst achtundzwanzig war der Junge aus Nicaragua mit Namen Sandino. In Nicaragua haben sie dann gemeinsam gegen die Gringos gekämpft ... Gar nicht übel. Denen haben sie ganz schön zugesetzt, eine ganze Reihe von Jahren. Wenn Sie genau hinschauen, können Sie ihn auch auf ein paar Fotos erkennen, den etwas gealterten Don Emiliano, immer hübsch in der Ecke, immer hübsch unauffällig, als wäre er gar nicht da ... Aber wenn's um die Wurst ging, war er sehr wohl da, in vorderster Linie. Sachverständiger für Revolution, sozusagen, und was er von Mexiko her schon wußte, hat er um seine Erfahrungen bei den Sandinistas in Nicaragua ergänzt. Aber dann war auch in Nicaragua Schluß, und Sandino wurde getötet. Übriggeblieben sind nur die Fotos, historische Schnappschüsse ... Dann ist Emiliano nach Mexiko zurückgekehrt und hat sich in einer Höhle verborgen, wo er an Hunger sterben wollte, allein. Aber die Leute haben ihm zu essen gebracht, und so hat er überlebt. Als dann Rubén Jaramillo seinen Aufstand gemacht hat, war Don Emiliano sein Berater. Sie haben sich in der Höhle getroffen und stundenlang geredet ... Dann wurde Jaramillo erschossen. Don Emiliano hat das Grab besucht und sich wieder in seiner Höhle verkrochen. Und da lebt er noch immer. Ja. Da lebt er.«

Mit einemmal durchdrang der Lärm wieder die Haube der Stille, unter der Belascoarán und der Mann mit der Narbe gesessen hatten. Die Kapelle, um drei Mitglieder verringert, die ihren Rausch unterm Tisch ausschliefen, legte mit einem rührseligen Bolero los, bei dem sich die kümmerlichen Blasinstrumente voll verausgabten. Und je länger die Musik spielte, desto ernster wurden die Mienen, desto ergriffener wurde das Publikum, zu dieser Zeit etwa anderthalb Dutzend Stammgäste, zum allergrößten Teil Arbeiter aus der kleinen Gießerei gleich nebenan. Sogar die Dominospieler knallten die Steine nicht mehr hin, sondern schoben sie sacht über den Marmor.

»Was wollen Sie von mir?« fragte Belascoarán Shayne, von Beruf Privatdetektiv, Sohn einer Stadt, in der Zapata nie über die Hohlheit von Denkmälern, nie über das kalte Metall von Standbildern hinausgelangt war. Einer Stadt, in der die Sonne des Bundesstaates Morelos nie den Septemberregen zu überstrahlen vermochte. »Was wollen Sie von mir?« fragte Belascoarán, vom Wunsch beseelt, alles zu glauben, diesen Zapata zu sehen, wie er mit seinen jetzt siebenundneunzig Jahren auf einem Schimmel über den Periférico, die neue Durchgangsstraße, in die Stadt einritt und den Wind mit Gewehrkugeln vorantrieb.

»Was wollen Sie von mir?« fragte er noch einmal.

»Sie sollen ihn finden«, sagte der Mann mit der Narbe, zog einen Lederbeutel hervor und legte ihn bedächtig auf den Tisch.

Hector erahnte Goldmünzen, alte Dublonen, Silber aus der Kaiserzeit. Er griff nicht nach dem Beutel, vermied es, ihn anzusehen. Von der Geschichte fasziniert, versuchte er, sie als Hirngespinst abzutun. Eines von seinen vielen mexikanischen Hirngespinsten.

»Angenommen, alles, was Sie mir da erzählt haben, ist nicht wahr.«

»Dann überzeugen Sie mich. Bringen Sie Beweise«, entgegnete der Mann mit der Narbe und stand vom Tisch auf. Er trank, schon stehend, den Tequila aus und wandte sich zum Eingang.

»Moment, warten Sie!« rief Hector der Schwingtür zu, die weiterpendelte. Die Kapelle war mit dem Bolero fertig, die Musiker drängten an die Theke.

Hector nahm den Beutel, steckte ihn in die Innentasche seines Mantels und trat auf die Straße. Ein Platzregen, daß man keine fünf Meter weit sehen konnte, schlug ihm ins Gesicht, durchnäßte ihn bis auf die Haut, füllte ihm die Augen mit Wasser.

»Heiliger Strohsack«, murmelte er. »Don Emiliano finden!«

Das Prasseln des Regens übertönte den Lärm des ›Leuchtturms am Ende der Welt‹. Hector marschierte los, um die Pfützen herum, wich den Abflußrohren der Dachrinnen aus, floh und lachte, wie er so vor dem Unwetter davonlief.

Im Kopf trug er die Sonne von Morelos mit sich, die Sonne Zapatas.

Das Taxi hielt vor dem Bestattungsunternehmen. Gelbliches Neonlicht erhellte die Straße und schuf eine leuchtende Nische, eingenommen von der *Agencia Herrera.* Das Unwetter hatte in diesem Teil der Stadt nachgelassen, nur seine Spuren glänzten noch als Pfützen voller Reflexe. Zwei Männer gingen gerade weg, als Hector eintrat, und er versuchte, aus dem Gemurmel, das die beiden Alten wie einen Schweif hinter sich herzogen, ein paar deutliche Wörter herauszuhören. Auf dem Hof zwei Leichenwagen und das Lieferauto einer Blumenhandlung, von dem Kränze abgeladen wurden.

»Saal drei?« erkundigte er sich bei der Empfangsdame.

Er folgte einigen auf Metallständern angebrachten Pfeilen. Gelangte schließlich in einen von gelblichem Licht erfüllten Saal, wo ein metallisch grauer Sarg auf einem großen Marmorkatafalk den Raum beherrschte, wenngleich nicht so ganz, denn die Anwesenden hatten sich bereits an jene Abwesenheit gewöhnt, die er repräsentierte, und das Leben ging ringsherum weiter.

Mit einem Blick erfaßte er die Örtlichkeit. In der gegenüberliegenden Ecke tuschelten einige schwarzgekleidete Tanten. Hectors Schwester Elisa stand, mit dem Rücken zum Sarg, allein vor einem Fenster, durch das die Nacht hereinkam, und beobachtete, wie die letzten Regentropfen am Glas herabglitten. Carlos, sein Bruder, saß reglos neben dem Eingang, den Kopf zwischen den Händen; zwei Stühle weiter die Zofe und der Gärtner aus dem Haus in Coyoacán, beide in tiefstem Schwarz. Vor dem Sarg wisperte der Familienanwalt mit dem Vertreter der Bestattungsfirma.

Inmitten des Schweigens schritt Hector zur Aufbahrungsstätte, widmete seiner Mutter einen letzten Blick. Das Antlitz gelöst, friedlich, wie kaum jemals während der letzten Jahre; das graue Haar im Nacken zusammengefaßt; eine spanische Mantilla, Erinnerung an schlimme Zeiten, Geschenk seines Vaters, bedeckte den Kopf.

»Adieu, Mama«, murmelte er.

Und was nun? Um seine Mutter pflegt man zu weinen. Man erinnert sich an die Augenblicke der Nähe, an die Liebe. Man erforscht sein Gedächtnis unwillkürlich nach den Tagen der Kindheit. Die Knabenspiele – durchlebt man sie aufs neue? Beschönigt man die unguten Momente, die Zusammenstöße, die Verweise, die enorme Distanz der letzten Jahre?

Weint man? Weint man, und sei's auch nur ein bißchen? Werden die Gefühle durcheinandergerüttelt, bis die Tränen fließen?

Oder sagt man lieber adieu, dreht sich um und geht?

Das tat er.

Im Hof, während er dem Entladen der Blumen zusah und sich eine Zigarette anzündete, vergoß er dann doch ein paar Tränen.

Elisa, seine Schwester, kam auf ihn zu und nahm ihn beim Arm. So verharrten sie schweigend, ohne einander anzusehen, starrten vor sich hin. Dann setzten sie sich auf die Stufen, die vom Saal II zum Innenhof des Bestattungsunternehmens führten. Es regnete nicht mehr.

»Dieser blöde Rechtsanwalt möchte uns morgen abend um sechs in seinem Büro sehen, uns drei Geschwister«, sagte Carlos, der auf die beiden zutrat und sich gleichfalls eine Zigarette anzündete. »War's bei Papas Tod genauso?« fragte er dann, nach einer Pause.

»Erinnerst du dich nicht?« fragte Elisa zurück.

»Was denn, ich war damals höchstens sechs, oder?«

»So ungefähr«, sagte Hector. »Es war schlimmer, viel schlimmer. Er hat uns viel nähergestanden, und wir waren noch klein. Es war anders.«

»Jetzt ist der Tod anders«, meinte Elisa.

Hector spürte, wie ihre Hand sich fester um seinen Arm schloß.

Adieu, Mama, dachte er. Keine Angst mehr vor der enteilenden Zeit, keine einsamen Nächte mehr im riesigen, leeren Haus deines Mannes, keine Sehnsucht mehr nach den Liedern, keine wehmütig betrachteten Fotos von damals mehr, als du für die Internationalen Brigaden in Spanien gesungen hast, als du in New York die Volksweisen deiner irischen Heimat gesungen hast, keine Augen im Spiegel mehr, die das graue Haar anstarren, das einmal leuchtend rot gewesen war. Keine unbegreiflichen Kinder auf Abwegen mehr. Das Leben ist ausgespielt, und es war deins. Es hat sich gelohnt.

Hatte es sich gelohnt?

»Scheiße, der Tod. Scheiße, daß Menschen so sterben müssen«, sagte er.

Er ließ sich aufs ungemachte Bett fallen. Ungemacht noch von gestern und von vorgestern, ungemacht auch gleich für morgen und weitere Tage, bis der Ekel ihm die kleine Pflicht auferlegen würde, es herzurichten, Tuch auf Tuch zu schichten, gegen die Falten anzugehen, die längst unglättbar gewordenen, das Kissen zu schlagen, bis sich die Felsbrocken darin auflösten, die auf unerklärliche Weise hineingelangt waren, den Staub der Ewigkeit von der handgewebten Decke aus Oaxaca zu schütteln, dem einzigen Luxus, den er sich gönnte, dem einzigen Zugeständnis an Wohnlichkeit in diesem kleinen Zimmer mit den leeren Wänden und kahlen Möbeln.

Er legte die Hände an die Schläfen und rieb sich mit den Fingerspitzen den schmerzenden Kopf. Er stand auf, schwankte, als kämpften in seinem Gehirn widersprüchliche Ideen miteinander, torkelte in die Ecke, wo der Regenmantel lag, achtlos hingeworfen. Mach, was du willst, er wird immer wie ein Wischlappen aussehen, dachte er beim Anblick des unersetzlichen, liebvertrauten Stücks und zog aus der Innentasche den zerknitterten Briefumschlag, der ihn den ganzen Tag über begleitet und bei all den Fußmärschen, Regengüssen und geschwisterlichen Umarmungen noch ein paar zusätzliche Knitterfalten abgekriegt hatte. Er betrachtete aufmerksam das Kuvert. Die regelmäßige, geschwungene Schrift der Büroadresse; die italienischen Briefmarken, sepiabraun, mit der Ruine des Kolosseums. Das modernistische Design der etwas größeren Eilzustellungsmarke sprach von Dringlichkeit in letzter Minute, von dem Wunsch, der Brief möge ohne Verzug weitergereicht werden.

Er wog ihn in der Hand, öffnete ihn langsam und ließ sich wieder aufs Bett fallen.

›Zunächst einmal hoffe ich, Dir erklären zu können, was ich hier mache, aber schon bei der ersten Zeile weiß ich: nie, nie, nie, nie, nie werde ich etwas erklären können. Als gäbe es etwas zu erklären! Ich bin jetzt überzeugt, daß eine Flucht nirgendwo aufhört, sondern immer nur irgendwo anfängt. Wovor läufst Du davon? Wovor laufe ich davon? Wenn jemand wie ich vor sich selbst davonläuft, gibt es keine Zuflucht, keinen sicheren Ort, kein Versteck. Im Spiegel erblickt man immer nur die Person, vor der man flieht; sie bleibt.

Du wirst Dich fragen, was ich so treibe, wie ich meine Stunden verbringe. Ich kann's Dir beim besten Willen nicht sagen. Ab und zu ein Eindruck, ein Mensch, ein Glas Chianti, Kalbsbraten mit roten Paprikaschoten, ein Blick aufs Meer – all das hinterläßt so etwas wie eine Spur in mir. Ansonsten bin ich außerstande, meine Stunden nachzuzählen. So sehr gleichen sie einander, so sehr unterscheiden sie sich, so gänzlich sinnlos sind sie. Sie vergehen, enteilen. Fallen dem Feind in die Hände.

Ich schlafe viel. Ich schlafe allein. Fast immer.

Scheiße, das mußte heraus.

Ich renne herum wie eine Verrückte. Verrückt. Muß wohl so sein.

Ich liebe Dich, liebedichliebedichliebedich.

Noch immer auf der Jagd nach Würgern?

Wie heißt es doch unter jener Statue des Freiheitshelden Juan José *El Pípila* Martínez in Guanajuato? *Es gilt noch viele Kornspeicher anzuzünden.* Oder?

Schick mir den Wortlaut, den genauen, womöglich mit einem Foto von *El Pípila.*

Schick mir einen Plan von Mexiko-Stadt. Markiere die Straßen, wo wir gemeinsam gegangen sind, die Parks, die Autobuslinien. Schick mir einen Busfahrschein und ein Foto von meinem Rennwagen. Und ein Foto von Dir, aufgenommen in der Calle San Juan de Letrán, so um fünf Uhr am Nachmittag, wie Du herumgehst, wie das Bild von damals.

Bald werde ich es satt haben, vor mir davonzulaufen, dann sehen wir uns wieder.

Sag mir, ob Du auf mich wartest.

Wartest Du auf mich? ICH‹

Er las den Brief noch einmal, von vorn bis hinten, Zeile für Zeile. Dann erst griff er nach dem beigelegten Foto, dem italienischen Busfahrschein, dem Stadtplan von Venedig, dem Zeitungsausschnitt, dem Kußabdruck mit Lippenstift auf einer Serviette.

Zurück zu der Fotografie: ein einsames Mädchen in einer einsamen Straße. Ein Obstverkäufer im Hintergrund als menschlicher Anhaltspunkt. Sie trug Schwarz, ein langes Kleid, hochgeschlossen, weiter Rock, darunter hervorlugend schwarze Schuhe mit bunten Einsätzen; in der rechten Hand eine zusammengefaltete Zeitung, in der anderen eine ziemlich große Nelke. Das Dreiviertelprofil gekrönt von einem Pferdeschwanz, überstrahlt von einem Lächeln.

Nach kurzem Zögern befestigte er das Foto an einer Fensterscheibe, schob es unten in eine Ritze zwischen Glas und Rahmen.

Von dort aus lächelte das Bild ihn an, und Hector Belascoarán Shayne, seines Zeichens Detektiv, glättete die gerunzelte Stirn, entspannte die steinerne Miene, die er den ganzen

Tag über aufgesetzt hatte, und lächelte zurück.

Das Leben ging weiter.

Er begab sich in die Küche, schaltete das billige Radio ein, wo immer wieder die Sendereinstellung verrutschte, und stellte die Bratpfanne mit dem Öl auf den Herd, um sich ein Beefsteak à la mexicana zuzubereiten.

Während er Tomate und Zwiebel hackte, während er aus dem Eisschrank die Chilis hervorholte und das Fleisch salzte und pfefferte, dachte er über sein Leben nach.

Es war ein einziger Witz. Privatdetektiv in Mexiko – ein Witz. Es ließ sich mit keinerlei Vorstellung, die man sich hin und wieder machte, in Einklang bringen. Ein blöder Witz. Aber nachdem man in sechs Monaten sechsmal versucht hatte, ihn umzubringen; nachdem auf der Haut die Spuren jedes einzelnen Anschlags zurückgeblieben waren; nachdem er in einem Fernsehquiz gewonnen hatte; nachdem sich manchmal eine kleine Menschenschlange (na schön, also: zwei Personen gleichzeitig, wenn's hoch herging) im Büro bildete; nachdem es ihm gelungen war (Fanfarenstoß!), den Schwindel beim Bau der neuen Basilika der Jungfrau von Guadalupe aufzudecken; nachdem es ihm gelungen war (Fanfarenstoß und Tusch!), den mühsamen Fall des Mordes am Portier des Hotels *Jalisco* aufzuklären; nachdem es ihm gelungen war, all diese Monate zu überleben und alles sowohl ernst als auch als Witz zu nehmen, aber vor allem ernst: Dann, erst dann war der Witz von einem privaten zu einem sozusagen öffentlichen Phänomen geworden.

Unverzeihlich war vielleicht nur, daß er seinen eigenen Witz ernst nahm.

Verdammte Einsamkeit.

»Verdammte Einsamkeit«, wiederholte er laut vor sich hin und schaltete den Herd aus.

Und während all das passiert und wieder vorübergegangen war, hatte die Armee eine Schar hungriger Landarbeiter zusammengetrieben, die in die Obstplantage eines Expräsidenten in Veracruz eingedrungen war, und unter Beschuß genommen.

Mama hätte nicht sterben sollen.

Ich sollte endlich mit dem Cowboy-und-Indianer-Spielen aufhören.

Und doch, es war die einzig mögliche Art, sich dem Leben einzugliedern, sich selbst in die Bratpfanne zu hauen wie

dieses Beefsteak, das allmählich die Farbe wechselte.
Ob Don Emiliano noch lebte?
Trotzdem:

Wir beide
versanken in der Glut
vom ersten Augenblick …
Wir beide
ertranken in der Flut
von Sonnenschein und Glück …

erklang es aus dem Radio, als er gerade einen Moment lang hinhörte.

Trotzdem, diese ganze Einsamkeit, dieser ganze Witz, das war immer noch besser als jahrelanges Sichabstrampeln wegen eines neuen Autos, besser als das Leben in abgezählten Tropfen, als mittelständische Sicherheit, Symphoniekonzerte, Krawatten, Freunde aus Pappe, Bett aus Pappe, Sex aus Pappe, Gattin, Hausfrau, künftige Kinder, Aufstieg, Gehalt, Karriere – alles, was er eines Tages aufgegeben hatte, um einen Würger zur Strecke zu bringen, der letztlich auch in seiner eigenen Brust gehaust hatte.

Ob Don Emiliano noch am Leben war?

Er verbrannte sich die Finger, als er die Bratpfanne vom Herd nahm.

Mama hätte nicht sterben sollen.

Das Mädchen mit dem Pferdeschwanz lächelte vom Fenster herüber.

Teufel, er mußte Ordnung in seinem Kopf schaffen.

Wir beide,
wir müssen uns nun trennen,
auch wenn wir nicht erkennen,
warum.
Wollen's Liebe zwar noch nennen …

erklang es aus dem Radio.

Hector Belascoarán Shayne streckte ihm die Zunge heraus und versank in der liebevollen Betrachtung des auf dem Küchentisch servierten Beefsteaks à la mexicana.

Der Aufzug zockelte ans Ziel. Hectors Augen waren im bläulichen Halbdunkel des Treppenabsatzes noch angefüllt mit dem strahlenden Sonnenlicht von draußen.

Er ging zur Bürotür und hielt, wie es das Ritual gebot, vor dem Messingschild inne:

BELASCOARÁN SHAYNE: Detektiv.
GÓMEZ LETRAS: Installateur.
›GALLO‹ VILLARREAL: Abwasserexperte.
CARLOS VARGAS: Möbelpolsterer.

Man mußte das Schild unbedingt Morgen für Morgen betrachten, um sich zu vergewissern, daß nichts allzu ernst gemeint sein konnte.

Kein Detektiv aus einem ernstgemeinten Film würde je sein Büro mit einem Abwasserexperten, einem Möbelpolsterer und einem Installateur teilen.

Sieht aus wie eine Mehrfamilienwohnung, dachte er.

Lächelnd trat er ein, knarrend fiel die Tür hinter ihm zu. Er streichelte den Kleiderständer, hängte die Lederjacke mit den Metallknöpfen daran auf. Erinnerte sich an seine Überlegungen, ob er nicht doch einen schwarzen Anzug tragen sollte. Das Lächeln erfror.

Das Büro hatte sich seit seinem letzten Besuch sehr verändert. Ein Haufen neu zu beziehender Möbelstücke, bloße Skelette, blockierte das Fenster; zwei neue Schreibtische brachten die Geometrie des Raumes durcheinander. Seine eigene Ecke war allerdings streng respektiert worden: der Schreibtisch vom Flohmarkt Lagunilla; die beiden Sessel aus dem Fundus irgendwelcher Filmstudios, seiner Vorstellung von Detektivbürosesseln aufs genaueste entsprechend; der wurmstichige Aktenschrank, von dem die Farbe abblätterte; der Abreißkalender mit sieben Tagen Verspätung; der Kleiderständer; das altmodische schwarze Telefon.

Er sank auf den Sessel und zog an der Schnur, woraufhin die Jalousie herunterpolterte und das Morgenlicht in harte Streifen zerschnitt. Er kniff die Augen zusammen.

Auf dem Tisch eine Mitteilung.

›Erbitten nach Möglichkeit Aufstellung einer Wand vor dem Foto der nackten Badenixe. Bürogenossen nach Abstimmung einhellig dafür.
PS: Beileid.
PPS: Pistole gefälligst sichern, blöder Hammel!
GILBERTO, GALLO, CARLOS‹

Er grinste melancholisch und ließ den Blick zur Decke schweifen, wo ganz deutlich das Einschußloch des 38er Geschosses zu sehen war. Das von der Jalousie gefilterte Licht verlieh dem Zimmer eine geisterhafte Atmosphäre. Er sah die Tagespost durch: Rechnungen aus dem chinesischen Restaurant an der Ecke, Angebot eines Interviews in einem Männermagazin, Reklame für Damenunterwäsche, eine Mahnung, das Abonnement des *Excelsior* zu verlängern.

Er legte alles beiseite. Keine Interviews. Schon gar kein Abonnement des *Excelsior,* nach all dem Mist, der da verzapft wurde.

Mit einem zusammengeknüllten Stück Papier fegte er den Staub vom Schreibtisch. War das einer von diesen Vormittagen? Mild, sanft, friedlich?

Er zog das Bild von Emiliano Zapata aus der Tasche, das er aus einer illustrierten Geschichte der mexikanischen Revolution herausgerissen hatte, legte es vor sich hin und starrte es an.

Eine Stunde später befestigte er es mit vier aus dem Werkzeugkasten des Polsterers geklauten Reißzwecken neben dem Fensterrahmen. Der traurige Blick Don Emilianos folgte ihm, während er im Zimmer auf und ab ging. Der Blick des verratenen Emiliano Zapata.

Er zog aus der Jacke den Beutel mit den Münzen, schüttete sie auf den Schreibtisch aus, freute sich am Klimpern des Metalls, am Aufblitzen des Lichts, an den abgegriffenen Kanten, die über die Platte rollten.

»Sie gestatten?«

Die Frau stützte sich gegen die halbgeöffnete Tür, irgendwie unentschlossen, ob sie ins Dasein des Detektivs eintreten oder dort stehen bleiben sollte wie ein Foto aus der Rubrik *Stars ganz privat.*

»Herein.«

Sie war etwa fünfunddreißig und für eine andere Gelegenheit

gekleidet. Die enganliegenden Hosenbeine, die in Stiefeln endeten, die Bluse aus durchsichtiger schwarzer Seide, glitzernder Köder für fleischfressende Lebewesen, und vor allem das feinmaschige schwarze Netz, welches das Haar zusammenhielt – all das paßte nicht zu diesem Büro, zu den abgenutzten Möbeln und dem Klempnerwerkzeug, das herumlag.

»Ich möchte Ihre Dienste in Anspruch nehmen«, sagte sie.

Hector deutete auf den Besuchersessel, sah sie weiterhin an. Ausgeprägtes Kinn, tiefliegende Augen. Ein Gesicht, eher als lüsternes Werbefoto für Badeseife geeignet als für herzlichen Umgang.

»Sie kennen mich?« fragte die Dame, schlug die Beine übereinander, stellte ihre schwarze Handtasche auf dem Tisch ab und schaute sich im Zimmer um.

»Ich sehe keine Fernsehserien«, sagte Hector, ohne den Blick von den Brüsten lösen zu können, die ihm unter der Bluse entgegenstarrten.

»Ich bin Marisa Ferrer. Und Sie sollen verhindern, daß meine Tochter Selbstmord begeht. Haben Sie mich jetzt nach Herzenslust bewundert?«

Sie lächelte. Hector spielte mit den Münzen, die noch auf dem Tisch lagen.

»Ich habe mir einen Detektiv anders vorgestellt …«

»Ich auch«, meinte Hector. »Wie heißt das Mädchen?«

»Elena. Mädchen … Eher eine junge Dame. Lassen Sie sich aber nicht herumkriegen, sonst zweifle ich an Ihren Fähigkeiten.«

»Wie alt ist sie?«

»Siebzehn.«

Sie schob eine Fotografie über die Tischplatte.

»Ihr Vater?«

»Besitzer einer Hotelkette in Guadalajara. Die Hotels *Príncipe.* Die beiden haben einander seit sieben Jahren nicht gesehen. Das Kind wurde bei der Scheidung mir zugesprochen.«

»Sie wohnt bei Ihnen?«

»Zeitweise. Manchmal wohnt sie bei ihrer Großmutter.«

»Und worum geht es eigentlich?«

»Vor vierzehn Tagen ist sie vom Balkon ihres Zimmers gefallen, in den Garten. Sie hat sich den Arm gebrochen und ein paar Schrammen im Gesicht abbekommen. Ich dachte zuerst: ein

Unfall. Sie ist sehr leichtsinnig ... Aber dann habe ich das da gefunden.«

Sie entnahm der schwarzen Handtasche ein Päckchen Fotokopien, hielt es Hector hin und zog, bevor er es anschauen konnte, noch eines hervor.

»Dann kam der zweite Unfall.«

Sie reichte ihm ein von einer Büroklammer zusammengehaltenes Bündel Zeitungsausschnitte. Anscheinend mußte ihr ganzes Leben, ihr Tun und Treiben, durchs geschriebene Wort und durch Bilddokumente belegt werden. Die Eigenheit eines ›Stars‹, einer Frau, die es einige Mühe gekostet hatte, die Stufenleiter des Erfolgs hinaufzuklettern? Sie brachte noch ein Foto zum Vorschein, eine Porträtstudie des Mädchens, und schließlich einen Schnappschuß: nichts als Grinsen, und ein Arm in der Schlinge.

»Ich will nicht, daß sie stirbt«, sagte die Frau.

»Ich auch nicht«, stimmte Hector zu, während er das Bild dieses Geschöpfs anschaute, das – den Arm eingegipst – in die Kamera grinste.

»Señor Belascoarán, ich erwarte Sie morgen zum Abendessen in meinem Haus. Dabei werden Sie Elena kennenlernen«, sagte die Frau abschließend und zog eine amerikanische Zigarette aus der Tasche. Sie steckte sie sich zwischen die Lippen und schien auf das Feuerzeug in einer galanten Hand zu warten, aber dergleichen gab es hier offenbar nicht.

Die Sonne zeichnete einen schimmernden Fleck auf die Bluse der Frau.

»Sie akzeptieren doch, oder?«

Belascoarán Shayne, seines verhängnisvollen Zeichens Detektiv, schob ihr sacht ein Streichholzheftchen über die Schreibtischplatte zu, als wär's eine Spielzeugeisenbahn, wobei er den noch immer verstreuten Münzen auswich.

Woher stammte dieses Zutrauen? Er wirkte weder wie ein Beichtvater noch wie ein Psychiater, schon gar nicht wie eine Respektsperson. Er fühlte sich eher Selbstmördern verwandt, wenn auch ohne sie zu begreifen. Er faßte einen Entschluß und befestigte das Foto des Mädchens mit dem Arm im Gipsverband neben den durchdringenden Augen Don Emilianos.

»Sie tragen nicht zufällig auch Ihr eigenes Album mit Ausschnitten bei sich?« fragte er und wußte die Antwort im voraus.

Sie zog aus der geräumigen Tasche ein ledergebundenes Album, etwas angeschwollen durch das Papier zwischen den einzelnen Seiten.

»Hat es etwas mit dem Fall zu tun?«

»Ich weiß nicht. Aber wenn Sie mir schon Papier auf den Tisch legen, dann lieber mehr als weniger, damit das Lesen sich lohnt … Und was gibt es bei Ihnen zum Abendessen?«

Die Frau lächelte zum erstenmal, stand auf und ging zur Tür.

»Lassen Sie sich überraschen«, sagte sie.

Sie öffnete die Tür. Das bläuliche Licht des Hausflurs drang herein. Sie hielt inne, verharrte einen Moment lang wie ein lebendes Bild.

»Das Honorar ...«

Hector winkte ab. Nachdem die Tür sich geschlossen hatte, wandte er sich dem Papierstoß zu. Viel leichter, mit Papier umzugehen, als mit Menschen.

Er ging zum Geheimversteck, wo die vertraulichen Sachen aufbewahrt wurden: Gilbertos Rechnungen, Carlos' Spezialhammer und die Pepsi-Colas. Er nahm eine Flasche, öffnete sie mit dem Taschenmesser, einem von diesen Schweizer Kunstwerken mit siebzehn Klingen.

Er genoß das süßliche Gesöff. Klagte innerlich über die Preissteigerung. Er erinnerte sich genau an die Zeit, als die Flaschen 45 Centavos gekostet hatten. Das war noch gar nicht so lange her.

Das war seine Art, Mexikaner zu bleiben. Alltagsmexikaner, mitnörgelnd, mitschimpfend über die teuren Tortillas, die erhöhten Autobustarife, angewidert von den niederträchtigen Fernsehnachrichten, von der Korruption der Verkehrspolizisten und Minister. Fluchend über die Lage der Nation, den bejammernswerten Zustand dieses riesigen einheimischen Misthaufens, dieses riesigen Fußballstadions, in das man sein Land verwandelte. Obwohl er sich nur an Klage, Verachtung und Stolz beteiligte, leitete Belascoarán davon sein Recht ab, Mexikaner zu bleiben; seine Chance, nicht zum Außenseiter, zum Marsmenschen zu werden. Dieses soziale Gewissen, erworben aus bloßer Menschlichkeit, aus durchaus oberflächlicher Einschätzung der Situation, aus einem rein persönlichen politischen Bewußtsein heraus, erlaubte es Hector, dem Detektiv, zumindest, Mexiko von einer bitteren, kritischen Warte aus wahrzunehmen, jenseits von Macht und Privilegien.

Mit einer obszönen Geste gedachte er des Verantwortlichen für die Preiserhöhung der Erfrischungsgetränke und kehrte an den mit Papieren und Münzen übersäten Schreibtisch zurück.

Die Fotos des lächelnden Mädchens mit dem eingegipsten Arm und von Don Emiliano Zapata sahen ihm zu.

Wollten sie sich seinem Protest gegen die Verteuerung von Pepsi-Cola anschließen? Wollten sie sich solidarisieren mit der Beschimpfung der Minister oder nur schlicht zusehen, wie er sich wieder einmal in etwas verstrickte?

Das Telefon schrillte, um den dritten der Dreieckspunkte zu fixieren, zwischen denen sich die nächstfolgenden Wochen für Hector abspielen sollten.

»Belascoarán Shayne …«

»Einen Moment bitte, ich verbinde Sie mit dem Licenciado Duelas.«

Eine unpersönliche Stimme zwängte sich in den leeren Raum des Schweigens.

»Señor Shayne …«

»Belascoarán Shayne«, unterbrach Hector.

»Verzeihen Sie, Señor Belascoarán Shayne, aber man schreckt unwillkürlich vor Ihrem unaussprechlichen baskischen Familiennamen zurück …«

»Dann gurgeln Sie mal probeweise mit Belaustiguigoitia, Aurrecoechea oder Errandoneogoicoechea«, zitierte Hector ein paar pseudobaskische Namen, die ihm gerade so einfielen.

»Hi, hi«, kam es.

»Nun also …«

»Tja, ich spreche im Namen der Industrie- und Handelskammer von Santa Clara im Bundesstaat México. Wir sind daran interessiert, Sie zu engagieren. Stehen Ihre Dienste zur Verfügung?«

»Kommt darauf an, Señor Dueñas.«

»Duelas.«

»Ach ja, Duelas ... Licenciado?« vergewisserte er sich des akademischen Titels, der seinen Gesprächspartner als studierten Juristen auswies.

»Richtig. Licenciado. Wie lauten Ihre Bedingungen?«

»Ich weiß nicht ... Alles hängt davon ab, was Sie von mir wollen.«

»Ich schicke Ihnen namens der Kammer eine Akte, aus der das hervorgeht, und die Sie mit den nötigen Informationen versieht. Erwarten Sie die Sendung am frühen Nachmittag in Ihrem Büro. Was das Honorar betrifft, so bietet Ihnen die Kammer einen Vorschuß für zwei Wochen unter Zugrundelegung eines Tagessatzes von eintausend Pesos. Bei der Endabrechnung werden wir nicht kleinlich sein und Ihren Vorschlägen entgegenkommen, wenn der Fall zur Zufriedenheit gelöst ist. Dürfen wir mit Ihnen rechnen, Señor Belascoarán?«

Hector brauchte ein paar Sekunden Bedenkzeit. Wofür? Das Gespräch war schon so weit fortgeschritten, daß er geradezu darauf brannte, die ominöse Akte in Händen zu halten.

»Schicken Sie mir das Material und rufen Sie mich morgen um die gleiche Zeit an, dann erhalten Sie meine Antwort.«

»Einverstanden. Es war mir ein Vergnügen, mit Ihnen Verbindung aufzunehmen.«

»Noch etwas ... Enthält die Akte auch Fotos?« Er wandte sich um und erbat sozusagen die Genehmigung des lächelnden Mädchens mit dem eingegipsten Arm und der bohrenden Augen Emiliano Zapatas.

»Fotos der Leiche?«

Ei der Daus! Leiche also!

»Es wäre mir sehr daran gelegen, daß die Informationen durch entsprechendes Bildmaterial ergänzt werden.«

»Mit dem größten Vergnügen, Señor Belascoarán.«

»Das ist dann alles«, sagte Hector und legte auf.

Er ließ die Hand noch auf dem Telefon. Was wollte er eigentlich? Wohin sollte das führen, diese berufliche Zersplitterung? Er spürte, wie sich die süße Hitze eines kleinen Wahnsinns in seinem Kopf zusammenballte. Er wiederholte sich die Worte seines Vaters, des alten Freibeuters: Je komplizierter, desto besser; je unmöglicher, desto schöner.

Handeln, sich dem Abgrund entgegenschleudern. Nicht warten, bis des Gedankens Blässe verhindert, daß man sich vom Strom fortreißen läßt.

Mädchen mit dem Arm in der Schlinge, Revolutionsheld Emiliano Zapata, unbekannte Leiche: Ich komme! Ich bin ganz der eure.

Er versteckte die Münzen im Geheimfach, griff nach der Jacke, kehrte auf dem Weg zur Tür um, zurück zum Telefon. Langsam wählte er die Nummer des *Instituto de Investigaciones Históricas.*

»Frau Doktor Ana Carrillo, bitte ... Ana? Könntest du mir bis zum Abend ausführliches Informationsmaterial über den Tod von Emiliano Zapata heraussuchen? Und ein, zwei Bücher über die Sandinista-Bewegung in Nicaragua, mit Bildern, wenn's geht? Und etwas über die Aufstände des Bauernführers Rubén Jaramillo?«

Während er auf die Antwort wartete, nahm er die Mitteilung seiner Bürogenossen und kritzelte darunter:

›Einverstanden Plakat vorher zensiert. Pistole gesichert. Neue Bildergalerie nicht anrühren! Schlage vor Protestnote an Kongreß betreffs Preisspirale Erfrischungsgetränke. H.B.S.‹

KAPITEL 2

> Ich gebe zu, ich kann besser erklären,
> was ich ablehne, als was ich mag.
> D. COHN-BENDIT

Sie sahen aus wie drei ungezogene Kinder, in dem riesigen Büro mit den schwarzen, lederbezogenen Möbeln, den Diplomen an den Wänden, dem weichen Teppich, den unnützen Tischen, befrachtet mit ebenso unnützem chinesischen Zierat. Hector suchte einen Aschenbecher und paßte, da einer fehlte, die Rundungen einer Porzellanfigur seinen Bedürfnissen an.

»Was machen wir mit dem Haus? Und du, wo wirst du bleiben?« fragte Carlos, den Blick auf die Straße, sechs Stockwerke tiefer, gerichtet.

»Ich habe keine Ahnung«, sagte Elisa.

»Warten wir ab, was dieser Affe uns erzählt, und dann besprechen wir alles in Ruhe«, schlug Hector vor.

Der Rechtsanwalt, wie durch Zauber beschworen, trat durch eine unauffällige Tür hinter dem riesigen Mahagonischreibtisch ein.

»Meine Dame, meine Herren«, begann er zeremoniös.

Die drei Geschwister ließen die Begrüßung schweigend über sich ergehen. Elisa und Hector mit einem Nicken, Carlos mit der Geste eines Präsidenten, der dem Volk zuwinkt.

»Wünschen Sie die detaillierte Bekanntgabe sämtlicher Verfügungen Ihrer Mutter, oder genügt Ihnen eine Zusammenfassung?«

Sie schauten einander an.

»Eine Zusammenfassung reicht aus«, sagte Hector im Namen von allen dreien.

»Also gut. Das Material, auf das ich mich in diesem informellen Gespräch beziehe, besteht aus einem notariell beglaubigten Brief Ihrer Mutter an Sie alle drei sowie einem vor Jahren abgefaßten Testament.

Der Brief schildert die Herkunft der Besitztümer, auf die Sie Anspruch haben, das Testament regelt die Art der Verteilung. Um es kurz zu machen – Ihre Mutter geht ausführlich auf die Erbschaft ein, die ihr im Jahre 1956 von ihren Eltern zugefallen ist, und schildert die Art der Investitionen bei verschiedenen Bankunternehmen und Finanzgesellschaften. Ferner erwähnt sie ein Schließfach, das Ihnen im Namen Ihres Vaters nach dem Tode Ihrer Mutter zugänglich gemacht werden soll, sowie die Form, in der dies zu erfolgen hat. Dieses Schließfach, das zu ihren Lebzeiten nicht geöffnet werden durfte, wurde ihr seinerseits von ihrem Gatten anvertraut. In meiner Obhut befinden sich der Schlüssel sowie ein Schreiben Ihres Vaters, welches Sie – einzeln oder zu dritt – als Eigentümer des Inhalts dieses Schließfachs ausweist. Der Brief Ihrer Mutter zählt weiterhin auf, was Ihnen in Form von Liegenschaften und Barvermögen zufällt.«

Er machte eine Pause.

»Das Testament ist sehr einfach. Es enthält eine optative Einführungsklausel, die gegebenenfalls die übrigen außer Kraft setzt. Durch diese Klausel werden die nachfolgenden Bestimmungen für ungültig erklärt, und zwar für den Fall, daß Sie beschließen, die Verteilung der Besitztümer nach eigenem, gemeinsamem Ermessen vorzunehmen. In diesem Fall bleiben lediglich jene Verfügungen bestehen, die sich mit Legaten an bestimmte Personen befassen, welche der Verstorbenen zu deren Lebzeiten Dienste erwiesen haben.

Ich muß Sie nun fragen, ob Sie sich des Testaments mit seinen detaillierten Verteilungsanweisungen bedienen oder lieber von der ersten Klausel Gebrauch machen wollen. Wenn Sie sich besprechen oder Einblick in den Verteilungsschlüssel nehmen möchten, steht Ihnen das Nebenzimmer zur Verfügung ...«

»Es gibt nichts zu besprechen. Ersparen Sie uns die Mühe«, sagte Elisa.

Die beiden Brüder stimmten zu.

»Gut. Ich händige Ihnen also eine beglaubigte Abschrift des Testaments aus, ferner ein Verzeichnis der Besitztümer und Anweisungen hinsichtlich der Maßnahmen, die Sie ergreifen müssen, um alles in Besitz zu nehmen, ebenso den Schlüssel zum Schließfach sowie die Verfügung Ihres Vaters. Außerdem übergebe ich Ihnen den Brief Ihrer Mutter, der in Ihrer aller Anwesenheit geöffnet werden muß, und, wie der Hinweis auf dem Umschlag besagt, persönlicher Natur ist.«

Elisa übernahm alles und riß den Briefumschlag auf, den der Rechtsanwalt ihr zuletzt ausgehändigt hatte.

»In Anwesenheit von uns dreien geöffnet ... Ich nehme an, damit ist die Verfügung unserer Mutter erfüllt.«

Der Anwalt nickte.

Die Geschwister erhoben sich.

Es machte ihm riesigen Spaß, den winzigen rötlichen Glutpunkt der Zigarette inmitten der völligen Dunkelheit zu beobachten. Indes, wenn man den Rauch nicht sah, hatte man auch nicht das Gefühl, zu rauchen. Was blieb, war die verdrießliche Angegriffenheit der Kehle infolge des Lasters. Wieder einmal fragte er sich, ob es nicht besser wäre, überhaupt mit dem Rauchen aufzuhören, ein für allemal die alljährliche Bronchitis hinter sich zu lassen, das morgendliche Erwachen mit einem Geschmack nach Metall zwischen den Zähnen, die nächtliche Angst, nichts zum Rauchen im Haus zu haben. All dies fragte er sich und antwortete mit Nein. Wandte sich erneut dem glühenden Punkt in dem riesigen dunklen Zimmer zu.

Er hörte die Schritte seiner Geschwister, das Klicken des Lichtschalters. Vorsorglich hatte er die Augen geschlossen, und als er sie wieder aufschlug, war das Zimmer hell erleuchtet.

»Willst du auch bestimmt nichts zu Abend essen?« fragte Elisa.

»Nein. Ich habe einen Haufen Arbeit vor mir … Könntet ihr in diesem Durcheinander ein bißchen Klarheit schaffen?«

»Es gibt nicht viel zu regeln. Die Papiere von diesem Bürohengst sind eindeutig genug. Wir besitzen ungefähr eineinhalb Millionen Pesos.«

»Großer Gott, wie furchtbar«, sagte Hector.

»Erschrocken?« fragte Elisa.

Sie hatte sich auf dem Teppich ausgestreckt und aß ein paar Eier, mit Schinken garniert.

»Was werden wir damit machen?«

»Ich habe richtig Lust, es zu verbrennen«, sagte Carlos. »Einfach vergessen, daß wir's haben, und verbrennen. Ich habe sehr ruhig gelebt, ohne Geld.«

»Ich auch«, sagte Hector.

»Für mich gilt dasselbe«, meinte Elisa abschließend.

»Aber wir werden uns nicht trauen. Laßt mal eine Nacht vorübergehen, dann kommen uns ein Dutzend Ideen, was wir damit anfangen könnten.«

»Bestimmt«, sagte Hector.

»Ich kann's noch immer nicht glauben. Mir scheint, wenn wir uns morgen früh weiter darüber unterhalten, werde ich's nach wie vor für einen Witz halten«, meinte Elisa.

»Es ist so …«, fing Carlos an.

»Zum Teufel damit«, stellte Hector fest.

»Wenn wir es nämlich verbrennen –«, warf Elisa ein.

»So viel Geld darf man nicht haben«, fuhr Carlos fort. »Geld korrumpiert, denn …«

Er stimmte mit Salomo dahingehend überein, daß ein jegliches seine Zeit habe: das Suchen und Verlieren, das Behalten und das Wegwerfen. In der schwarzen Nacht, die ihn umgab, deutete jedoch nichts darauf hin, daß ausgerechnet dies die Zeit zum Arbeiten war. Trotz allem, da lagen sie auf dem Schreibtisch, die drei dicken Papierstöße.

Er ging zum Fenster und schaute auf die Straße hinunter. Trist, schwarz, kohlrabenschwarz. Die Zigarette glühte zwischen seinen Lippen. Der Mond hatte sich hinter einigen Wolken verborgen. Keine Lichtreflexe, keine Laternen. In der Ferne schimmerten jene Stadtviertel, die vom Stromausfall verschont geblieben waren. Es regnete sacht, nieselte vor sich hin. Er konnte der

Versuchung nicht widerstehen, öffnete das Fenster dem Rauschen des Regens und der Feuchtigkeit, die ihm das Gesicht netzte.

»Der trauliche Kerzenschein ist bereit«, sagte eine Stimme hinter ihm.

Langsam wandte Hector den Kopf, ließ die Regentropfen auf den Lidern ruhen, bewahrte das Bild dieser Nacht.

Teufel, wie romantisch das alles! Und gleich daneben – die Papierstöße.

Im Zimmer wurde es allmählich hell, drei flackernde Kerzen erweckten den Eindruck einer primitiven Höhle.

Belascoarán kam sich vor wie ein Neandertaler, als er sich dem wartenden Material näherte.

»Plackerei, eh?« fragte der Bürogenosse der Nachtstunden, Javier Villarreal, genannt *El Gallo*, Ingenieur oder auch nur Praktikant, Fachmann für das Kloakennetz der Stadt Mexiko, dem der Installateur Gilberto seinen Büroanteil für die Nachtstunden untervermietet hatte.

Hector betrachtete ihn gründlich, bevor er antwortete: kaum über fünfundzwanzig, Cowboystiefel, Jeans, schmuddelige Lederjacke, wie immer über die Schultern gehängt, dichter Schnurrbart; stets in seine Pläne vertieft, die er nur verließ, um seine seltsamen Erkundungsausflüge durchs Abwassersystem der Stadt Mexiko zu unternehmen, das offenbar seine einzige Leidenschaft war. Ein gelber Schutzhelm, vorn mit Laterne versehen, ein Paar Asbesthandschuhe und ein Paar Feuerwehrstiefel lagen auf dem Stuhl neben seinem Zeichenbrett.

Im Kerzenschein wirkte er wie ein altertümlicher Alchimist, der dem Rätsel des Steins der Weisen nachspürte.

Er blickte kurz auf, und sie sahen einander an. Der Ingenieur Villarreal, alias *El Gallo*, wie jemand, der sich vom anderen eine Erklärung erhofft. Hector Belascoarán Shayne, der Detektiv, eine schwarze Silhouette vor der Kerze, die hinter seinem Rücken flatterte.

»Sie, Ingenieur, wie sind Sie eigentlich zu dieser Beschäftigung gekommen?«

»Ach, Sie wissen doch, wie das Leben so spielt.«

Er hielt inne und kramte in den Taschen der umgehängten Jacke nach seinen kurzen, dünnen Zigarillos, die er wohl bei *Sanborns* oder in sonst irgendeinem schicken Laden kaufte.

»Im Grunde meinen Sie, in meinen Plänen steckt keine Leidenschaft, stimmt's?«

Hector nickte.

»Haben Sie als Junge das *Phantom der Oper* gelesen?«

Hector nickte abermals. »Aber Sie haben nie bedacht, daß der Unterschied zwischen dem Mittelalter und einer kapitalistischen Großstadt eigentlich nur aus der Kanalisation besteht.«

Hector schüttelte den Kopf.

»Sie merken gar nicht, daß uns Mexikanern hier im Bundesdistrikt die Scheiße eines Tages bis zu den Ohren stehen könnte, falls sich nicht jemand der Sache annimmt. Sie gehören zu denen, die einfach kacken und die Kacke vergessen.«

Hector nickte. Die einseitige Unterhaltung begann ihn zu amüsieren.

»Bestimmt hassen Sie die Technokraten.«

Hector nickte schon wieder. »Ich auch, und ich will verdammt sein, wenn mir was daran liegt, ob die Stadt ein bißchen mehr oder weniger in der Scheiße ersäuft, als es ohnehin schon der Fall ist. Es ist nur so, daß man mir zweitausend Pesos für jedes erstellte Gutachten hinsichtlich Abnutzung und Fassungsvermögen bestimmter Kanalsysteme bezahlt, und davon lebe ich.«

Er zündete sich das Zigarillo an.

»Und wenn man schon von etwas lebt, ist es besser, man macht einen Mythos aus seiner Arbeitswelt, siehe das *Phantom der Oper*, das im Pariser Abwassernetz hauste, oder siehe *Der dritte Mann* oder dieser Film über tschechische Widerständler, die in der Kloake gegen die Nazis kämpften ... Und schließlich erweist man ja auch der Gesellschaft einen Dienst. Sie nennen das vermutlich Liebe zum Beruf, stimmt's. Herr Nachbar?«

»Ich war früher Elektroingenieur und Spezialist für Rationalisierungsfragen, und ich ...« Hector brach ab, um nicht in Betrachtungen über Vergangenes und Abgetanes zu versinken, und ging zum Schreibtisch. »Wissen Sie, was?« trieb er das Gespräch auf den Höhepunkt. »Es gibt Berufe, die sollen uns lieber am Arsch lecken.«

»Einverstanden«, sagte der Kloakeningenieur, Fachmann für Fäkalüberschwemmungen.

Und als hätte er vom Wetter gesprochen, von dieser durch den Stromausfall noch zusätzlich verdunkelten Regennacht, begann er den Triumphmarsch aus *Aida* zu trällern.

Belascoarán setzte sich vor seine Dossiers und streckte die Hand nach dem zunächstgelegenen aus.

Eine vielversprechende Nacht. Das flackernde Licht der Kerze überflutete das Papier mit so etwas wie rhythmischen Zuckungen.

Kapitel 3

Drei Dossiers, drei Geschichten:

– das Tagebuch einer jungen angeblichen Selbstmörderin;
– der noch nicht erkaltete Leichnam eines leitenden Angestellten;
– die drohende Wiederauferstehung eines Helden der Vergangenheit aus dem Grab.

Man muß die Spur auch noch während der Nacht weiterverfolgen.
PACO URONDO

Die Ermittlung muß sich die Materie im einzelnen aneignen. MARX

Er schlug die erste Mappe auf. Sie enthielt fotokopierte Seiten eines handgeschriebenen Tagebuchs, ein kleines Päckchen Zeitungsausschnitte über den zweiten ›Unfall‹, von einem Band zusammengehalten, zwei Fotografien, die eine typisch Atelier, die andere der Schnappschuß eines Mädchens in Schulkleidung, das in die Kamera grinst, schließlich ein Lederalbum, gefüllt mit Presseausschnitten.

Er beschloß, mit den Fotos zu beginnen, zündete sich eine Zigarette an. Er legte die erste der beiden Aufnahmen vor sich hin, rahmte sie gleichsam beschützend mit den Händen ein. Er genoß den Anblick, freundete sich mit dem Mädchen an.

Ein wenig abseits das Schultor, daneben ein Süßigkeitenverkäufer mit seinen Waren. Drei untergehakte Mädchen in der einen oberen Ecke. Die andere wurde von einem Verkehrspolizisten ausgefüllt. In der Mitte ein Mädchen von siebzehn, weiße Bluse, Schottenrock, Kniestrümpfe, dicker Zopf, der über die

Schulter fiel; wache, muntere Augen. Hellbraune Haut, breite Stirn. Sie hatte etwas vom Flair ihrer Mutter, nicht genau zu bestimmen, aber eindeutig vorhanden.

Das Atelierfoto ließ Einzelheiten des Gesichts erkennen, stellte ein wenn nicht schönes, so doch immerhin mehr als bloß hübsches Mädchen dar. Hector überlegte, womit er weitermachen sollte, schwankte zwischen dem Tagebuch des Mädchens und dem Album der Mutter. Gab letzterem den Vorzug. Er wollte sich, bevor er loslegte, einen Überblick verschaffen. Irgend etwas sagte ihm, daß er es hier nicht nur mit einem simplen Selbstmordversuch zu tun hatte.

Das Album der Mutter erzählte deren Karriere, legte nach Art eines audiovisuellen Spektakels den tristen Hergang bloß, der in einer Existenz als berühmter Star (mexikanische Spielart) endete.

Es begann mit kurzen Zeitungsausschnitten, wo jedesmal derselbe Name mit Rotstift unterstrichen war. Immer in einer der letzten Zeilen des Artikels. Zeitungen aus der Provinz, größtenteils aus Guadalajara.

Damals benutzte sie ihren vollen Namen: Marisa Andrea González Ferrer. Es handelte sich um Nebenrollen in Studententheateraufführungen. Kein Wort von schauspielerischer Leistung. Schließlich eine Nebenrolle in einem Stück von Lorca. Der Ausschnitt umfaßte ein mit den Jahren verblichenes Foto, grobkörnig, wo man im Hintergrund, zwischen den Versatzstücken, ein mageres, schwarzgekleidetes Mädchen mit ausgebreiteten Armen erblickte.

Es folgte eine kurze Rezension ihres Auftritts in der Nebenrolle eines Boulevardstücks, *Drei Schwestern und ein Mann*, und danach eine Pause von sechs Monaten, erst wieder unterbrochen von drei ganzseitigen Bildern als schlankes Bikinimädchen in einer schlechtgedruckten Illustrierten, unter der Überschrift: ›Sie hat, was verlangt wird.‹ Dann ein Interview, in dessen Verlauf weder der Reporter noch die Interviewte etwas Erwähnenswertes äußerten. Am Schluß gab man sich witzig. *Reporter:* »Und die Männer?« *Bikinimädchen:* »Kommen kaum vor oder haben nichts zu bedeuten ... Männer sind ein Störfaktor für die Karriere einer Schauspielerin.« – Es folgten zwei ausgeschnittene Kinospielpläne mit den unterstrichenen Titeln der Filme, in denen sie so kleine Rollen gespielt haben mußte, daß ihr Name nicht in Erscheinung trat: *Die Stunde des Wolfs* und *Seltsame Gefährten.* Der erste war ein Ringkämpferfilm, der zweite eine Liebesgeschichte unter Studenten, wenn man der Reklame glauben durfte. Erstes Auftauchen ihres Namens in Zeitschriften der Hauptstadt.

Die Bekleidung wurde immer spärlicher, obwohl einzig der Rücken sich völlig entblößt darbot. Sie legte ihren zweiten Vor- und ihren ersten Nachnamen ab, avancierte zehn Punkte im Schriftgrad der Buchstaben, ließ im Vorübergehen mal die linke Brust sehen (die Badeanzüge wurden immer winziger) und verstreute Gemeinplätze in die Notizblöcke von Pseudojournalisten. Sie arbeitete in Nachtlokalen, lernte mittelmäßig singen, machte eine einfältige Schallplatte. In den Klatschspalten erschien sie als ›zur Zeit ständige Begleiterin‹ des Besitzers einer Schallplattenfirma. Sie zeigte die Hinterbacken in einer Reportage für die Zeitung *Audaz.* Ihren ersten Ruhm erwarb sie sich in einem Film der Neuen Welle.

In der Mitte des Albums angelangt, hielt Hector inne. Wo blieb die Tochter?

Hector rechnete nach. Siebzehn Jahre. Er blätterte zurück und musterte besonders aufmerksam die damaligen Ausschnitte. Am Anfang der Karriere gab es ein Vakuum von sechs Monaten. Offenbar hatte sich die Dame mit der Tochter am Hals in die Karriere gestürzt.

Er schloß das Album; die Grundidee war da, und wenn er weiterhin die Bilder der nackten Frau betrachtete, würde er nicht mehr von ihr loskommen, würde von ihren Brüsten und Hinterbacken derart besessen sein, daß er sie angezogen nicht mehr ertrug, auch nicht in Eskimokleidung.

Am anderen Ende des Zimmers war der Kloakensachverständige noch immer mit seinen Plänen und Notizen beschäftigt. Hector ging zum Geheimversteck und entnahm ihm ein Erfrischungsgetränk.

»Für mich auch eins, Herr Nachbar«, sagte *El Gallo,* ohne aufzublicken.

Hector ergriff also noch ein Fläschchen und öffnete beide mit der Polstererschere.

Zum Tisch zurückgekehrt, nahm er das Tagebuch des Mädchens zur Hand. Bevor er damit anfing, schaute er noch einmal das Foto der Kleinen mit dem eingegipsten Arm an, lächelte ihr zu, wie um sich dafür zu entschuldigen, daß er in ihre Intimsphäre eindrang.

Die vorliegende Fotokopie umfaßte nur einen kleinen Teil der eigentlichen Aufzeichnungen. Sie begann mit Seite 106 und endete mit Seite 114. Die acht fotokopierten Seiten waren mit einer ausladenden, sehr eleganten, wie aus dem Schönschreiblehrbuch entnommenen Handschrift bedeckt. Den Strichen nach zu schließen, war immer dieselbe Füllfeder benutzt worden. Typischer Fall von Jungmädchentagebuch, eifersüchtig unterm Kopfkissen aufbewahrt oder im untersten Fach des weißen Schreibtisches, verborgen unter Heften und Papieren, die niemals jemand anrührte, und vor dem Schlafengehen herausgeholt, um die Ergüsse seiner Besitzerin aufzunehmen.

Die Eintragungen waren sehr kurz, einige davon verschlüsselt, in einer Geheimsprache abgefaßt, so daß man sich vorkam wie angesichts von unentwirrbarem Kindergekritzel. Voneinander jeweils durch zwei Kreuzchen abgeteilt. Es gab keine Hinweise aufs Datum, nur Wochentage wurden manchmal erwähnt.

> Ich möchte nicht immerzu alles hinnehmen, alles ertragen. Widerspruchslos. Aber es ist, als hätte man mich ins Wasser geworfen mit den Worten: Los, Dummkopf, schwimm! Was tun? Wie weiter? Nur warten.
>
> * *
>
> Dem Geschichtslehrer all dies ins Gesicht sagen: Er ist eingebildet, hält sich für eine Leuchte, hat einen Tick, muß wohl impotent sein, Muttersöhnchen von klein auf … Und von Geschichte keinen blassen Schimmer!
>
> * *
>
> Mama darf nicht wissen, daß ich es weiß. Was tun, damit man mir's nicht anmerkt? Bin dumm, kann mich nicht verstellen. Heute immerfort im Haus herumgerannt. Wie aufgezogen. So merkt man's bestimmt sofort. Alles muß bleiben, wie es war. Ich muß weiter zur Schule gehen, weiter ins Kino, weiter die Freunde wechseln, weiter Romane lesen, weiter …
>
> * *
>
> G. sagt: fünfunddreißigtausend. Ich muß auch noch anderswo herumhorchen.
>
> * *

Das Beste, was mir passieren kann, ist, daß ich mich nicht mehr verliebe.

* *

Folgendes auftreiben: *Justine, Die Mißgeschicke einer Kammerzofe, Himmel und Hölle.*

* *

Gisela sagt, sie hat die Kopie. Nicht vergessen, es Carolina und Bustamante zu sagen.

* *

G. läßt sich nicht erweichen. Ich habe probeweise gesagt: Mindestens sechzig. Ist nicht mal erschrocken.

* *

Ich möchte woanders sein, in einem anderen Zimmer leben. Mir gefällt nicht, was ich sehe, wenn ich heimkomme. Nichts gefällt mir mehr, was mir früher gefallen hat. Rum-Eis mit Rosinen schmeckt mir nicht mehr. Arturos Küsse machen mir keinen Spaß mehr. Autos lassen mich kalt. Auch das Kino lockt mich nicht. Es liegt an mir, nicht an den Dingen.

Und inmitten von alledem soll ich auch noch die Biographie van Goghs lesen!

G. drängt, verstärkt den Druck. Habe mich an Es. gewandt. Abstoßender Typ.

Mama, ach, Mama, was ist denn los mit dir, daß du nichts merkst? Es hat Krach gegeben. Bustamantes Freund und ein Kumpel wollten mit dem Wagen auf Es. los. Weil sie gesehen hatten, wie er mich am Schulausgang bedrohte. Es. hat mich nur angeschaut, und ich mußte die beiden zurückpfeifen.

Aber auch ihnen kann ich nichts sagen. Ich vertraue ihnen nicht, obwohl sie sich anständig benommen haben. Trotzdem – Idioten. Haben sich hinterher als Helden aufgespielt und sich gebrüstet, sie hätten mir das Leben gerettet.

Niemand, an den ich mich wenden könnte.

* *

Die Zeiten der Hot Pants und der Miniröcke sind vorbei. Jemand müßte mir eine Pistole verschaffen.

* *

Ich habe Angst.

* *

In Englisch und Soziologie durchgefallen.

* *

Glaub mir, Mama, ich gebe mir Mühe, weiterzuleben und

weiterzuwursteln, als wenn nichts wäre. Glaub mir, du hast keine Ahnung. Glaub mir, ich lasse nicht locker. Aber das alles erschreckt mich doch sehr, stürzt auf mich ein. Wie der Typ in dem Film, den wir vor Monaten gesehen haben: ›Das Leben ist eine Nummer zu groß für mich.‹

* *

In Geschichte durchgefallen … Dieses Arschloch!

Den ganzen Abend geheult. Aber das geht nicht. Ich bin kein Kind mehr. Ich muß ihnen irgendwie entgegentreten. Etwas tun. Oder abhauen? Wohin, mit wem? So viele Freunde, in diesen letzten paar Jahren, und jetzt – niemand. Niemand.

Ich zermartere mir den Kopf nach einer Idee. Was ich machen könnte. Es einfach hinunterzuschlucken, das wäre zu bescheuert.

Angeblich will man mir vierzigtausend Pesos geben. Aber ich weiß, das ist nicht sicher. Damit will man mich ködern.

Arturo schneidet mich. Mama hat mich geschimpft wie noch nie. In der Schule sieht man mich kaum an, weil am Ausgang die Freunde von G. auf mich warten.

Ich verbringe ganze Stunden im Zimmer eingesperrt. In diesem Zimmer, das ich allmählich verabscheue.

Wenn ich mit heiler Haut davonkomme, tapeziere ich's neu. Aber ich komme nicht davon. Bestimmt nicht. Die verpassen mir einen Denkzettel.

Und dabei bin ich erst siebzehn.

* *

Am besten sterben. Ich wünsche mir, das alles hätte nie begonnen.‹

Das war die letzte Eintragung. Hector bedauerte, daß die Mutter ihm den Anfang des Tagebuchs vorenthalten hatte. Er fühlte sich dem Mädchen aufs innigste verbunden, das ihn da mit gebrochenem Arm auf dem Foto anlächelte. Hätte er ein Tagebuch geführt, hätte er eingetragen: ›Väterliche Instinkte machen sich bemerkbar. Ich spüre, daß man mich braucht. Fühle mich nützlich. Also los, zieh die Verzweifelte aus der Scheiße, rette sie! Das Leben ist so schön, wenn du helfen darfst. Wetz die Pistole, fahrender Ritter!‹

Da er sich hierzu denn doch nicht aufraffen konnte, machte

er sich wenigstens Notizen am Rand der Fotokopie.

Er löste das Band von den Zeitungsausschnitten. Sie berichteten in aller Kürze, die meisten mit Bild, vom Absturz eines Fahrstuhls in einem Haus mit Eigentumswohnungen.

Die Sicherheitsvorrichtungen der technischen Anlage hatten die einzige Insassin des Fahrstuhls vor dem Tode bewahrt. ›Wie durch ein Wunder bis auf Prellungen unverletzt!‹ – ›Zwei Stunden verschüttet, dann entstieg das Mädchen den Trümmern!‹ – ›Experten untersuchen die Ursache des Unfalls!‹

Wer begeht, bitte, Selbstmord, indem er einen Fahrstuhl beschädigt, bevor er ihn besteigt?

Der Zimmernachbar nahm sich einen anderen Papierbogen vor und zündete eine Kerze wieder an, die der Luftzug ausgeblasen hatte.

»Läuft's?«

»Mehr oder weniger«, antwortete Belascoarán und lehnte mit einer Handbewegung die angebotene Zigarre ab. Er holte seine *Delicados* mit Filter hervor und zündete sich eine an. Spürte, wie seine Gelassenheit abbröckelte und jugendliche Unrast wieder durch die Adern pulste. Vor zwei oder drei Jahren hätte er sich nicht darüber gewundert. Heutzutage hätte er eigentlich erwartet, den Dingen nüchterner, unpersönlicher gegenüberzustehen.

Was für ein schöner Beruf, dachte er, was habe ich doch für einen schönen Beruf! Und dann schämte er sich beim Gedanken an das Mädchen, das nachts nicht schlafen konnte. Diese Siebzehnjährige, die – Gott weiß, warum – darauf aus war, zu sterben.

Er gähnte. Was nun? Sich in die beiden anderen, so grundverschiedenen Welten versenken. In Kriminalromanen paßte immer alles so gut zusammen. Aber was, zum Teufel, verband ein verzweifeltes Mädchen mit einem Auftrag der Industrie- und Handelskammer von Santa Clara und mit dem Gespenst von Don Emiliano Zapata?

»Mögen Sie Fußball?« fragte der Nachbar.

»Nein. Wieso?«

»Nur so. Es ist mir gerade eingefallen.«

Hector öffnete die Mappe, die ihm der Anwalt übersandt hatte.

Es handelte sich um eine Mischung von ministeriellen Akten, Polizeiberichten und Zeitungsausschnitten. Schließlich noch sieben Seiten Protokolle und Zeugenaussagen, alle auf unterschiedlichem Papier mit verschiedenen Schreibmaschinen getippt. Aussagen, die der Herr Rechtsanwalt selbst den Betreffenden abverlangt hatte, denn sie waren zwar unterschrieben, aber an keine Behörde gerichtet. Zusammengenommen erzählten sie die Geschichte eines Mordes.

Wie wechselt man als Detektiv das Thema? Indem man eine Seite überschlägt?

Er überlegte kurz, ging dann urinieren. Das Klo befand sich am Ende des Ganges. Er schritt dahin, erahnte die Türen, die Stufen, die Einmündung des Treppenaufgangs, den Fahrstuhlschacht und schließlich die Toilettentür. Er stemmte sich dagegen – versperrt. Und, klar, den Schlüssel trug er nie mit sich herum. Schließlich verrichtete er sein Geschäft auf der Damentoilette und stieß, mit der Räumlichkeit nicht vertraut, zur Belohnung mit dem Magen gegen ein Waschbecken.

Dann tastete er sich den dunklen Gang entlang zum kerzenerhellten Büro zurück. Die aufgeschlagene Mappe wartete auf dem Schreibtisch. Er schaute auf die Uhr: 03.17 Uhr früh.

Er ließ sich auf den Sessel fallen, der protestierend ächzte.

»Müde, Herr Nachbar?« fragte der unerschütterliche Kloakenforscher.

»Nein. Ich hätte mich nur fast danebengesetzt. Bin's nicht mehr gewöhnt.«

Er vertiefte sich in die Papiere. Aus dem Material, das die Lektüre ihm zuteilte, exzerpierte er im Geiste einen volkstümlichen Polizeibericht:

Funkstreife um 18.20 Uhr verständigt.

Die Beamten 118 und 76 der Polizei von Tlalnepantla begaben sich unverzüglich zur Kreuzung Avenida Morelos und Carlos B. Zetina, Haupteingang der Stahlfirma *Acero Delex* (Stammwerk). Dort wurden sie von Zenón Calzada empfangen, dem Schichtführer und für den Fabrikbetrieb verantwortlichen Ingenieur. In seiner Begleitung betrat man die Büroräume der Geschäftsführung und fand dort die Leiche.

Ich habe ihn gefunden, die Tür war offen.

Gerónimo Barrientos hatte die Leiche zwanzig Minuten zuvor entdeckt. Das Büro hätte um diese Zeit leer sein müssen.

Die Leiche lag über den Schreibtisch hingestreckt.

Schwarze Lederschuhe, schwarze Socken. Hellgrauer Maßanzug. Rote Krawatte mit grauen Streifen, völlig blutverschmiert. Das Gesicht zwischen den Zigarettenstummeln des großen Metallaschenbechers. Das Fenster geöffnet. Die Füße, unnatürlich verrenkt, einige Zentimeter über dem Boden. Die Hände, mit den Handflächen nach außen, zu beiden Seiten des Rumpfes. Die Brille zerbrochen unter der Brust des Toten.

Die Sekretärin sagt aus:

»Alles befand sich an seinem Platz. Keinerlei Unordnung. Gewissermaßen.«

Sie war um halb fünf heimgegangen.

Eine halbe Stunde früher als sonst, der Herr Ingenieur habe es ihr ausdrücklich erlaubt, da er noch jemanden erwartete. Für gewöhnlich sei sie immer als letzte gegangen, habe hinter sich abgeschlossen. Als Zeugen benannte sie den Leiter der Buchhaltung, Guzmán Vera, mit dem zusammen sie gerade Krapfen verspeiste, als der Herr Ingenieur über die Haussprechanlage anrief.

Und? Wen hatte er erwartet?

Nein, das wisse sie nicht. Irgendwen, sagte sie.

Der dritte traf das Herz.

Die beiden anderen tiefen Einstiche, verursacht von einem spitzen, scharfen Gegenstand, drangen in den linken Lungenflügel und in die nähere Umgebung des Herzens ein.

Der Tod trat sofort ein. Höchstens nach zwei oder drei Sekunden.

Und doch fehlt etwas:

Vermißt wird die Fotografie der Ex-Gattin des Ingenieurs,

die sich normalerweise auf dem Schreibtisch befand, den jetzt die Leiche bedeckte.

Desgleichen fehlte die Tatwaffe, sei diese nun Messer, Dolch, Bajonett oder Stilett.

Spuren?

»Allein die Fingerabdrücke all derer, die in diesem Büro ein und aus gehen, könnten uns monatelang beschäftigen«, erklärte der Spurensicherungssachverständige. »Bedenken Sie mal, was für ein Ameisenhaufen!«

Zu guter Letzt das Foto. Hector nahm es zur Hand, betrachtete es eingehend.

Das Bild wurde beherrscht vom Gesamteindruck des Todes. Geradezu grotesk, die Lage des Leichnams auf der Tischplatte, die Arme zu beiden Seiten, Handflächen nach oben – das störte ihn. Es sprach dem Tod die Ernsthaftigkeit ab. Der Tod – war das denn nicht etwas Ernstes?

Die Mappe enthielt noch zwei Fotos. Auf dem einen sah man das Gesicht eines vierzigjährigen Mannes, streng, mit angegrauten Schläfen, gestutztem Schnurrbart, hartem, festem Blick.

Auf dem anderen Foto sah man denselben Mann, wie er bei einem Rundgang durchs Fabrikgelände einer Gruppe von Besuchern einen riesigen Schmelzofen zeigte. Unter den Besuchern erkannte Hector den Gouverneur des Bundesstaates México.

Nach einigem Grübeln wählte Hector das Foto der Leiche aus und näherte sich damit der Bildergalerie. Zapata und das Mädchen mit dem eingegipsten Arm schienen ihm zuzuschauen, als er noch vier Reißzwecken aus den Beständen des Möbelpolsterers stibitzte.

»Warum hängen Sie nicht lieber die Jungfrau von Guadalupe hin?« fragte *El Gallo*, der Abwasserfachmann, ohne den Kopf zu heben.

»Das war ein Kollege von Ihnen, mein lieber Herr Ingenieur.«

»Meine Kollegen können mich allesamt«, lautete die lapidare Antwort des in seine Pläne Vertieften. Er blickte jetzt doch hoch und setzte ein Lächeln auf, breiter als der Schnurrbart.

Diese Ecke des Zimmers, soviel stand fest, nahm allmählich

surrealistische Züge an. Hector kehrte zur Mappe zurück. Machte weiter mit seinem Polizeibericht, den wohl nie jemand schreiben oder lesen würde.

Lebenslauf des Opfers.

Ing. Gaspar Alvarez Cerruli wurde 1936 in Guadalajara geboren. Studium an der Technischen Hochschule des Bundesstaates Jalisco sowie an der Iowa State University. 1966–1969 Tätigkeit für mexikanisch-nordamerikanische Gesellschaften (Kosmetikbranche) in Mexicali und Tijuana. Personalchef der Firmengruppe *Delex* im Jahr 1970. Betriebsleiter der Fabrikanlage Santa Clara 1974.

Aktionär (42 Prozent) der Matratzenfabrik *Trinidad*, die von seinem Bruder geleitet wird. Heirat 1973. Scheidung 1975. Keine Kinder.

Polizei verhört Belegschaft.

Niemand weiß etwas. Schichtwechsel. Das Büropersonal war schon vor einer Stunde gegangen. In sämtlichen Höfen und Umkleideräumen großes Gedränge. Die beiden Verantwortlichen vom Dienst, Fernández von der Personalabteilung und Ingenieur Camposanto, befanden sich auf dem Gelände; sie tranken Kaffee aus der Thermosflasche des ersteren, da dessen Kaffee angeblich besser schmeckte als der aus dem Automaten neben dem Büro, in dem das Verbrechen geschah. »Nicht auszudenken, wenn wir zum Automaten gegangen wären!«

»Hier gab es keine besonderen Vorkommnisse«,

erklärte der am Tor diensttuende Werkschutzmann Rubio, Dienstnummer 6453. »Zwei Lastwagen aus Chatarras el Aguila und ein Kleinfahrzeug der Firma *Electra*, aber beide haben das Gelände vor halb fünf Uhr verlassen. Alles andere lief über die Stechuhr, durchweg Firmenangehörige, Irrtum ausgeschlossen, samt und sonders zur üblichen Zeit ausgecheckt, mit Ausnahme des Ingenieurs Rodríguez Cuesta von der Direktion, der nicht kontrolliert wird. Aber ich erinnere mich an ihn, weil an seinem Wagen etwas nicht in Ordnung war, und ich mußte es reparieren.«

Als Verdächtige kommen demnach in Frage:

327 Arbeiter, deren Namen in der beigefügten Liste angeführt sind.

Licenciado Duelas merkt im Vertrauen an:

»Señor Belascoarán, es muß gesagt werden, daß der Ermordete bei niemandem beliebt war, ein Einzelgänger, von gelegentlichen Zornesausbrüchen heimgesucht. Seine Kollegen schätzten ihn nicht. In beruflicher Hinsicht einwandfrei, aber ohne menschliche Kontakte. Beiliegend eine Liste noch bei uns beschäftigter Arbeiter, die während seiner Amtszeit als Personalchef der Firma unter strengen Disziplinarmaßnahmen zu leiden hatten.

Falls es Sie interessiert:

Hier noch einige Informationen über das Unternehmen, seine Führungskräfte, seine wirtschaftliche Reichweite. Diese Tatsachen sind allgemein bekannt, dürften jedoch m. E. ausreichen.

Ergänzende Hinweise:

a) Niemand nahm am Begräbnis teil.

b) Anschrift der Gattin: Cerro dos Aguas 107, Pedregal.

c) Bezüge des Ermordeten: 32 000 Pesos monatlich.

d) Die Untersuchung wird von der Industrie- und Handelskammer auf Wunsch des geschäftsführenden Direktors der *Delex*, Ing. Rodríguez Cuesta, veranlaßt. Die Firma übernimmt die Kosten der Nachforschungen.

e) Einen ähnlichen Mord gab es vor zwei Monaten im Chemiewerk *Nalgion-Reyes*. Opfer: der Ingenieur Osorio Barba.

f) Die Fabrik wird zur Zeit bestreikt von der Unabhängigen Arbeitergewerkschaft Eisen und Stahl. Daneben existiert eine weitere Gewerkschaft, die von den Unternehmern als ›gutwillig‹ eingestuft wird.

g) Der Ermordete hatte eine Bedienstete, die sich noch in seiner Wohnung befindet. Anschrift: Luz Saviñon 2012. Die Wohnung ist nunmehr, falls keine anderweitigen Verfügungen vorliegen, Eigentum des Bruders.

h) Eltern verstorben. Keine Klub-Mitgliedschaft. Kein Zeitungsabonnement. Keine Zugehörigkeit zu einer Berufsvereinigung.«

Hector stand auf und trat ans Fenster, zündete sich eine Zigarette an. Keinerlei Anzeichen von Leben draußen auf der dunklen Straße.

»Wie lange dauert nun schon der Stromausfall?«

Der Ingenieur *El Gallo* schaute im Kerzenschein auf die Uhr.

»Zwei Stunden und irgendwas.«

Hector öffnete das Fenster. Die Nachtluft ließ die Kerzenflammen tanzen. Aus den Tiefen stieg der unverwechselbare Geruch der Stadt und der endlosen Nacht empor. Gähnend schaute Hector auf die Gebäude, die parkenden Wagen, die Lichtmasten, die dunklen Schaufenster.

Er war verwirrt. Wieder einmal hatte die Ohnmacht, diese große Lehrmeisterin der Sozialwissenschaften, ihn unversehens überfallen und in die Geschichten anderer Leute hineingeworfen. Wieder einmal geisterte er durch fremde Welten. Aber war das nicht die eigentliche Berufung eines Detektivs? Der Verzicht auf eigenes Leben, die Angst, sich ihm zu stellen, mit der eigenen Haut dafür einzustehen. Abenteuerlust als Ausrede für geborgtes Leben. Die Ohnmacht, in welcher der Tod der Mutter ihn zurückgelassen hatte. Die Unfähigkeit, dieses Land zu verstehen, und trotzdem das Bemühen, es intensiv zu erleben. All diese vermischten Empfindungen stießen ihn immer tiefer in dieses seltsame Chaos, das ihn umspülte. Aber es konnte nicht ewig dauern. Eines Tages würde er vor einer Tür innehalten, auf der unverkennbar sein Name stand.

Bis dahin hatte er seinen künftigen Klienten nichts weiter zu bieten als eine Maske der Unerschrockenheit mit einem gelegentlichen Aufblitzen von Scharfsinn, von Witz oder auch Derbheit, hinter der sich indes kaum anderes verbarg als Erstaunen, Verwunderung über dieses Leben, das man da führte.

»Eine schöne Bescherung«, sagte er, sich für die mexikanischste aller Lösungen entscheidend, welche darin besteht, zu stöhnen, wenn einem der Kopf wehtut.

»Das sage ich auch. Eine schöne Bescherung«, pflichtete der Kloakeningenieur und Bürogenosse Javier Villarreal bei.

Belascoarán ging langsam zum Tisch zurück und wandte sich dem dritten Komplex zu, der aus einer Mappe, zwei Büchern und einigen Fotokopien bestand.

Das Informationsmaterial, das seine Freundin Ana Carrillo geliefert hatte, war kurz und sachlich. Zusammengefaßt, hinterließ es in Belascoaráns Kopf folgenden Eindruck:

Das Gerücht, daß Zapata in Chinameca nicht ums Leben gekommen war, kursierte seit jeher. In den Jahren nach der Ermordung des Bauernführers hatte es große Verbreitung gefunden. Die Volksseele hatte nach immer neuen Gerüchten gegriffen, die beweisen sollten, daß er noch lebte. Die weitestverbreiteten Versionen waren:

a) Zapata habe beim Abfeuern einer defekten Pistole einen Finger verloren, die Leiche des angeblichen Emiliano habe jedoch alle zehn Finger aufgewiesen.

b) Einer seiner Gefährten habe ihm außerordentlich ähnlich gesehen.

c) Zapatas Pferd, mit seinem Herrn unzertrennlich verbunden, habe angesichts der Leiche keinerlei Zeichen des Wiedererkennens von sich gegeben.

d) Die Leiche habe keine Warze auf der rechten Wange und kein Muttermal auf der Brust erkennen lassen, was im Falle des echten Emiliano unerläßlich gewesen wäre.

Diese Gerüchte waren seinerzeit auch in der Presse aufgetaucht, und die Regierung hatte sich bemüht, sie zu entkräften. Deshalb hatte man Zapatas Leichnam auf der Plaza von Celaya sogar gefilmt, und eine Menge Fotos war erschienen, auf denen die Fliegen den Toten umschwirrten.

Die Notizen der Historikerin umfaßten den ganzen Wust von Gerüchten und Geschichten um Emiliano Zapatas Weiterleben, die in den letzten Jahren von Sozio-Anthropologen gesammelt worden waren, um folkloristisches Gedankengut zu erhalten. Anekdoten, die sich in groteske Bereiche verstiegen, wie etwa jene immer wieder auftauchende Version, Zapata sei mit einer Gruppe von levantinischen Händlern aus Morelos entkommen und habe, Teppiche verkaufend, mit ihnen zusammen die Welt durchstreift.

Belascoarán legte das Material beiseite. Nichts Handfestes. Nichts Ernstes, nur die Phantastereien eines Volkes, dem man eine Leitfigur ermordet hatte. Natürliche Abwehr angesichts eines Gegners, der die Informationsmittel manipulierte und sogar noch die Mythen überwachte.

Geduldig betrachtete Hector die Bilder in den Büchern über die sandinistische Bewegung in Nicaragua. Auf einem davon wähnte er seine Aufmerksamkeit belohnt: im Vordergrund General Sandino mit seinen Vertrauten; enorme Sombreros, die Stirnen und Augen beschatteten. Agustín Farabundo Martí, wie er hinter seinem dichten Schnauzbart hervorgrinste, dazu der General Porfirio Sánchez aus Honduras und der guatemaltekische General María Manuel Girón Ramos. Und da, im Hintergrund, ein dunkles Gesicht, ein kurzgestutzter Schnurrbart, von der Krempe des Sombreros völlig überschattete Augen: ›Zenón Enríquez, Capitán, Mexikaner‹, konnte man der Bildunterschrift entnehmen.

Der einzige Hinweis, der sich finden ließ.

Der Fall des Mädchens mit dem eingegipsten Arm und der des getöteten Managers wirkten zwar auf den ersten Blick außerordentlich kompliziert, aber immerhin, ein paar Fäden ließen sich erkennen, ein paar lose Enden, an denen man ziehen konnte. Dieser Irrsinn hinsichtlich Zapatas hatte hingegen weder Hand noch Fuß.

Hector hob den Blick und starrte die drei Fotografien an, als könnten sie ihm irgend etwas entschlüsseln.

Die Bücher über den Bauernrevolutionär Jaramillo ließ er einstweilen unangetastet und nahm sich vor, sie am nächsten Tag ernstlich zu studieren.

Er stand auf und wandte sich dem kaffeebraunen Lederfauteuil zu, der schon bessere Tage gesehen, aber noch niemals tiefere Träume verheißen hatte. Vorher löschte er noch die Kerzen auf dem Schreibtisch aus.

»Ein Nickerchen gefällig, Herr Nachbar?«

»Etwas in der Art. Sagen Sie mal, Herr Ingenieur, bis um wie viel Uhr pflegen Sie zu arbeiten?«

»Mehr oder weniger bis sechs, Herr Ex-Ingenieur«, spöttelte der andere.

Hector ließ sich in den Sessel fallen und deckte sich mit dem alten Regenmantel zu, den er vom Boden aufhob. Er zündete sich eine Zigarette an, verfolgte mit dem Blick das erste Rauchwölkchen zur Zimmerdecke, wo im Kerzenschein die Schatten tanzten, und schloß die Augen.

»Und was tun Sie gerade Schönes?«

»Ach, ich überprüfe nur, ob das nordwestliche Kanalnetz noch so einen Regen wie den von vorgestern verkraften kann, oder ob die Bürger von Lindavista demnächst in der Pisse schwimmen.«

»Teufel, diese Stadt ist ein verhexter Scheißhaufen, wenn man bedenkt, was hier alles passiert!«

»Als festangestellter Ingenieur hätten Sie sich gewählter ausdrücken müssen, Herr Kollege«, meinte *El Gallo.*

»Ich bin eben auch verhext«, entgegnete Hector.

KAPITEL 4

Es ist besser, eine Wachskerze anzuzünden, als über die Finsternis zu fluchen. ROBERTO FERNÁNDEZ RETAMAR

›Die Stunde der Milchmänner‹, hatte seine Schwester diese Tageszeit genannt, als sie vor Jahren gemeinsam zur Schule marschiert waren. Diese Stunde, in der die Sonne sich noch nicht mal zu blinzeln traute. Trotzdem, der Uhrzeit untertan, eroberten die Mexikaner die Straße im Sturm. Hector verließ das Büro zusammen mit dem Ingenieur, und sie gingen bis zur nächsten Ecke nebeneinander her. Dort verabschiedete sich der Abwasserexperte und verschwand im Morgennebel. Die Kälte setzte Hector zu; die Kälte und die knappen zwei Stunden, die er geschlummert hatte. Die Straßenbeleuchtung brannte jetzt, nach dem langen Stromausfall während der Nacht. Hector zündete sich eine Zigarette an und schritt hurtig aus, versuchte spaßeshalber die Berufe der Leute zu erraten, die sich an den Bushaltestellen drängten.

Der da: Handwerksmeister; der da: Maurer; der da: Arbeiter; der da: Student an der Lehrerbildungsanstalt; der da: Metzgergehilfe; der da: Journalist, auf dem Weg ins Bett. Der da: Detektiv, stellte er beim Anblick seines Spiegelbildes in einer Schaufensterscheibe fest. Die Schwärze wich allmählich den Grautönen des Vorspiels der Morgendämmerung.

Mit dem Licht nahm auch die Heftigkeit der Geräusche zu. Im Reklamespiegel einer noch geschlossenen Apotheke sah er, was für Augenringe die durchwachte Nacht ihm beschert hatte. Die Augen selbst: zwei funkelnde Punkte. Er redete sich ein, daß er zufrieden war, trotz Gähnens und Frierens. Es lag an der Stadt, an dieser Stadt, für die er eine so tiefe Zuneigung empfand, grundlos eigentlich, und die ihn mit diesem schmutziggrauen Morgendämmern willkommen hieß. Und noch mehr als an der Stadt lag es an den Leuten.

Vielleicht war es auch so, daß die Feindseligkeit dieser Dämmerung die Menschen enger aneinanderrückte. Während er sechs Häuserblocks entlanggeschritten war, hatten ihm mindestens sechs verschiedene Personen zugelächelt; ein solches Lächeln schenkt man dem Vorübergehenden in der kalten Morgenfrühe.

Es gelang ihm, einen Bus der Linie ›Artes-Pino‹ zu besteigen. Inmitten des Gedränges trachtete er, die Pistole im Schulterhalfter zu verdecken, brachte es gerade noch fertig, sie nicht mitsamt Futteral und seinem Arm einer untersetzten Büroangestellten ins Auge zu bohren, rettete sein Portefeuille aus der Gesäßtasche und wich einem T-Lineal aus, das ihm bei der ersten jähen Bremsung garantiert die Zähne eingeschlagen hätte.

An der Calle de Artes stieg er aus und ging die Calle Sadi Carnot entlang bis zum Eingang des Lyzeums. Kleine Gruppen von Mädchen kündigten dessen Nähe an, und schon einen halben Block vorher wurden die Verkehrsgeräusche vom aufgeregten Geschnatter der Schülerinnen übertönt. Zeit zum Innehalten. Hector lehnte sich, der Schule gegenüber, neben einem Tamalesverkäufer an die Hauswand. Die Wärme, die von der fahrbaren Garküche ausströmte, machte ihn innerhalb weniger Minuten noch schläfriger.

Am Tor unterhielt sich, eifrig gestikulierend, eine Gruppe von Mädchen; man nutzte die letzten Minuten, bevor man sich in den Kerker begab. Ab und zu spähte eine junge, ungemein kurzsichtige Nonne heraus, nur um sich den Säumigen bemerkbar zu machen.

Es war erst Viertel vor sieben, und schon hatte der Morgen, das klare Licht, den Zweikampf mit dem grauen Dämmerschein gewonnen.

Ein paar Meter vor Hector blieb ein kleiner Lieferwagen stehen, ein hellgrüner Rambler, dem zwei Burschen entstiegen. Sie öffneten die Hecktür und entnahmen einer Kiste zwei Colaflaschen. Einer von ihnen brachte einen Schraubenschlüssel zum Vorschein.

Hector erblickte von weitem die Person, auf die er wartete.

Sie kam allein, schnellen Schrittes. Den eingegipsten Arm trug sie in einer dunkelvioletten Schlinge. Das Barett der Schuluniform saß schräg auf ihrem Kopf, und der lange Schottenrock schwang beim Gehen. Das Schulbücherbündel hatte sie etwas mühsam unter den gesunden Arm geklemmt. Eine graue Beuteltasche baumelte ihr von der Schulter. Sie machte ein ernstes Gesicht, Brauen zusammengezogen, hatte es sichtlich eilig. Hector ließ sie vorbeigehen, ohne sich zu rühren. Die beiden Cola-Burschen lösten sich vom Auto, um ihr den Weg abzuschneiden, als sie die Straße überquerte.

Das Mädchen hob den Blick und erschrak. Einer der Burschen warf ihr die Flasche vor die Füße. Die Flüssigkeit spritzte heraus, und Glasscherben flogen nach allen Seiten. Der andere trat vor sie hin und packte sie am gesunden Arm. Die Bücher fielen auf den Boden.

Hector stieß sich von der Wand ab. Der Bursche riß dem Mädchen die Mütze vom Kopf, griff nach der Flasche seines Kumpans und wiederholte das Spielchen. Wieder stoben die Scherben.

Der Tamalesverkäufer verließ seinen Karren und folgte Hector.

Aus dem Lieferwagen kletterte ein dritter Bursche mit noch drei Flaschen in der Hand. Hector beobachtete ihn aus dem Augenwinkel, ohne innezuhalten.

Das Mädchen versuchte sich loszureißen, sich wortlos, wie in einem Stummfilm, aus dem zangengleichen Zugriff zu befreien.

»Schluß mit der Darbietung«, sagte Hector, als er das Trio erreichte.

»Geht Sie einen feuchten Dreck an«, entgegnete einer der Burschen. Kirschroter Pulli unter grüner Kordjacke. Groß, braunes Haar, eine kleine Narbe unter dem rechten Auge.

Genau dorthin richtete Hector seinen ersten Schlag. Mit dem Handrücken. Der Typ taumelte, und Hector nutzte die Verwirrung aus, um den anderen, der den Arm des Mädchens festhielt, gegens Schienbein zu treten.

Der Typ schrie auf und ging inmitten der zersplitterten Colaflaschen zu Boden.

Den dritten Burschen übernahm der Tamalesverkäufer, in dessen Hand – Gott weiß, woher – ein Stück Eisenschiene aufgetaucht war.

Grünjacke, noch auf dem Boden, zog den Schraubenschlüssel hervor.

»Wer hat dich gerufen, Mistkerl?« fragte er.

»Der Erzengel Gabriel«, sagte Hector, inspiriert von der Nonne, welche die Szene entgeistert beobachtete.

Hector versetzte dem Kerl einen Tritt gegens Kinn und hörte seine Kieferknochen knirschen.

Womit Hector die anderen verwirrte, und was ihn die Oberhand behalten ließ, war, daß er völlig unvermutet zuschlug, eiskalt, ohne vorherige Warnung. Er stand da, unbeweglich, die rechte Hand in der Tasche, schien die beiden Typen nicht zu beachten, sondern nur die auf dem Boden verstreuten Bücher, und plötzlich sauste seine Faust vor.

Der Flaschenzertrümmerer wich zurück.

»Was soll die Prügelei, du Idiot?« sagte er und ging zum Wagen.

»So sind wir nun mal, wir Mexikaner«, antwortete Hector, zog spontan die Pistole und feuerte auf den Colakasten im Auto. Die Flaschen zersplitterten, das Gesöff sprudelte heraus. Drei Schülerinnen, die zu spät dran waren, rannten schreiend aufs Tor zu.

Die drei Burschen machten, daß sie zum Wagen kamen.

Grünjacke humpelte, *Armzange* spuckte Blut und hielt sich die Hand vors Gesicht.

Hector steckte die Pistole ein und grinste den Tamalesverkäufer an.

»Ein Glückstreffer«, sagte er. »Normalerweise klappt das nicht so toll aus dieser Entfernung.«

Der Tamalesverkäufer grinste zurück und ging wieder zu seinem Karren. Der Rambler fuhr im Rückwärtsgang bis zum Ende des Häuserblocks. Das Mädchen klaubte die Bücher auf und schaute Hector mit einer Mischung aus Schrecken und Bewunderung an.

»Und du? Wer bist du?« fragte sie, während sie sich anschickte, wieder auf das rettende Schultor zuzustreben.

»Ich heiße Hector«, sagte Hector, der zum Vergnügen auf den Glasscherben herumtrampelte, den Blick zu Boden gerichtet.

»Hector, der Protektor«, lachte das Mädchen und wandte sich ab.

»Hector Belascoarán Shayne«, sagte Hector und blickte hoch.

»Wann hast du hier Schluß?«

»Um zwei«, gab sie Bescheid und hielt einen Moment inne.

»Geh nicht gleich weg, vielleicht verspäte ich mich ein bißchen.«

Hector steckte die Hände in die Taschen und ging langsam davon, ohne auf Antwort zu warten, ohne sich umzudrehen. Das Mädchen zögerte kurz, lief dann zum Schultor hinüber. Die Nonne empfing sie mit ausgebreiteten Armen.

Der Mann mit dem Tamaleskarren schaute Hector nach.

Beim Revolutionsdenkmal stieg er in einen Bus der Linie ›Carretera Norte‹. Er mußte stehen, hielt sich mit der rechten Hand am Griff fest. Die linke tat ihm weh, besonders am Handrücken, und lief allmählich rot an. An der Avenida Hidalgo überlegte er es sich anders und stieg aus. Er schlenderte inmitten der Leute dahin, die offenbar alle im Büro des *Partido Revolucionario Institucional* (Sektion Bundesdistrikt), also der Regierungspartei, zu tun hatten, bis er eines der Buchantiquariate erreichte. Da er den Vormittag in Autobussen zu verbringen gedachte, brauchte er etwas zu lesen. Nach ausgiebigem Stöbern am Wühltisch kaufte er *Manhattan Transfer* von Dos Passos in einer alten Ausgabe mit beschädigtem Einband und einer Widmung aus besseren Tagen: ›Für Joaquín, in Liebe von Laura Flores P.‹ Durch geschicktes Feilschen bekam er das Buch für acht Pesos.

In einem anderen ›Carretera Norte‹ ergatterte er einen Sitz ziemlich weit hinten und fuhr bis zum Rancho del Charro. Er las ein, zwei Kapitel und stellte zwischendurch fest, in was für einen Abfallhaufen sich der Norden der Stadt seit seiner Studienzeit verwandelt hatte.

Ab und zu huschte ein Grinsen über seine Züge, wenn er an die Rauferei dachte.

Er war kein Mann der Gewalt. War es nie gewesen. Er hatte es fertiggebracht, neben der Gewalt, die ihn umgab, herzuleben, ohne sich im entferntesten schmutzig zu machen. Alles, woran er sich erinnerte, waren ein paar Handgreiflichkeiten während der Schlußphase seiner Ingenieurtätigkeit und eine Rauferei in einem Kino, als man versucht hatte, seiner Ex-Gattin die Handtasche zu klauen. Aus dem Handgemenge war er leicht ramponiert hervorgegangen, und zwar insofern, als man ihm mit einem Regenschirmgriff die Fresse poliert hatte. Deshalb faszinierte ihn, mehr noch als das Resultat, der Stil, dem er sich gegenübergesehen hatte. Diese trockene, eiskalte Gewalt, die eigentlich nirgendwo herkam. Jedesmal, wenn die schmerzende Hand ihn daran erinnerte, grinste er vor sich hin. Bis er anfing, sich dieser immer wiederkehrenden, mehr als kindischen Attitüde zu schämen. In Indios Verdes stieg er in einen grünen Bus der Linie ›San Pedro-Santa Clara‹ um. Er brachte es fertig, noch ein Kapitel Dos Passos zu lesen, während der Bus sich den Weg durch Xalistoc hindurchpflügte, rüttelnd, Schlaglöchern ausweichend und Radfahrer bedrohend. Hector zog an der Klingelschnur und ließ sich, auf dem Trittbrett stehend, den Fahrtwind ins Gesicht klatschen, bis er an der nächsten Ecke ausstieg. Es nieselte.

Die Gegend war ihm nicht fremd. Vier Jahre lang war er mit dem Wagen hier vorbeigekommen, immer bemüht, so wenig wie möglich nach rechts und links zu schauen, hatte den Staub gehaßt, das Markttreiben, die Verbreiterungsarbeiten an der Calzada Morelos und die Menschenmassen, die um halb sechs die Busse stürmten. Er hatte sich bemüht, all das zu ignorieren, während er abends heimwärts aufbrach, in die komfortable, geradezu widerlich mittelständische Sicherheit des Stadtviertels Nápoles. Er hatte sich bemüht, eine Vielzahl von Dingen, die er erriet oder erahnte, nicht an sich herankommen zu lassen. Nichts zu tun zu haben mit diesem Industriegebiet inmitten des Staubs, mit dem Elend, das in den letzten fünf Jahren hunderttausend Landflüchtlinge aufgesogen, sie den Schwefeldünsten ausgeliefert hatte, dem geballten Dreck, den besoffenen Polizisten. Nichts zu tun zu haben mit den Grundstücksschiebungen, den illegalen Viehschlachtungen, den Löhnen unterm Existenzminimum, der Kälte, die aus dem Osten kam, und der Arbeitslosigkeit.

Hier roch die Industrie noch nach dem 19. Jahrhundert. Die subtile Falle einer sauberen, leistungsfähigen Musterindustrie hatte hier keinen Platz. Das Eisen war rostig, Sicherheitshelme waren noch nicht erfunden, statt Lohnstreifen gab es irgendeine Liste, die dann verschwand, schon die Rohstoffe waren Ausschußware, und die Chefs plünderten die Pensionskassen. Hier zeigte der mexikanische Kapitalismus all seine Schmierigkeit, den ganzen ihm innewohnenden Schmutz, den er anderenorts hinter blankem Ziegelmauerwerk und hygienischen Fassaden verbarg.

Hector kannte das und wußte doch, daß er lediglich an der Oberfläche gekratzt hatte, daß er nie viel mehr hatte erfahren wollen. Immer hatte sein Wagen am Tor des Großbetriebs, wo er arbeitete, gewartet, und er hatte jene fünf Kilometer stur auf der Hauptstraße durchmessen, bei geschlossenen Fenstern und aufgedrehter Stereoanlage.

Deshalb überfiel ihn beim Verlassen des Autobusses ein vages Schuldgefühl, und er stürzte geradezu auf eine Imbißbude zu, wo vier oder fünf Arbeiter ihr Frühstück beendeten.

»Einen Orangensaft.«

»Mit Ei?«

»Ohne«, sagte er. Die Mischung verlockte ihn nicht.

Er nahm das Glas und betrachtete die Staubwolke über der Straße.

Die Arbeiter hatten sich bei Hectors Erscheinen abgewandt und machten mit ihren Witzeleien weiter, mit denen Hector nichts anzufangen wußte: Da war von Arschbacken die Rede, von Pickeln im Gesicht eines Aufsehers und von so einem Ärzteknilch vom Gesundheitsdienst, der Aspirin gegen Rheuma verordnete.

Nach dem Bezahlen riskierte er ein halbes Lächeln, das von den Werktätigen nicht zur Kenntnis genommen wurde. Er ging aufs eigentliche Fabrikgelände zu.

»Sie dürfen passieren, Chef«, sagte der Pförtner.

Hector prägte sich das Gesicht ein.

Die Innenhöfe waren bleigrau gestrichen, im Gegensatz zur blauen Fassade mit den knallroten Aufschriften: *›Nieder mit Lira ... Mehr Lohn oder Streik ... Zenón Hurensohn ...‹*

Hinter dem Pförtner an der Stechuhr hielten zwei Werkschutzleute Wache: finstere Mienen. Einer hatte eine kurze, doppelläufige Flinte.

Hector wanderte auf dem Fabrikgelände umher, ein Gewirr von Höfen und Hallen und überdachten Laufgängen in acht Metern Höhe. Arbeiter in uniformähnlichen Overalls oder auch nur in dunkelblauen Kitteln bewegten sich ohne ersichtliche Ordnung.

Am anderen Ende des Haupthofes mit Laderampe, wo sechs oder sieben schwere LKWs abgefertigt wurden, erwartete ihn eine Reihe kleinerer, zweistöckiger Gebäude; cremeweiß gestrichen, Details dunkelblau abgesetzt.

»Licenciado Duelas, zu Diensten.«

»Belascoarán«, sagte Hector und ergriff die dargebotene Hand.

»Wir hatten Sie nicht erwartet ...«

»Ich nehme Ihren Auftrag an.«

»Treten Sie ein. Ich will Sie nicht warten lassen. Eben findet eine Besprechung der Betriebsleitung statt.«

Sie durchschritten diverse Büros, zogen die Blicke verwirrter Sekretärinnen auf sich.

Welche von ihnen hatte wohl – laut Dossier – die erwähnten Krapfen verspeist?

Hinter einer hellen Holztür ein Konferenzzimmer mit schwarzen Lederfauteuils, besetzt von vier Männern.

»Señor Guzmán Vera, Leiter der Buchhaltung.« Ein schlanker Mensch, wie aus dem Ei gepellt, kreisrunde Brillengläser rittlings auf der Nase. »Ingenieur Haro.« Nachwuchsmanager. Hector kannte Hunderte seinesgleichen, frisch von der Schulbank. »Ingenieur Rodríguez Cuesta, geschäftsführender Direktor.« Silberweißes Haar, Anzug von englischem Schnitt, buschiger Schnurrbart, dunkler Teint. »Ingenieur Camposanto.« Abrufbereites Lächeln inmitten eines runden, schier allzu sorgfältig rasierten Gesichts, um die Vierzig.

»Guten Tag und willkommen, Señor Shayne«, sagte der geschäftsführende Direktor im Namen aller. Die übrigen drei nickten, als bedeuteten diese Worte eine Auszeichnung.

»Belascoarán Shayne«, korrigierte Hector.

Der Direktor machte eine zustimmende Geste.

Hinter den Dasitzenden ahnte man die Höfe des Unternehmens, die Schmelzöfen in Betrieb, den Lärm der Menschen, den Schweiß der Arbeiter.

Hector setzte sich unaufgefordert. Duelas nahm an seiner Seite Platz.

»Das Problem ist ganz einfach«, legte der Licenciado los, ohne ein Startzeichen abzuwarten, als hätte man ihn im voraus zum Firmensprecher ernannt. »Wir haben schwere Arbeitskonflikte durchzustehen, der Bereich Santa Clara ist von großer Unruhe heimgesucht. Die Geschäfte gehen, wie Sie wissen, in diesem unheilvollen Jahr auch nicht besonders gut. Und nun zwei Morde innerhalb von zwei Monaten ... Die Polizei flößt uns kein Vertrauen ein. Wir möchten wissen, ob zwischen den beiden Vorfällen ein Zusammenhang besteht, und wer dahintersteckt. So etwa läßt sich der Standpunkt der Firma zusammenfassen. Desgleichen derjenige der Industrie- und Handelskammer, in deren Namen ich spreche. – Ich muß hinzufügen, auch wenn in meinem Dossier nicht davon die Rede war, daß unsere Interessen sich auf beide Firmen verteilen, und daß wir in beiden Firmen Probleme mit derselben Gewerkschaft hatten«, meinte er abschließend.

»Wenn Sie die Schuld bei der Gewerkschaft suchen, sehe ich nicht ein, wozu Sie mich brauchen. Dergleichen erledigt bestens die Polizei.«

»Wahrscheinlich werden wir auch die einschalten. Aber vor allem wollen wir den Schuldigen und seine Beweggründe kennenlernen«, sagte der Direktor.

Was mag in ihren Gehirnen vorgehen? überlegte Hector. Was bewegt sie?

»Honorarfragen können Sie mit Señor Guzmán Vera regeln.«

Der Angesprochene nickte.

»Dürfte ich erfahren, warum Sie mich damit beauftragen?«

»Wir wissen, daß Sie früher in der Industrie tätig waren, daß Ihnen der Titel eines Ingenieurs zusteht, daß Sie in den Vereinigten Staaten studiert haben ... Warum Sie Ihren Beruf aufgegeben haben, interessiert uns nicht. Wir haben uns gedacht, Sie – wie soll ich sagen? – Sie gehören zur Familie, Sie kennen sich in einem Industriebetrieb aus, wissen über die einschlägigen Probleme Bescheid und können sich – ganz allgemein gesprochen – in unsere Gedankengänge hineinversetzen.«

Ein Zigeuner liest dem anderen nicht aus der Hand, dachte Hector. Eine Krähe hackt der anderen kein Auge aus.

»Einverstanden.«

Sprach's und bereute es umgehend. In was für einem Misthaufen würde er da wühlen müssen?

Die fünf Männer setzten ein Lächeln auf und warteten, daß Hector sich erhob. Der stand also endlich auf und verließ, vom Leiter der Buchhaltung gefolgt, grußlos den Raum.

Die Antwort hatte ihn tiefinnerlich verdrossen. Er entsann sich der auf dem Tisch liegenden Päckchen *Philip Morris* und *Benson and Hedges.* Kein Mensch rauchte hier *Delicados.* Das leutselige Getue des Staatspräsidenten López Mateos paßte nicht in diese Wirklichkeit. Gab es keine Umkehr? War er, Hector Belascoarán Shayne, dazu verdammt, immer auf derselben Seite des Trennzauns zu stehen? Dieses Kainszeichen, ihm ohne sein Wissen aufgeprägt, als er sein Ingenieurstudium angetreten hatte – machte es ihn lebenslang zum Komplizen der Unternehmer, ließ es sich niemals auslöschen?

Er war drauf und dran, den Tag zu verfluchen, an dem er – statt vom Kaffeehaustisch aus Mädchenbeine zu betrachten – zu seiner ersten Vorlesung gegangen war.

Guzmán lächelte nichtssagend und schritt durch die Korridore voraus zu einem winzigen Büro. Er sperrte auf, ließ sich in einen Sessel fallen und winkte Hector in den Sessel gegenüber.

Hector achtete sorgsam darauf, Asche auf den Teppich zu verstreuen.

»Wären Ihnen tausend Pesos pro Tag recht, während der ersten vierzehn Tage, plus vertretbare Spesen?«

»Ich glaube, so viel kann ich nicht verlangen«, entgegnete Hector. »Lassen Sie mich überlegen.«

Der Buchhalter glotzte überrascht. »Oder doch, ja, ich hab's mir überlegt. Ich verlange sogar fünfzehnhundert pro Tag, allerdings nur für zehn Tage. Wenn ich bis dahin nicht weiß, wer's war, lassen wir's bleiben. Spesen fallen keine an. Ich fahre mit dem Bus.«

Er stand auf, wandte sich zur Tür.

»Am Schluß komme ich kassieren, keine Angst.«

Hector schloß die Tür und marschierte wieder durch das Labyrinth.

»Wann machen die Arbeiter Mittagspause?« fragte er den Pförtner.

»So um halb zwei. Sie essen da drüben in der Imbißstube oder am Straßenrand, oder wo sie eben Platz finden.« Er machte eine Handbewegung.

»Gibt es keine Werkskantine?«

»Doch, aber neuerdings geht niemand mehr hin«, meinte der Pförtner vielsagend.

»Und warum nicht?«

»Seit es Streik gibt, essen sie hier. Vorher war das anders«, sagte die Frau von der Imbißbaracke.

Hector war langsam herangeschlendert und hatte sich an dem Tisch mit dem an vielen Stellen abbröckelnden Plastiküberzug niedergelassen. Er nahm einen roten *Jarrito*, ein seltsames Getränk von greller Farbe, zu dem er sich wegen des Zuckergeschmacks und aus einer Anwandlung von Heimatverbundenheit bekehrt hatte.

»Angeblich meiden sie die Kantine, weil sie sich außerhalb des Werksgeländes ungestörter unterhalten können?«

»Angeblich«, bestätigte die Frau, die hinter einem kleinen Mädchen herlief, um ihm die Nase zu putzen. Nach dem Schneuzen hob sie den Blick, stemmte die Arme in die Hüften und fragte: »Sie arbeiten für die Firma?«

»Ja ... Aber nicht als Spitzel. Ich möchte mit den Leuten von der Gewerkschaft sprechen.«

»Sie verstecken sich nicht. Zur Essenszeit sind sie alle hier zu finden.«

Die Frau machte kehrt und verschwand hinter der Theke.

Hector zog ein zerknittertes Büchlein hervor und machte sich ein paar Notizen:

›Warum nennen sie Zenón einen Hurensohn?

Die Sandinisten kamen durch Costa Rica. Ob dort um das Jahr 32 herum irgendein Paß ausgestellt wurde, der einen auf die Spur von Don Emiliano bringt?

Warum hatten die einen Kasten mit Cola im Lieferwagen?

Was spukt der Direktion im Kopf herum, abgesehen von den Sorgen mit der Gewerkschaft?‹

Anschließend verfiel Hector ins Grübeln.

In Mexiko gab es keine gewaltsamen Konkurrenzkämpfe. Seines Wissens jedenfalls nicht. Die Bourgeoisie war in den letzten Jahren immer zivilisierter geworden.

Am Beginn der kurzen Unterredung mit den Industriemanagern war es ihm so vorgekommen, als hätten sie vor etwas Angst, als säßen ihre Vorzeigeprobleme mit der unabhängigen Gewerkschaft allzu dicht unter der Oberfläche. Wenn es sonst nichts gab, wäre die Polizei mit Vergnügen bereit gewesen, aus den Verbrechen und der Gewerkschaft ein gemeinsames Weihnachtspaket zu schnüren.

Hector hielt sich etwas darauf zugute, daß er seiner Vergangenheit hatte ins Gesicht sehen können, und obwohl es ihm nicht leichtgefallen war, mit der Arbeit, mit der Ehe, mit einem ganzen Lebensstil zu brechen, war er dennoch Detektiv geworden; in einem Land, wo eine derartige Existenzform jeglicher Logik Hohn sprach; in einem Land, das jedoch andererseits jegliche Irrationalität zuließ, also auch diese. Es war ihm gelungen, das brutale und intuitive Nein zu seinem Dasein als Betriebsingenieur mit Wohnung im Viertel Nápoles und 22000 Pesos Monatsgehalt in ein rationales, aber darob nicht weniger leidenschaftliches Nein umzuwandeln.

Er wußte, daß es für eine starke Firma den Begriff der Angst nicht gab. Er wußte, daß Angst entweder aus einer Konfrontation mit dem Staat hervorging oder aus einer erdrückenden Sturzflut von Rivalität. Gewalt indes ließ sich eher mit dem ersteren Gesichtspunkt in Verbindung bringen, kaum mit dem letzteren. Gleichermaßen stand fest, daß die Unternehmerschaft in den letzten Jahren das Problem der unabhängigen Gewerkschaften von einer feudalen Warte aus betrachtet hatte. Er wußte nicht, warum, aber gewisse Anhaltspunkte in seinem Kopf sagten ihm, daß die Sache in andere Bereiche hineinspielte.

Er hatte zweieinhalb Stunden totzuschlagen und beschloß, seine Pläne zu ändern.

»Señora … Um wieviel Uhr ist Feierabend?«

»Sie meinen – Schichtwechsel. Um halb vier, junger Mann.«

Er hinterließ vier Pesos auf dem Tisch und ging, nicht ohne vorher dem kleinen Mädchen, das gleich nebenan auf allen vieren herumkroch, ein offenes Lächeln geschenkt zu haben. Zu seinem Erstaunen – vermutlich weil er sich noch immer als Außenseiter empfand – wurde es erwidert.

»Einen Wunderschönen, Herr Nachbar. Was tut sich so?« fragte der Möbelpolsterer, als Hector den Regenmantel in Richtung Kleiderständer schleuderte.

»Nichts Weltbewegendes.«

Carlos Vargas, der Polsterer, studierte aufmerksam die Anzeigenseiten auf der Jagd nach Gelegenheitsarbeiten und Nebenverdienstmöglichkeiten. Einiges strich er mit einem roten Filzstift an.

»Irgendwas los?« fragte Hector und ließ sich in den Sessel plumpsen.

»Nichts. Nur so eine blöde Polstersesselausbesserung für so einen blöden Papierwarenhändler von nebenan. Aber das Arschloch will den Stoff selber liefern und bietet nur hundert Pesos.«

Der Polsterer, dem Gilberto für die Morgenstunden einen Büroanteil untervermietet hatte, war stets guter Laune und anscheinend stets auf der Suche nach einem Job. Hätte Hector eine Kurzbeschreibung liefern sollen, hätte er gesagt: Knirps mit Bart, Frohnatur, Anruf genügt, kommt sofort.

»Ich habe Ihnen da drüben eine Nachricht von Ihrem Bruder hingelegt.«

In der Innenstadt vorwiegend Sonne. Der Nieselregen war in Santa Clara zurückgeblieben.

›Bin bis halb eins im *Café La Habana*‹, lautete die Botschaft.

Hector griff wieder nach dem Regenmantel und ging zur Tür.

»Sie sehen schläfrig aus, Meister«, sagte Vargas.

»Kann schon sein. Ich wünsche Ihnen was.«

Als er die Tür öffnete, stand er plötzlich vor Gilberto, dem Installateur und Bürogenossen von Anfang an.

»Holla, nicht so feurig, mein Bester!«

»Sagte die Sexbombe, als Sie bei ihr Lunte gerochen hatten«, ergänzte ungerührt der Detektiv.

»Zu spät, denn der Funke war schon übergesprungen«, fuhr der Installateur noch ungerührter fort.

»Was kann ich für Sie tun?« fragte Carlos, der Polsterer, ohne von der Zeitung aufzublicken.

»Sie können mich kreuzweise«, sagte der Installateur und warf eine braune Tasche mit alten Rohren auf den Boden.

»Das wird ein teurer Spaß, bei solchen Ansprüchen«, sagte Hector und ging.

»Nehmen Sie bitte auf dem Operationstisch Platz«, äußerte Vargas.

»Bißchen fröhlicher das Ganze, wenn's recht ist«, hörte Hector noch, während er zum Fahrstuhl floh, um nicht in das Wortscharmützel hineingezogen zu werden.

Er ging die Calle del Artículo 123 entlang in Richtung Bucareli. Es war die Stunde der Marktschreierei, der Zeitungsverkäufer nämlich. Vor der seltsam geformten Kirche tobte eine mittlere Fußballschlacht, zwanzig Meter weiter traktierte man nicht den Ball, sondern einander mit Fußtritten. Den Regenmantel unterm Arm, die Augen feucht, teils von der Schläfrigkeit, teils vom Smog, hing Hector seinen Gedanken ans Büro nach. Für nichts auf der Welt hätte er es eingetauscht. Der Kontakt mit den beiden Handwerkern und nächtens mit dem Kloakenexperten wies ihm seinen eigentlichen Platz in diesem Mexiko an. Handwerker auch er, mit weniger Berechtigung als die anderen, weniger Berufserfahrung. Ein Mexikaner im mexikanischen Dschungel, mußte er darauf bedacht sein, vom Mythos des ›Detektivs‹ mit all seinen kosmopolitischen und exotischen Anklängen nicht aufgesogen zu werden. All die Wortspielchen und Berichte über Abwasserkanäle versorgten ihn mit der unerläßlichen Tagesration Mexikanität, verstärkt durch Diskussionen über die steigenden Preise der Zigaretten und Erfrischungsgetränke, durch Debatten über diese spanisch-baskischen Arschlöcher, Besitzer von Läden für Handwerkerbedarf, durch Hinweise auf das Programm der Kleinkunstkneipen und die neuesten Triumphe irgendeines Fernsehkomikers.

Überdies verfügte er so – vom rein praktischen Gesichtspunkt aus betrachtet – über drei tüchtige Sekretärinnen, die ohne Murren Botschaften entgegennahmen und weiterleiteten und sozusagen das Archiv besorgten. Dafür sah Hector sich verpflichtet, Aufträge für Polsterer- und Klempnerarbeiten zu notieren, Auskünfte über die Reparaturkosten von Sofabezügen zu erteilen; gelegentlich empfing er auch Mitteilungen von der Braut des Ingenieurs.

An weiteren positiven Details hätte er noch anführen können, daß das Büro von einem Klima geistiger Lebhaftigkeit erfüllt war, welches ihm Spannkraft verlieh. Außerdem bot es vorzügliches Morgenlicht und befand sich in jenem Teil der Innenstadt, deren menschen- und lärmerfüllte Straßen und Gassen er so liebte.

An der Calle Bucareli angelangt, bog er nicht gleich nach links ein, sondern gönnte sich einen kurzen Abstecher nach rechts, um sich ein Erdbeereis am Stiel zu kaufen, eins von der besten Sorte in diesem verdammten hauptstädtischen Bundesdistrikt.

Bruder Carlos saß vor einem Espresso und einem Roman von Howard Fast.

»Wiegehtswiestehts?« Hector legte den Regenmantel ab und setzte sich.

Er bestellte Kaffee und Krapfen bei der Kellnerin und wartete, daß sein Bruder das Feuer eröffnete.

»Kannst du heute abend zu mir kommen?«

»Um wieviel Uhr?«

»So gegen neun.«

»Früher. Um acht herum.«

»Gemacht. Wir sollten uns zu dritt ein bißchen über die famose Erbschaft unterhalten.«

»Geht dir gewaltig wider den Strich, stimmt's?«

»Ziemlich«, sagte Carlos.

»Was weißt du von der Metallverarbeitungsfirma *Acero Delex*?«

»Was hast du mit der zu schaffen?«

»Erst bist du dran.«

»Das Unternehmen betreibt im Bundesdistrikt drei Fabriken und noch zwei in Guadalajara. Umwittert von Machenschaften. Schlechter Ruf in Industriekreisen. Aber wirtschaftlich sehr stark. Wer das Sagen hat, weiß ich nicht.«

»Und was weißt du von der Gewerkschaft?«

»Von den angepaßten Speichelleckern?«

»Nein, von eurem Verein.«

»Einiges.«

»Spuck's halt aus, Herrgott ... Ich bin kein Spitzel der Direktion!«

»Na ja, schon, sicher ...« Carlos hob die Hand, wies die Kellnerin auf seine leere Espressotasse hin.

»Sie wollen der Gewerkschaft einen Strick drehen. Sie wollen ihr den Mord an dem Ingenieur in die Schuhe schieben«, reizte Hector.

»Davon haben wir schon was läuten hören.«

»Kannst du mich mit irgendwem zusammenbringen?«

»Morgen.«

»Heute nicht?«

»Ich kenne die dortigen Genossen nicht persönlich.«

»Könntest du mich begleiten?«

»Was hast du vor?« fragte Carlos.

Hector schlürfte langsam den Kaffee, bevor er antwortete.

»Ich will herauskriegen, wer diesen Ingenieur umgebracht

hat. Die haben mich heute damit beauftragt.«

»Ziemlich beschissener Job, angesichts des Krachs mit der Gewerkschaft.«

»Weiß ich.«

»Erst muß ich noch die korrigierten Druckfahnen in den Verlag zurückbringen. Finanziell geht's mir ziemlich dreckig.« Carlos grinste.

»Halb vier an der Imbißbude vor dem Werktor? Nur fünf Minuten ...«

»Tja, hm ... Und wirst du nicht in Schwulitäten kommen, wenn man dich mit unseren Leuten sieht?«

»Das kümmert mich einen feuchten Kehricht.«

»Also, bis dann. Du zahlst.« Carlos stand auf. »Hast du Neuigkeiten von deinem Mädchen mit dem Pferdeschwanz?« erkundigte er sich zum Abschied.

Hector hob die Schultern.

»Hie und da ein Brief.«

»Bißchen wenig, was?«

Carlos legte ihm kurz die Hand aufs Genick – eine halb brüderliche, halb väterliche Geste.

Umschwirrt von Gesprächsfetzen blieb Hector in dem Café sitzen, gähnte und stellte fest, daß zwischen ihm und seinem jüngeren Bruder auf irgendeine unerklärliche Weise ein Rollentausch stattgefunden hatte. Auf einmal war er, Hector, der Benjamin der Familie.

Das Mädchen mit dem eingegipsten Arm wartete, ans Schultor gelehnt. Als sie Hector von weitem herankommen sah, ging sie ihm entgegen. Die Umhängetasche baumelte von der Schulter des Armes herab, der unbeweglich in der Schlinge steckte.

Hector lauschte fasziniert dem Durcheinandergeplapper der Mädchen in weißer Bluse und Schottenrock, die sich wie eine Seuche über die ganze Straße verbreiteten. Der alte Tamalesverkäufer schenkte ihm ein Lächeln des Wiedererkennens.

»Das war ein starkes Stück, wie?«

Hector nickte.

»Der Protektor«, sagte das Mädchen zur Begrüßung und deutete einen Knicks an.

»Hallo«, antwortete Hector, dem sonst nichts einfiel.

Wortlos gingen sie nebeneinander her bis zur Avenida Insurgentes. Die Mittagssonne schlug Funken aus den Fensterscheiben. Dreimal schien Hector zum Sprechen ansetzen zu wollen, beschränkte sich dann jedoch darauf, heftig an der Zigarette zu ziehen. Das Mädchen schaute ihn erstaunt, verwirrt, von der Seite an.

»Kommst du nicht mit?« fragte sie, den Fuß auf dem Trittbrett des Autobusses.

»Später. Ich habe noch etwas zu erledigen.«

Und er blieb an der Ecke stehen, sah zu, wie das Mädchen durch den Bus lief bis zur hintersten Sitzreihe und aus dem Rückfenster schaute.

Er hatte nicht gewußt, was er sagen, wie er anfangen sollte. Er mußte sich eingestehen, daß auch sein berufliches Auftreten von der Verwirrung bestimmt war, von der Verwirrung, in der er lebte. Was hätte ein Romandetektiv gesagt?

Wahrscheinlich hätte er's genauso gemacht, wäre stumm geblieben, schweigsamer Beschützer des Mädchens. Aber aus anderen Motiven, nicht aus Schüchternheit.

Er gähnte und begab sich wieder gen Norden.

In unregelmäßigen Schüben kamen sie aus der Fabrik. Einige Gruppen wandten sich stracks der Imbißstube zu. Die Tische füllten sich.

Hector stand auf.

»Wer ist von der Eisengewerkschaft?« fragte er einen dicklichen Arbeiter, dessen Wollmütze eine blaue Troddel zierte.

Der deutete auf einen Tisch weiter vorn. Stille entstand. Sämtliche Blicke richteten sich auf Hector. Man hörte lediglich, wie Gläser auf den Tischplatten abgestellt wurden. Er trat entschlossen näher.

»Ich möchte mit Ihnen sprechen.«

Ein hochgewachsener Mann mit Zapata-Schnurrbart deutete auf einen Stuhl. Noch zwei saßen am Tisch: ein Arbeiter im blauen Overall, an die Vierzig, drohende Glatze, ewiges Grinsen um die ewige Zigarette zwischen den Lippen; und ein Kleiner mit Bart, kirschroter Pullover und gleichfarbige Hose von der Stange, besonderes Kennzeichen: enorme, schwielige Pranken.

Hector schaute zum Eingang, ob sein Bruder nicht bald kam. Der Zustrom aus der Fabrik hielt an, die Imbißstube wurde immer voller und immer stiller, im Gegensatz zu dem Wirrwarr draußen.

»Die Firma hat mich beauftragt, herauszufinden, wer den Ingenieur Alvarez Cerruli getötet hat. Wahrscheinlich will man den Mord der Gewerkschaft zur Last legen ... Ich arbeite zwar in deren Auftrag, aber da mache ich nicht mit. Es bleibt mir also nichts anderes übrig, als den wahren Mörder zu finden. Dazu brauche ich Ihre Hilfe.«

Die Männer sahen einander an.

»Wer sind Sie?«

»Ich heiße Hector Belascoarán Shayne.«

Der pompöse Name zeigte prompt Wirkung.

»Warum fragen Sie nicht Camposanto?« tönte es von einem anderen Tisch herüber.

Die Männer am Tisch lachten.

»Warum lassen Sie sich nicht von Camposanto zu einer Party einladen?« hörte Hector die Stimme des Dicklichen hinter seinem Rücken.

Erneutes Gelächter.

»Richten Sie denen aus, uns ist es scheißegal, ob sie uns den Mord anlasten wollen«, sagte der Hochgewachsene, und für ihn war das Gespräch damit beendet.

Hector legte ein paar Pesos neben sein Glas und ging.

Die Sonne knallte ihm so ins Gesicht, daß er blinzeln mußte. Er war schläfrig. Schlenderte zum Fabriktor hinüber. Eine Gruppe junger Arbeiter verkaufte den *Zopilote*, ein kleines Gewerkschaftsblatt, unter den düsteren Blicken der Werkschutzleute, die einen leitenden Angestellten flankierten. Hector kaufte ein Exemplar und warf fünf Pesos in die schwarzrote Büchse, die sie ihm hinhielten.

»Danke, Genosse ...«

Mit der Zeitung in der Hand betrat er – vom Pförtner halb dienstbeflissen, halb mürrisch beäugt und wiedererkannt – das Werksgelände.

Erzitterte die Luft, mit Hochspannung geladen? Oder überwältigte ihn allmählich die Müdigkeit und machte ihn überempfindlich?

Die Sekretärin willigte, nachdem sie sich telefonisch vergewissert hatte, ein, ihm eine Liste mit den Adressen der ›vertrauenswürdigen‹ Angestellten auszuhändigen. Hector steckte sich noch eine Zigarette an, während das Mädchen die Namen und Anschriften tippte.

»Wer war die Sekretärin des Ingenieurs Alvarez?«

Das Mädchen deutete auf ein Büro zehn Meter gangaufwärts. Dort war ein anderes Mädchen von etwa fünfundzwanzig gerade damit beschäftigt, einige Ordner aus einem Aktenregal herunterzuholen, wobei sie eine Menge Bein unter dem smaragdgrünen Rock zeigte.

Hector trat auf sie zu.

»Kann ich Ihnen helfen?«

»Ach, bitte ... Nur die gelben Ordner.«

Hector dehnte sich und reichte sie ihr.

»Sie waren die Sekretärin von Alvarez Cerruli?«

Das Mädchen sah ihn zum erstenmal richtig an.

»Polizei?«

Auf dem Schreibtisch eine aufgerissene Kekspackung. Jede Menge Krümel.

Hector schüttelte den Kopf.

»Niemand hat ihn gemocht, stimmt's?«

»Er war sehr streng, sehr – wie soll ich sagen – verschlossen.«

»Wie hieß der andere Ingenieur, der vor ein paar Monaten getötet wurde? Erinnern Sie sich?«

»Aber ja, gewiß, das war der Ingenieur Osorio Barba. Der hat vor zwei Jahren hier gearbeitet, Señor Alvarez Cerruli hat ihn gut gekannt.«

»Wissen Sie, in was für Beziehungen sie zueinander standen?«

Das Mädchen senkte den Blick.

»Sie waren gut miteinander bekannt.«

»Wie hat Ihr Chef auf die Nachricht vom Tod seines Kollegen reagiert?«

»Er hat sich den ganzen Tag in seinem Büro verbarrikadiert.«

»Eine letzte Frage.«

»Verzeihen Sie, aber ich muß das hier –«

»Nur eine einzige Frage«, sagte Hector und griff nach ihrem Arm. Die Muskeln unter dem Pullover spannten sich.

»Hat irgend jemand den Tod von Alvarez beklagt?«

»Jetzt muß ich aber wirklich ...« sagte das Mädchen und machte sich von Hectors Zugriff los.

Hector kehrte in das Büro von vorhin zurück und ließ sich die mittlerweile fertiggestellte Liste aushändigen.

Carlos erwartete ihn am Tor. Er unterhielt sich mit den Zeitungsverkäufern, kam jedoch gleich auf Hector zu.

»Die vom Komitee sind schon weg. Entschuldige die Verspätung, aber ich mußte erst den Kumpel auftreiben, der die Verbindung zu den hiesigen Leuten herstellen konnte.«

»Mir ist alles schleierhaft … Erzähl mir, was in dieser Gewerkschaft vorgeht.«

Sie schritten nebeneinander durch den Staub. Am Fabriktor blieben nur die Zeitungsverkäufer zurück, die auf Nachzügler der zweiten Schicht warteten, und ein paar Werktätige, die sich an der Ecke mit einem Spielchen vergnügten.

Das Gefühl der Fremdheit, des Nicht-Dazugehörens, machte Hector allmählich nervös.

Im Außenministerium wurde nachmittags nicht amtiert, so daß Hector – nachdem er im ersten Rückfahrtbus ein Nickerchen gemacht und im zweiten den *Zopilote (Rechtsgültiger Vertrag oder Streik!)* gelesen hatte – in einer Agentur an der Calle Balderas einen Wagen mietete und eine Zeitung kaufte, um sich ein Kino auszusuchen, wo er sich bis sieben Uhr aufhalten konnte. Wenn es so weiterging, stand ihm noch eine durchwachte Nacht bevor. Die Idee behagte ihm ganz und gar nicht. Während er die Zeitung durchblätterte, erwog er statt des Kinos ein Bad und ein köstliches Mahl. Doch dann stieß er auf die Ankündigung einer Uraufführung: *Chinameca – Zapatas letzte Stunden* von Gabriel Retes, im *Cine Carusel.*

Er überflog im Geiste seinen Zeitplan und grinste. Wäre das nicht lustig, Don Emiliano am Kinoeingang anzutreffen? Don Emiliano, wie er sich seine eigene Geschichte vorführen ließ?

Sein Grinsen wurde noch breiter, als er das seltsame Dreieck von Problemen bedachte, zwischen dessen Fixpunkten sich sein Leben neuerdings abspielte.

Irgend etwas behagt mir an der Sache nicht, sagte er sich, während er sich heftig abrieb. Die Radiostation, die er zufällig eingefangen hatte, als er ins Bad ging, verflüchtigte sich alle paar Augenblicke. Er würde den Apparat zu seinem Hausnachbarn, dem Elektromeister, tragen müssen. Draußen war böiger Wind aufgekommen, und der Baum vor dem Fenster schüttelte geradezu rhythmisch seine Äste.

Was ihm nicht behagte, das waren die vielen Personen, die binnen so kurzer Zeit durch die Geschichte geisterten. So viele Gesichter in nur zwei Tagen – nein. Und er fürchtete, es würden weitere Namen und Gesichter auftauchen und seinen Weg kreuzen und sich zu einem gigantischen Gesichterkarussell vereinigen, zu einem Menschenknäuel.

Auf der einen Seite die Burschen vom Schultor, auf der anderen die Ingenieure, auf der nächsten die Gewerkschaftler. Dazu kamen der zweite Ermordete sowie die Gesichter der Sandinistas, die den angeblichen Zapata umringten. Mit in die Galerie gehörten Elenas Vater, die Witwe des getöteten Ingenieurs, eine Dienstmagd im Viertel Narvarte, ein Schichtführer mit dem Prädikat ›Hurensohn‹; und über alledem das Gesicht seiner Mutter, das nicht verschwand, das aus dem Rütteln des Autobusses aufstieg, aus den Buchseiten von Dos Passos; und die Briefe, welche die Abwesenheit des Mädchens mit dem Pferdeschwanz heraufbeschworen.

Defilee der Namen: Duelas, Camposanto, Guzmán Vera, Osorio Barba ... Und noch mehr Namen in der mythischen Umlaufbahn Zapatas: Farabundo Martí, Porfirio Sánchez, Girón Ramos ... Und weitere Namen auf den Seiten des Tagebuchs.

Und mittendrin die Beine der Sekretärin, die sich nach den Aktenordnern hochreckte; das Mädchen in Italien, in einem fremden Bett; das sanfte Lächeln Elenas mit dem Arm in der Schlinge; die durchsichtige Bluse von Marisa Ferrer.

Die Müdigkeit machte aus alledem so etwas wie ein Seebeben.

Erst Familienzusammenkunft, dann Abendessen. Er zog sich ein weißes Hemd an und wühlte im Schrank nach einer Krawatte. Fand schließlich in einem mit Socken vollgestopften Fach einen Schlips aus grauem Gewebe, Überbleibsel früherer Zeiten. Während er daran herumknotete, wurde es ihm zu dumm, und er nahm ihn wieder ab. Keine neuen Versöhnungsgesten! Schließlich landete der Schlips im Mülleimer.

Hector verließ die Wohnung, ohne das Radio abzudrehen.

Carlos war gerade dabei, Elisa zu erklären, wie die Politik des Präsidenten Echeverría zur erneuten wirtschaftlichen Stützung des Mittelstands nach 68 beigetragen hatte. Hector betrat das winzige Dachzimmer, setzte sich auf den Boden, gab seiner

Schwester einen Kuß, schenkte sich Kaffee ein und hörte seinem Bruder zu.

»Wo sind sie geblieben, deine Gefährten von damals? Oder die deinigen?« bezog er Hector mit ein. »Was ist aus ihnen geworden? Aus fünfzig Prozent von ihnen – hochbezahlte Mitmacher an sonderbaren Institutionen. Sie tragen zur Aufblähung eines phantastischen Apparats bei, wo nichts getan wird, außer Posten ausgefüllt. Für sie wurde das Land umgekrempelt, um ihnen eine Anstellung zu verschaffen. Deshalb, und aus einem technokratischen Eifer, der nicht etwa den mexikanischen Kapitalismus modernisiert, sondern allenfalls das Gewicht der Staatsbürokratie erhöht hat. Ich leugne ja nicht, daß einige von ihnen am Anfang etwas vorhatten. Aber die Lust ist ihnen bald vergangen, die elegante neue Bürokratie der Techno-Intellektuellen hat sie aufgesogen. Und jetzt füttern sie die Würmer im Institut für die Erhaltung der Stacheln der Nopalkakteen. Im Zentrum für die Wiedererlangung wiedererlangbarer Hilfsquellen. Im Studienzentrum für die Weiterverwendung angerosteter Wasserfässer. Im Rechenzentrum für die Erfassung der Süßkartoffelernte …«

Und er fuhr mit einer Litanei von Namen tatsächlicher oder erfundener Behörden fort, die Hector an das magische Herunterbeten des Rosenkranzes gemahnte.

»Zentrum für die Eingliederung von Mongolen. Institut für die Transformation der Flatulenz. Nationales Hilfswerk für die Erhaltung von Schnepfen. Institut für atmosphärische Aufbereitung. Studienzentrum für angewandte Spätentwicklung. Gemeinnützige Stiftung für die Nutzbarmachung von Bananenschalen … Ich habe eine Liste von einem Freund, der darüber promoviert, die enthält dreiundsiebzig solcher Ausgeburten des Irrsinns. Zusammen mit den sechsundachtzig, die ich erfunden habe, reicht es aus für ein Lexikon realer und fiktiver Ämter …«

»Klingt wie die Waisenkinder, die jede Woche die Gewinnzahlen der Nationallotterie ziehen«, meinte Hector.

»In Kanada, als ich vor Langeweile fast draufgegangen bin«, mischte Elisa sich ein, »habe ich zum Spaß neue Heilige kreiert: Sankt Heraklius vom Backofen, Sankt Clemens Jacobinus, den heiligen Dorotheophilodendron, die heilige Anchovis von Vigo, die heilige Cicatrix von Appendicitien …«

Die Geschwister lachten.
»Ich habe eine große Büchse Thunfisch«, sagte Carlos.
»Ich kann nicht zum Essen bleiben, bin verabredet«, entschuldigte sich Hector.
»Was machst du so?« fragte Elisa.
»Mich durchboxen, wie immer.«
»Brauchst du Hilfe?«
Hector schüttelte den Kopf.
»Na schön, also was machen wir?«
»Mich ödet das an, also warum –«
»Herrgott, mich auch, und Hector vermutlich auch.«
»Du weichst aus. Irgend etwas muß geschehen, und fertig«, sagte Carlos.
»Gut. Also paß auf.«
Elisa entnahm ihrer Handtasche zwei Briefumschläge.
Hector ging in die Küche, um einen Aschenbecher zu suchen. Schließlich fand er einen unter dem schmutzigen Geschirr und fing an, ihn zu säubern.
»Macht weiter, ich höre!«
»Es ist ein Brief von Mama an uns drei. Wollt ihr ihn jeder einzeln lesen, oder liest ihn jemand vor?«
»Am besten du selbst«, sagte Carlos.
»Mhm«, stimmte Hector von der Küche aus zu.

»Liebe Kinder,
wenn Ihr diesen Brief lest, weile ich nicht mehr unter Euch. Aber ich will keine Phrasen dreschen. Ich werde tot sein, und hoffentlich wird es ein sanfter, problemloser Tod gewesen sein. Mein Leben war nicht so. Ihr kennt nur einen Teil davon. Aber ich will Euch nicht mit Erinnerungen belasten, jeder hat seine eigenen. Ich schweife ab ... Die Sache ist ganz einfach: Ich habe im Laufe meines Lebens einigen Besitz angesammelt. Mittlerweile habt Ihr entschieden, ob die Verteilung nach Eurem oder nach meinem Gutdünken erfolgen soll. Das macht mir keine Sorgen. Ich weiß, keiner von Euch hängt am Geld. Andererseits muß ich Euch die Hinterlassenschaft Eures Vaters zukommen lassen. Ich habe, seinem Willen gemäß, all die Jahre einen Brief an Euch aufbewahrt. Er liegt diesem Schreiben bei und enthält den Schlüssel zu einem Bankschließfach. Es war sein Wunsch, daß

Euch dies erst jetzt ausgefolgt wird. So sei es. Ich wünsche Euch allen das Beste. Vergeßt mich nicht.

SHIRLEY SHAYNE DE BELASCOARÁN.«

»Teufel«, murmelte Carlos.

Die drei Geschwister schwiegen eine Weile. Ein Stockwerk tiefer wurde mit voller Lautstärke das Fernsehen angedreht.

»Gut, es ist zum Heulen. Geben wir's ruhig zu … Und was jetzt?« brach Elisa das Schweigen.

»Jetzt öffnen wir den Brief von Papa.«

»Es ist nur eine kurze Notiz mit einem Schlüssel. Die Notiz lautet:

›Je komplizierter, desto besser. Je unmöglicher, desto schöner.

Banco de las Américas, Schließfach 1627. Zweigstelle Zentrum. Hiermit ermächtige ich jedes meiner drei Kinder, das obengenannte Schließfach zu öffnen und über den Inhalt zu verfügen.

JOSÉ MARÍA BELASCOARÁN AGUIRRE.‹«

»Was mag unser alter Herr da für uns bereithalten?« sagte Carlos.

»Erinnerst du dich an ihn?«

»Hector trat aus der Küche und nickte. Er schaute auf die Uhr.

»Das einzige, was mir im Zusammenhang mit dem Geld einfällt, ist, daß du es behältst. Du brauchst es nötiger als wir«, sagte Hector, zu Elisa gewandt.

»Daran kann man sich die Finger verbrennen«, entgegnete diese und strich sich eine widerspenstige Haarsträhne aus dem Gesicht.

»Ich muß gehen. Was machen wir also?« fragte Hector.

»Wann können wir uns in aller Ruhe darüber unterhalten?«

»Morgen vormittag im Büro.«

»Um zwölf«, schlug Elisa vor.

»Einverstanden.«

Hector gab seiner Schwester einen Kuß, seinem Bruder einen Klaps auf den Rücken und begab sich hinaus in die Kälte.

Nachdem er sich eine Weile mit dem Auto durch das Stadtviertel Florida hindurchgeschlängelt hatte, fand er Straße und Hausnummer. Ein freistehendes, einstöckiges Haus mit einem kleinen Vorgarten. Das Obergeschoß erleuchtet, als verteilte man hier keine Stromrechnungen mit den neuen Tarifen. Er drückte auf die Klingel, mit dem festen Vorsatz, als erstes im Salon, wo bestimmt kein Mensch vor dem Fernseher saß, das Licht auszulöschen. Danach im Bad, im Frühstückszimmer, in den beiden Schlafzimmern. Irgendwie verbanden sich in seinem Kopf das Unbewußte und die dreimonatige sexuelle Enthaltsamkeit, unterstützt von den Bildern in Marisa Ferrers Album, mit der Idee des Lichterauslöschens, und so sah er sich auch noch die Nachttischlampe auslöschen und sich im Bett zu dem nackten Körper herumdrehen, der ihn erwartete. Er drückte noch einmal auf den Klingelknopf, wobei er sich sagte, egal, zwecks Liebe konnte man das Licht ebensogut anmachen wie aus. Am besten, man ließ es gleich brennen. Vielleicht waren diese etwas turbulenten Gedanken daran schuld: Als Elena, Arm in der Schlinge, scheues Lächeln auf den Lippen, die Tür öffnete, kam Hector Belascoarán Shayne, seines Zeichens Detektiv und einigermaßen puritanisch erzogen, nicht umhin, zu erröten.

»Sieh an, der Protektor …«

»Ich komme zum Abendessen.«

»Ach, dann bist du also unser Gast … Teufel, Teufel«, sagte das Mädchen und gab ihm den Weg ins Hausinnere frei.

Entsetzliches Haus, dachte er und gab den Vorsatz, die Lichter auszulöschen, auf. Haus voller Porzellanhirsche und Lampen, die nichts erhellten, voller Aschenbecher ohne Asche und voller Bilder, die keine Geschichten erzählten. Er kannte dergleichen, entsann sich des ähnlichen Miefs in der Wohnung eines Ingenieurs mit 22 000 Pesos im Monat und einer Frau, die unbedingt einen anderen Wohnzimmerteppich wollte. In so einer Umgebung hatte er sogar gelebt, aber es gelang ihm, dieses andere Ich nur noch als dritte Person wahrzunehmen, die er irgendwann einmal gekannt hatte.

»Sie sind pünktlich, Señor Shayne.«

»Belascoarán Shayne. Der erste Familienname, der väterliche, lautet Belascoarán.«

»Verzeihen Sie Mama. Sie hat das Drehbuch noch nicht zu Ende gelesen«, sagte das Mädchen lächelnd.

»Was tut man mit einer intelligenten Tochter? Zur Zeit meiner Väter hat man sie in eine Klosterschule gesteckt. Heutzutage scheint das Rezept nicht mehr zu funktionieren.«

Die Dame des Hauses trug ein schwarzes, schimmerndes Abendkleid. Es paßte, wie es so schön heißt, wie angegossen. Eine Andeutung von Rumba und Film entströmte der Silhouette mit dem auf die Haut aufgetragenen Gewand. Hector stellte sich vor, wie er mit einem Buttermesser schwarze Substanz auf die Haut der Frau verteilte, die ihrerseits – seine Gedanken erratend oder erahnend oder voraussetzend oder auch nur aus professioneller Koketterie – schwieg und dem Detektiv Zeit gab, sie zu betrachten. Erst dann nahm sie ihn am Arm und führte ihn in den Salon. Eine spanische Wand trennte diesen vom Speisezimmer, wo drei Gedecke harrten. Über dem großen Diwan ein Porträt der Gastgeberin im Evaskostüm, wie sonst, auf einem Eisbärfell. Zwei Fotografien eines Mädchens von fünf, respektive zehn Jahren, schätzungsweise, sowie ein Seestück.

»Scheußlich, stimmt's?« äußerte Elena.

»Nun ja, so ungefähr.«

»Ich habe dir gesagt, Mama, du sollst das Zeug hinauswerfen.«

»Señor Belascoarán« – sie artikulierte den Namen sorgfältig, sozusagen jeden Laut einzeln – »Señor Belascoarán wird mittlerweile bemerkt haben, daß ich nicht zur Innenarchitektin geboren bin.«

Die Dame des Hauses offerierte Zigaretten aus einer Spieldose, welche die Anfangstakte einer Polonaise von sich gab. Hector zog seine *Delicados* mit Filter hervor und reichte der Gastgeberin Feuer.

»Ich möchte mich bei Ihnen bedanken für das, was Sie heute für meine Tochter getan haben. Man hat mich von der Schule aus angerufen, und obwohl Elena selbst mir nichts sagen wollte, war es mir klar, daß Sie es waren, der da eingegriffen hat. Ist das richtig?«

Hector nickte. Er war Elena dankbar, daß sie geschwiegen hatte. Seine Lebensaufgabe bestand nicht darin, verirrte Kätzchen von Dachfirsten herunterzuholen. Er spielte mit offenen Karten und erwartete das gleiche. Außerdem interessierte ihn die Tochter mehr als die Mutter. Obwohl er zugeben mußte, daß diese nicht ohne Reiz war und den diversen Böen nicht ohne

Geschick standhielt. Im übrigen, warum widmete sie sich ihm dermaßen? Kokettierte sie unwillkürlich mit jedem Mann, der ihr gegenübersaß? Offensichtlich konnte sie an jedem Finger zehn haben.

»Gehen wir zu Tisch«, sagte sie.

Hector überließ der Tochter seinen Regenmantel.

»Jetzt sehen Sie gar nicht mehr wie ein Detektiv aus«, bemerkte diese. »Tut mir leid, aber Sie wirken eher wie ein Architekturpraktikant, der sich seinen Lebensunterhalt mit dem Zeichnen von Plänen verdienen muß.«

Sobald sie am Tisch Platz genommen hatten, servierte eine Frau mit weißer Schürze das Essen.

»Kind, da du den Herrn nun schon kennst, laß dir sagen, daß ich mich seiner Dienste versichert habe, damit er uns hilft. Mir erzählst du ja nichts, aber da ich weiß, daß du in Schwierigkeiten steckst ...«

Das Mädchen hielt mit dem Löffel auf halbem Weg zum Mund inne und stand auf. Die Serviette glitt zu Boden.

»Ein Schutzengel war mir lieber als ein Dienstmann«, sagte sie, ließ den Löffel auf den Tisch fallen und ging in Richtung Salon.

Hector erhob sich.

»Bin gleich wieder da«, wandte er sich an die Mutter.

»Mir scheint, das Abendessen ist im Eimer«, sagte Marisa Ferrer lächelnd.

Hector folgte dem Schatten des Mädchens durch einen Gang mit je einem Bad auf jeder Seite bis zu einer Tür.

Das Zimmer trug den Stempel seiner Bewohnerin. Bücher an den Wänden, himmelblauer Bettüberwurf, orangefarbene Kissen auf dem Boden, Puppen, mindestens vier Jahre alt, aber noch immer wie neu, ein weißer Plüschteppich.

Das Mädchen streifte die Schuhe ab und warf sich aufs Bett, Kopf auf den Kissen, Beine angezogen. Hector blieb stehen. Zündete sich eine Zigarette an. Zögerte einen Moment, setzte sich dann auf den Boden, rauchend, Rücken gegen die Wand.

»Hast du einen Aschenbecher?«

Das Mädchen reichte ihm einen aus Messing vom Nachtkästchen.

»Reinen Tisch, Elena. Ich werde nicht für dich tätig sein,

wenn du's nicht willst. Der Auftrag deiner Mutter ist mir schnuppe, wenn du nicht willst, daß ich dir unter die Arme greife. Du bist es, die Probleme hat. Die Kerle von heute morgen wollten dir eine Abreibung verpassen. Du allein mußt entscheiden, ob ich mich in deine Probleme einmischen soll. So einfach ist das.«

Das Mädchen schaute ihn stumm an.

»Wieviel weißt du?«

Hector zögerte einen Moment lang. Dann entschied er, daß die menschliche Beziehung schwerer wog als die berufliche Tüchtigkeit. Besser mit offenen Karten.

»Ich habe ein Album deiner Mutter mit Zeitungsausschnitten gelesen, ein paar Pressenotizen über den Unfall und einige Seiten aus deinem Tagebuch.«

»Aus dem Tagebuch?«

»Fotokopiert.«

»Ich bin ganz schön blöd.«

»Das sage ich mir jeden Tag. Falls das ein Trost ist. Also – abgemacht oder nicht?«

»Und wer bist du?«

»Das ist eine lange Geschichte. Eine sehr lange, und ich weiß nicht, ob du sie verstehen würdest, weil ich selbst sie auch noch nicht ganz verstehe. Ich weiß nicht mal, wie ich sie erzählen sollte.«

»Wenn du meine Geschichte kennen willst, muß ich die deinige kennen.«

»Nur – dummerweise führe ich kein Tagebuch«, sagte Hector.

»Wie mußt du mich ausgelacht haben!«

»Ich lache nicht sehr oft.«

»Laß mich überlegen ... Du wirkst anständig. Du siehst aus, als wolltest du helfen ... Und – Himmel, Arsch und Zwirn! – ich habe Hilfe verdammt nötig.«

»Ich habe nicht gewußt, daß man in der Klosterschule so fluchen lernt.«

»Wo bist du in die Schule gegangen?«

»Gymnasium ... Es ist schon zehn Jahre her.«

»In der Schule haben wir's alle faustdick hinter den Ohren ...«

»Morgen nach Unterrichtsschluß?«

Das Mädchen nickte. Hector ging und spürte ihren Blick auf seinem Rücken.

Die Dame des Hauses erwartete ihn im Speisezimmer, aber nicht allein.

»Señor Belascoarán. Señor Burgos, ein alter Freund der Familie.«

Hector ergriff die dargebotene Hand. Feucht, aber kräftig zupackend. Der Mann selbst dunkel, etwa vierzig, Ledersakko, tiefschwarzes Kraushaar.

Burgos. Noch ein Name auf der Liste. Mit kalten, wässerigen Schlangenaugen. Gut, gut. Klingt fast wie Graham Greene. Halt dich zurück! Ein häßlicher Typ. Na und?

»Machen Sie weiter?«

»So ist es. Ich melde mich wieder bei Ihnen.«

Sie begleitete ihn – »Entschuldige, Eduardo« – zur Tür. Setzte zu einem langen Händedruck an. Hector machte sich los, zündete sich eine Zigarette an.

»Noch etwas, Señora. Es ist am besten, wenn niemand weiß, daß ich für Sie arbeite. Niemand.« Hector machte eine Kopfbewegung in Richtung Salon.

»Niemand weiß es. Keine Sorge ... Hat sie Ihnen etwas gesagt?«

Hector verneinte.

»Nochmals Dank für heute. Nicht nur, weil Sie Elena eine Belästigung erspart haben. Sie fühlt sich auf einmal viel sicherer. Hat den ganzen Abend gescherzt, wie angenehm es ist, einen Schutzengel zu haben.«

Von wegen Schutzengel, dachte Hector, schon auf der Straße, schon mit dem Hauch der Kälte auf dem Gesicht. Wind vom Ajusco, der den Schlaf vertreibt, der in die müden Glieder fährt. Und wer beschützt mich?

Der gemietete Volkswagen hatte eine Stereoanlage und ein Licht am Innenspiegel. Hector benützte beide Einrichtungen gleichzeitig und überflog sein Adressenverzeichnis zu den melancholischen Klängen eines Blues.

Camposanto: Insurgentes Sur 680, Appartement L.

Er schlug also die Richtung zur Avenida Insurgentes ein. Die beiden geöffneten Seitenfenster verschafften dem Ajusco-Wind noch eine Weile Zutritt.

»Wenn das Herz schneller schlägt als sonst, sei gewiß – die Nacht ist die beste Freundin des Mannes. *Der Rabe* begleitet dich.«

Die Worte, die aus den Stereolautsprechern emportauchten, überraschten Hector. Ein Glöckchen bimmelte in seinem Gehirn.

»Atahualpa Yupanqui hat es irgendwann gesungen: Gott erschuf die Nacht, damit der Mensch sie sich zu eigen macht.

So ist es. Kein Platz für Trostlosigkeit. Auch nicht für Einsamkeit. Gemeinsamkeit ist das Panier. Hier spricht *der Rabe*, Station XEFS. Mit einem Gruß an die Arbeiter der dritten Schicht von der *Vidriera México*, denen man keine Überstunden zahlt, wie's eigentlich gerecht wäre.

Kopf hoch, Leute! Für euch ein Kampflied der peruanischen Campesinos: *Tierra libre*, freies Land, mit der Gruppe Tupac Amaru.«

Die Musik erfüllte das Wageninnere. Als Hector an einem Rotlicht anhalten mußte, tauchte ein Gesicht aus seiner Erinnerung empor: Valdivia, der spindeldürre Valdivia. Das war seine Stimme. Diese Stimme, die in der Schule sämtliche Vortragswettbewerbe gewonnen hatte: Zu beiden Seiten Geschütze zehn – nun möge der Wind die Segel bläh'n!

Das Gaspedal tat seine Wirkung. Der Wagen schoß die Avenida Insurgentes entlang.

Es mußte gegen zehn sein. Er blickte auf die Uhr: 22.25. Und wieder unterdrückte er ein Gähnen. Vermutlich würde er den Ingenieur nicht mehr erwischen.

»Hier Station XEFS, *Die Stunde des Raben*. Wir beherrschen die Nacht. Von nun, bis das Morgengrauen uns das Zepter entwindet. Das einzige Programm, das endet, wenn Graf Dracula den Sargdeckel schließt. Nicht unterworfen dem absurden Diktat der Uhr, sondern dem noch absurderen Phänomen der Erdumdrehung ... Ich habe auf Leitung Eins den Anruf eines Freundes, der uns – bevor er seinem Haus den Rücken kehrt – seine Argumente darlegen will. Die

Leitungen Zwei und Drei stehen zur Verfügung. Nicht vergessen: *Der Rabe* ist immer ansprechbar.«

Hector hielt vor dem Haus Insurgentes 680 und verbrachte die nachfolgenden zehn Minuten mit Gähnen, mit Spekulationen über die Lage des Appartements L, mit Vermutungen über die Beweggründe des Typs, der seinem Haus den Rücken kehren wollte, und mit verzweifelten Selbstvorwürfen, weil er mangels Vorausplanung jetzt gezwungen war, seine restlichen sechs Zigaretten zu rationieren. Das Haus verfügte über einen geräumigen überdachten Parkplatz. Vier Wagen standen da, zwei Rambler, ein Datsun und ein Renault-Kombi. Welcher? Er versuchte sich zu erinnern, ob er am Vormittag einen davon auf dem Werksgelände gesehen hatte.

»Und wieder Musik, um die Stunden des wirklichen Lebens noch fröhlicher zu gestalten.

Denn wer von euch wach ist – davon sollten wir ausgehen –, der ist es aus freien Stücken. Und wenn nicht, wenn die Arbeit euch in den Krallen hat, dann bedenkt, daß die Nacht nicht allein zum Schlafen da ist. Das läßt sich am Morgen nachholen.«

Der törnt einen ja richtig an, *der Rabe*, dieses Schlitzohr, dachte Hector. Gut, daß er einem Gesellschaft leistete.

»Die Nacht ist nun mal die Stunde der Einzelgänger, deshalb funktioniert auch der Geist reibungsloser, der Egoismus nimmt ab, die Melancholie nimmt zu. Die Stunde, da wir eine Freundeshand herbeisehnen, eine Stimme, die zu uns spricht, da wir selbst bereit sind, zu helfen und die eigene Hand auszustrecken.

Dies ist *Die Stunde des Raben*, hier spricht euer Freund und Helfer Valdivia, *der Rabe*, die Brücke zwischen den Brüdern in den Tiefen der Nacht.

In der Hand halte ich den Brief eines Mädchens, das sich gern verlieben möchte. Ihr Name ist Delia. Es scheint, die Dinge laufen nicht so ganz nach Wunsch. Sie schreibt, sie ist zum zweitenmal geschieden, und die Decke ihres Mansardenzimmers fällt ihr auf den Kopf. Rührt sich eine helfende Hand?«

Zehn Minuten später hatten sechs helfende Hände die Telefonnummer *des Raben* gewählt. Delia hatte also offenbar noch Chancen.

Danach ein Gedicht von César Vallejo, Lieder aus dem spanischen Bürgerkrieg, ein Potpourri mit Songs von Leonard Cohen, ein Aufruf zur Spende von Blut der Gruppe AB negativ, eine Bitte um Verpflegung von Streikposten im Viertel Escandón, gefolgt vom Angebot dreier Portionen Frühstück durch die Imbißstube *Guadarrama* und eines Topfes heißer Schokolade von den Bewohnern einer Mietskaserne. Eine Reihe mysteriöser Botschaften persönlicher Natur: »Germán soll nicht vergessen, das Bewußte zu kaufen.« – »Anastasia erwartet ihre Clique zum Geburtstag.« – »Besitzer von Vorlesungsprotokollen Experimentalphysik der TH bitte Gustavo anrufen, Nummer soundso, der seine Kolleghefte nicht finden kann und morgen ins Examen muß.« Und so weiter.

Ein Paar mittleren Alters fuhr mit dem kirschroten Rambler davon. Mit dem Datsun fuhr ein junger Mann zwei alte Leute offenbar nach Hause, denn er kam anschließend zurück.

Eine halbe Stunde nach Mitternacht – *der Rabe* dominierte endgültig den Äther, und Hector hatte drei Zigaretten von seiner eisernen Reserve geraucht – verließ Ingenieur Camposanto in grauem Anzug mit roter Krawatte das Haus.

»Die Freundeshand im Äther. *Die Stunde des Raben.* Eine Stimme im Kampf gegen die Schlaflosigkeit, die Einsamkeit, die Verzweiflung, die Angst, die unterbezahlte Nachtarbeit, die Kälte.

Dein Gefährte im Äther.

Die Stadt schläft, heißt es. Nichts dergleichen. Und falls doch, lassen wir sie schlafen, die Undankbare. Wir bleiben wach. Wir sind die Schildknappen der Nacht und wachen über die schlechten Träume dieser Dirne, die sich Ciudad de México schimpft. Wir schützen vor Nachtmahren und entfalten den Mantel der Solidarität in der Dunkelheit.

Die Polizisten an der Straßenkreuzung Michoacán und Nuevo León sollen die Ampel gefälligst auf Automatik umschalten, denn wir denken nicht daran, Extra-Schmiergelder zu zahlen, auch wenn die Rotphase zehn Minuten dauert.

Im übrigen gehören sie zur Streife 26 und verzehren gerade Kuchen in einer Imbißstube.«

Der Ingenieur ließ seinen Wagen an der Straßenkreuzung Niza und Hamburgo stehen, vor dem Restaurant *Sanborns*, und ging zu Fuß weiter. Hector bedauerte, vom *Raben* Abschied nehmen zu müssen. Eine Ahnung sagte ihm, dies würde sich zu einer nutzlos durchwachten Nacht auswachsen. Der Herr Ingenieur würde sich mausseelenallein in einem Nachtlokal ein paar Gläschen genehmigen. Kein Aas würde sich ihm nähern, mit ihm reden. Eine verlorene Nacht.

Und so war's dann auch.

»Wenn du zu denen gehörst, die glauben, während der Nachtstunden regiere der Schrecken, wenn du schweißgebadet aufwachst und beim Klang der Sirene des Roten Kreuzes zusammenzuckst, wenn deine Kinder sich verstört im Schlaf herumwälzen, wenn du scheinbar vor dem Nichts stehst oder vor dem entscheidenden Kreuzweg deines Lebens – vergiß nicht: *Der Rabe* wartet auf deinen Anruf … Freunde, die Nacht ist noch lang!«

Und auch das traf den Nagel auf den Kopf.

KAPITEL 5

Wenn man mich fragt, warum er Privatdetektiv ist, weiß ich keine Antwort. Ganz bestimmt gibt es Momente, da er es lieber nicht wäre, ebenso wie es Momente gibt, da ich lieber alles andere wäre als Schriftsteller. RAYMOND CHANDLER

Im Februar 1977 verlautbarte Isabelita Perón, diese Gestalt aus einem Vampirfilm, sie sei bereit, ins Kloster zu gehen, sobald die Militärs sie freiließen. Der sinistre General Videla entging zum drittenmal in diesen Monaten wie durch ein Wunder einem Bombenanschlag, und der mexikanische Installateur Gómez

Letras nutzte den Umstand, daß sein Bürogenosse das Abonnement des *Excelsior* nicht verlängert hatte, und bestellte in dessen Namen für die Dauer von sechs Monaten den *Esto.* Ein Generalstreik erschütterte Holland. Die Statistik verzeichnete 107 Selbstmorde während eines einzigen Monats in Los Angeles. In der Herstellerfirma der Verkehrsampeln für die Stadt Mexiko wurde ein Betrug aufgedeckt. Marisa Ferrer, Film- und Showstar, wurde von der *Conacine,* dem Nationalrat für Filmkunst, auserwählt, das Filmfestival von Chihuahua mit ihrer Anwesenheit zu beehren. Die privaten Filmproduzenten kehrten zu ihrem Vorhaben zurück, Filme mit dem Freistilringer *El Santo* und seiner Truppe zu drehen. Das Radioprogramm mit der höchsten Hörerbeteiligung war *Die Stunde des Raben* der Station XEFS; und Belascoarán stellte den privaten Rekord auf, einundfünfzig Stunden lang ohne das auszukommen, was man in Fachkreisen als ›Tiefschlaf‹ bezeichnet.

In diesem Stadium, gähnend, die Augen gerötet, die Lider schwer, im Rücken einen Muskelschmerz undefinierbaren Ursprungs, beobachtete er um 06.45 Uhr, also frühmorgens, vom Eingang der Imbißstube aus, wie die Arbeiter der *Delex* das Werksgelände betraten. Er hätte schwören mögen, daß auch der Ingenieur Camposanto nicht ganz auf der Höhe war, denn dieser hatte sich um halb vier Uhr früh zu Bett begeben, nach einsamem Zechen in einem Lokal namens *El Elefante* in der sogenannten *Zona Rosa,* dem noblen Einkaufs- und Amüsierviertel. Er sah den hochgewachsenen Arbeiter vom Vortag und auch die beiden Genossen inmitten einer Schar von Arbeitern, wie sie gestikulierend aufeinander einredeten. Er beobachtete die Ankunft des Cadillacs von Rodríguez Cuesta, und wieder war ihm, als verberge sich hinter der scheinbaren Stärke des Direktors eine tiefe Angst. Wovor? Hector übergab der Frau aus der Imbißstube – seit neuestem sein Hauptquartier – fünfzig Pesos sowie seine Telefonnummer und bat sie, ihn anzurufen, falls etwas passierte. Er lächelte dem herumkrabbelnden Kind zu und ging.

Die Mauern hatten über Nacht eine neue Attacke erdulden müssen und forderten in roten Buchstaben: *Ausstand um elf!*

Die Ähnlichkeiten mit dem turbulenten Einzug der Ober- und Kollegstufenschülerinnen ins Klosterlyzeum ließen sich nicht leugnen. Beide Arten der Inbesitznahme des jeweiligen ›Umfelds‹ hatten etwas Herausforderndes, fast Übermütiges.

Aus dem Inneren eines Süßigkeitenladens beobachtete Hector die Ankunft Elenas. Und ihm fiel ein, daß er sie eigentlich von Haustür zu Haustür überwachen müßte, sonst würde aus der ganzen Abholerei ein harmloses Hobby, und auf dem Herweg von daheim konnte man ihr den Schädel einschlagen.

Der Gedanke, Ritualen eher geneigt zu sein als wirkungsvollen Aktionen, bedrückte und verfolgte ihn auch noch, als er den Rest des Vormittags im Büro eines ehemaligen Studienkollegen im Außenministerium verbrachte.

Nachdem er 1500 Pesos Schmiergeld lockergemacht hatte, erhielt er Zutritt zu einer Aktengruft, wo das Archiv der mexikanischen Botschaft in Costa Rica aus den dreißiger Jahren vermoderte. Schließlich hatte er – außer dem Gefühl, der feine Staub habe sich für ewige Zeiten an seinen Fingerspitzen festgesetzt – drei Namen und drei verschwommene Fotografien.

Isaías Valdez. México, D.F.

Eladio Huerta Pérez. La Tolvanera, Oaxaca.

Valentín Trejo. Monterrey, Nuevo León.

Die Altersangaben stimmten überein, die verwischten Gesichter wiesen Ähnlichkeit auf. Er notierte sich die angegebenen Heimatanschriften und kehrte auf den Korridor zurück, wo er an einem Getränkeautomaten für zwei Pesos die ausgetrocknete Kehle netzte.

So kam er, nachdem er in der U-Bahn zweimal eingeschlafen war – im Stehen, wie ein Pferd –, im Büro an.

Der Möbelpolsterer studierte Wort für Wort die Stellenangebote im *Excelsior.* Gilberto war noch nicht erschienen.

»Etwas für mich?«

»Nur Briefe. Sie schulden mir das Trinkgeld für den Briefträger.«

»Da fällt mir ein, vorgestern hat die Señora Concha angerufen, Sie sollen ihr –«

»– ein paar Überzüge besorgen. Verdammt noch mal, kaum ein Job in Sicht, und Sie vergessen auch noch alles!«

Hector senkte beschämt den Kopf.

Er ließ sich in den Sessel fallen, ohne erst lange den Gürtel zu lockern, die Pistole aus dem Schulterhalfter zu nehmen oder den Mantel abzulegen. Schon im Sitzen, auf dem freundlichen, ächzenden Lederungetüm, streifte er sich mit der jeweils anderen Fußspitze die Schuhe ab. Als er sich dehnte, hatte er das

Gefühl, in seine Einzelteile zu zerfallen. Eingelullt vom fernen Verkehrslärm schlief er ein.

»Na so was«, sagte eine Stimme aus den Schatten heraus.

»Reiß dich am Riemen, Brüderlein«, sagte die Frauenstimme von jenseits der schwarzen Schatten.

»Ich kann nicht«, mußte Hector gestehen.

»Kaffee?« schlug Carlos vor.

»Ich kriege die Augen nicht auf. Ich schwör's.«

»Wir haben Papas Dokumente mitgebracht. Los, gib dir einen Ruck!«

Es gelang Hector, die Augen so weit zu öffnen, daß die Schatten im Licht feste Umrisse annahmen. Das alles war wie aus einem Film, den er schon zu wiederholten Malen gesehen hatte.

»Wie spät ist es?«

»Halb eins«, antwortete seine Schwester nach einem Blick auf die Uhr.

»Wie lange hast du geschlafen?« fragte Carlos.

Sie saßen beide auf der Schreibtischplatte und schauten ihn an, neben sich einen Schuhkarton.

»Eine knappe Stunde.«

Hector versuchte sich hochzurappeln.

»Seit wann hast du kein Bett mehr gesehen?«

»Seit vorgestern, und auch da nur für ein paar Stunden.«

»Du bist ganz grün im Gesicht.«

»Eher grau. Gräulich«, präzisierte Elisa.

»Ihr ahnt ja nicht, wie wohl es mir tut, von fröhlichen Menschen geweckt zu werden! Reicht mir jemand was zu trinken? Dort hinten ist das Versteck …«

Elisa glitt behende vom Schreibtisch und suchte die Geheimtür. Hinter diversen Werkzeugtaschen und Archivkästen entdeckte sie das Stückchen falsche Wand.

»Was ist das? Der Tresor des Büros?«

Der süßliche Geschmack von *Orange Crush* bewährte sich als Überlebenshilfe.

»So viel zu tun?« erkundigte sich Carlos.

»Warum machst du so weiter? Am Anfang habe ich's ja noch verstanden, da hattest du alles andere hingeschmissen … Aber jetzt? Warum tust du dir das an? Du hast deine Freiheit, also wozu das Detektivspielen?« bohrte Elisa.

»Warum nicht? Es ist eine Arbeit wie jede andere.«

»Solide Argumente, kein Firlefanz«, witzelte Carlos.

»Reich mir meine Schuhe!«

Carlos warf sie ihm zu. Der Nebel wich nicht, lagerte irgendwo hinter Hectors Kopf und wallte ihm schleierwellenförmig in die Augen. Er rieb sich das Gesicht, dehnte sich und sprang auf.

»Arrggchchchch«, machte er.

»Gut. Mir scheint, wir können mit der Familienberatung beginnen.«

Daraufhin schrillte das Telefon.

»Für dich.« Carlos reichte ihm den Hörer.

»Señor Shayne«, ertönte am anderen Ende der Leitung die Stimme von Marisa Ferrer.

Hector spürte ihre Anspannung und ritt nicht auf der korrekten Abfolge der Familiennamen herum.

»Eben hat man Elena entführt. Man hat mich aus der Schule angerufen ...«

»Ich fahre sofort hin.«

Er legte auf, hielt nach dem Mantel Ausschau, den er noch anhatte.

»Was ist los?«

»Man hat ein Mädchen entführt. Macht es euch was aus, wenn wir das da verschieben?«

»Keine Eile. Ruf mich an, sobald du kannst«, sagte Carlos.

Das Telefon spuckte schon wieder sein Geklingel aus.

»Nein, Señor Vargas ist nicht da ... Ein Auftrag? Aber gewiß doch, selbstverständlich. Ich notiere ...« Er suchte mit den Augen etwas zum Schreiben, bis ihm Elisa einen Stift reichte. »Drei Meter von der Katalognummer 1117 BX, blau und schwarz gemustert ... Señora del Valle. Selbstverständlich, ich hinterlasse ihm Ihre Nachricht.«

»Soll ich dich irgendwo absetzen? Dir fallen ja noch immer die Augen zu«, sagte Elisa.

»Bist du mit einem Auto da?«

»Mit dem Motorroller des Gärtners unserer Mutter.«

»Kommst du mit einem Mietwagen zurande?«

»Welcher Typ?«

»Volkswagen«, gab Hector Bescheid.

Elisa streckte die Hand nach den Schlüsseln aus.

»Ich gehe und behalte das einstweilen«, meinte Carlos und griff nach dem Schuhkarton.

»Entschuldige bitte.«

»Was denn?«

Als sie sich in Bewegung setzten, meldete sich das Telefon schon wieder. Dieses scheußliche Trrrrr.

Hector zögerte kurz und hob ab.

»Es hat Warnschüsse gegeben, und die Leute prügeln sich am Tor ... Sie haben gesagt, ich soll Sie ...« Die Stimme der Frau aus der Imbißstube. Hector legte auf. So war das also. Erst nichts, und dann – wumm! – alles auf einmal.

»Was gibt es jetzt schon wieder?«

»In der Fabrik. Warnschüsse am Tor oder so.«

»Ich fahre hin«, sagte Carlos.

»Dann gib den Karton her«, forderte Elisa.

»Sobald ich kann, komme ich nach«, versprach Hector.

»Das geht dich nichts an. Misch dich da nicht ein. Bestimmt eine Auseinandersetzung zwischen Firma und Gewerkschaft. Das ist nicht dein Problem«, sagte Carlos.

»Sobald ich kann, bin ich dort«, beharrte Hector auf seinem Entschluß.

Carlos hob die Schultern.

»Du mußt's ja wissen.«

»Was für eine Fabrik?« fragte Elisa.

Hector nahm seine Schwester bei der Hand und zog sie zum Fahrstuhl.

»Alles auf einmal, und mir fallen die Augen zu. Scheißjob«, stellte er fest.

»Habe ich doch gesagt«, meinte Elisa.

»Ich tausche mit niemandem«, erklärte Hector.

»Habe ich mir doch gedacht«, sagte Elisa, schon im Fahrstuhl.

Im Büro begann abermals das Telefon zu klingeln, aber diesmal hob niemand ab.

Er wich den Nonnen aus und begab sich schnurstracks ins Büro der Rektorin. Unterwegs hatte er auf dem Rücksitz gedöst, ohne richtig einzuschlafen, den Kopf voll von dem Mädchen mit dem eingegipsten Arm. Dabei war ihm ein anderes Mädchen eingefallen, Tausende von Kilometern entfernt. Elisa fuhr wie der letzte Mensch, aber der Mittagsverkehr ließ ihr kaum eine andere Wahl.

Hector entsann sich, daß der Möbelpolsterer etwas von Briefen erwähnt hatte. Er durchwühlte seine Taschen. Da steckten welche. Er hob sie sich auf für eine bessere Gelegenheit.

Der Auftrag für Vargas? Den hatte er auf dem Tisch liegen lassen: das alte Exemplar der Zeitschrift *Ovaciones*, das in diesem Büro als Universalnotizblock diente. Hoffentlich fand er's.

»Wer sind Sie?« fragte die strenge Klosterfrau mit der unförmigen Glotzbrille und der gestärkten, steifen Haube, steif wie die ganze Person.

»Belascoarán Shayne, Detektiv.« Elisa, hinter ihm, konnte ein Grinsen nicht unterdrücken, als sie den vertrauten Namen mitsamt der Berufsangabe vernahm. Diesen Namen, der in der Schule so oft falsch ausgesprochen von der Anwesenheitsliste vorgelesen worden war. Sie machte sich bewußt: Sie war die Schwester eines Detektivs. Eines Verrückten? fragte sie sich. Auch nicht verrückter als andere, entschied sie.

»Ich arbeite für Señora Ferrer«, fügte Hector hinzu und zückte seine Papiere. Die Klosterfrau befingerte sie wie ein Blinder ein Dokument in Braille-Schrift, wobei sie den Detektiv anschaute.

»Wo befand sich das Mädchen?«

»Auf dem Hof, beim Turnunterricht.«

Hector war schon unterwegs zur Treppe und achtete nicht auf das, was die Rektorin ihm nachrief.

Auf dem Hof standen etwa zwei Dutzend Mädchen in blauen Shorts und weißen Leibchen grüppchenweise diskutierend herum. Die Turnlehrerin, eine schlanke, sehnige Person mit dem Aussehen einer ehemaligen englischen Tennismeisterin, kam auf Hector zu. Elisa folgte ihm in einigen Metern Abstand, den Schuhkarton unterm Arm.

»Dort drüben sind sie eingedrungen«, berichtete die Frau ungefragt. »Elisa hat am Unterricht nicht teilgenommen. Wegen des Arms. Sie verstehen? Sie hatte sich auf diesen Tisch in die Sonne gelegt.«

Ein alter Schreibtisch, auf dem Hof abgestellt. Hector beäugte ihn wie etwas Wichtiges.

»Es waren zwei, beide mit Pistolen ... So junge Burschen. Beide schwarzhaarig. Einer mit Sonnenbrille.«

»Der andere hatte eine grüne Jacke an«, steuerte ein Mädchen aus dem Kreis bei, der sich ringsum zu bilden begann.

»Sie sind schnurstracks zu ihr hin und haben sie gepackt

und weggezerrt. Auf mich haben sie mit der Waffe gezielt.«

»Auf mich auch.«

»Auf uns alle.«

»Der mit der Jacke hat Elena am Hals gepackt und vorwärts gestoßen.«

»Haben sie etwas gesagt? Gerufen? Hat Elena etwas gesagt?«

»Sie hat geschrien. Der Arm hat ihr weh getan.«

»Mit welchen Worten?«

»Laß los, das tut mir weh!«

»War sie sehr verstört?«

»Ziemlich«, sagte eines der Mädchen.

»Nein, nicht sonderlich«, widersprach ein anderes.

Hector ließ sie reden und lief zum Tor hinaus, schaute in beiden Richtungen die Straße entlang. Direkt gegenüber stand der Mann mit seinen Tamales und ließ ihn nicht aus den Augen. Hector ging hin. Elisa, getreuer Schildknappe, ein paar Schritte dahinter.

»Sie haben sie gesehen«, stellte Hector fest, ohne erst lange zu fragen.

»Ich will keine Scherereien.«

»Ich bin kein Polyp.«

»Trotzdem.«

Fünf Minuten lang verlief das Gespräch in dieser Art hin und her. Hector fragte, und der Mann antwortete immer gleich.

Schließlich reichte er Hector einen Zettel.

»Was ist das?«

»Die Autonummer von diesen Scheißkerlen. Rambler. Lieferwagen … Das wissen Sie aber nicht von mir!«

»Ich hab's auf der Straße gefunden.« Hector warf den Zettel auf den Boden und hob ihn wieder auf.

Der Alte grinste.

Was hat mich dazu veranlaßt? Worin besteht der Hintersinn, der eigentliche Wert meiner Handlungsweise? überlegte Hector auf dem Rücksitz, während seine Schwester ihn nordwärts kutschierte. Als sie Villa de Guadalupe hinter sich ließen und entlang der Eisenbahnlinie *Ferrocarril Hidalgo* weiterfuhren, nickte er wieder ein. Die Frage verfolgte ihn bis in den Schlaf, ließ sich jedoch auch dort nicht beantworten.

Was Belascoarán verdroß, war nicht so sehr der bohrende

Rhythmus dieser Tage, sogar nicht einmal die lähmende Schlaffheit, aus der heraus er sich zu Entscheidungen durchringen mußte, welche die Ereignisse ihm sozusagen aufzwangen. Was ihm zu schaffen machte, war, nicht ergründen zu können, warum er sich dieser Herausforderung überhaupt stellte. Welcher Teil seines Gemüts gierte nach Ruhm in dieser zermürbenden Tretmühle von drei parallel nebeneinander herlaufenden Geschichten? Die Frage als solche war ganz einfach: Warum machte er das? Die Antwort bot sich ihm vorläufig nur in drei Bruchstücken, die jeweils einen Aspekt der Sache erklärten, nämlich: a) Ihm gefiel seine Rolle als stummer Beschützer, welche die Ereignisse ihm aufgedrängt hatten. b) Indem er den Schmutz durchwühlte, der die Ermordung der beiden Ingenieure umgab, glaubte er etwas von der Schuld abzutragen, die er durch seine frühere Tätigkeit im Sold der Unternehmer auf sich geladen hatte; Schuld nicht infolge simpler Berufsausübung, sondern infolge von Anpassung, von Verachtung der Arbeiter, von Scheuklappenverhalten; dadurch bedingt: die Notwendigkeit, sich nun selbst zu beweisen, und zwar just in seinem ehemaligen Milieu, daß er ein anderer geworden war; zusätzlich der Wunsch, die unabhängige Gewerkschaft vom Vorwurf der Beteiligung an dem Mord reinzuwaschen. c) Er wollte Emiliano Zapata in die Augen sehen, wollte sehen, ob ein Land, wie dieser es sich erträumt hatte, möglich war; ob der Alte ihm etwas von dem Feuer, von dem Glauben mitteilen konnte, der seinen Kreuzzug beflügelt hatte. Obwohl nie von der Möglichkeit überzeugt, der Revolutionsheld könnte noch am Leben sein, spürte Hector doch, wie sein Herumstochern in der Vergangenheit ihn dem Leben näherbrachte.

Dies also war die Theorie, die sich – mehr oder weniger klar – im Kopf eines gewissen Hector Belascoarán Shayne herausbildete: seines Zeichens Detektiv, 31, Mexikaner zu seinem Glück und Unglück, geschieden, keine Kinder, verliebt in ein fernes Wesen, Mitbenützer eines schmuddeligen Büros in der Calle Artículo 123 und Mieter eines Mini-Appartements im Stadtteil Roma Sur. Gelernter Betriebsingenieur kraft Studiums an einer Gringo-Universität, gelernter Detektiv kraft Diploms einer einheimischen Fernkursus-Akademie; Leser von Kriminalromanen, Liebhaber chinesischer Küche, mittelmäßiger Autofahrer, Naturfreund, Besitzer einer Pistole vom Kaliber 38; ein bißchen steif, ein bißchen scheu, ein bißchen witzig, aber überaus selbstkritisch; einer, der eines Abends, als er aus dem Kino kam, mit der Vergangenheit gebrochen und neu angefangen hatte, bis er sich befand, wo er sich jetzt befand: auf dem Rücksitz eines Volkswagens, der eben den Puente Negro überquerte, eine Gestalt im zerknitterten Regenmantel, die pausenlos den Schlaf aus sich hinausgähnte.

»Hier geradeaus weiter, und nach dem dritten Block biegst du rechts ein.«

»Zu Befehl«, spottete seine Schwester.

»Und du, was schwirrt dir so durch den Kopf?«

Elisa lächelte in den Rückspiegel.

»Brauchst du einen Chauffeur, oder was?«

Schweigen ist bekanntlich auch eine Antwort.

»Dann hör gefälligst auf, den Psychiater zu spielen.«

»Schon gut, Schwesterlein. Nur von weitem, ja?«

Er streckte die Hand aus und tätschelte seiner Schwester den Nacken. Sie drehte sich nicht um, klemmte seine Hand kurz zwischen Schulter und Wange ein.

Schon zwei Blocks vor der Fabrik sahen sie die Menschenmenge. Polizeistreifen aus Tlalnepantla versperrten den Weg.

Hector stieg aus, legitimierte sich, und man ließ ihn durch.

»Was ist los?«

»Diese Typen sagen einem nichts. Vielleicht kann man dort bei der Imbißstube etwas erfahren.«

Der Volkswagen mußte zurückbleiben.

Etwa zweihundert Arbeiter bildeten eine kompakte Gruppe vor dem Tor. Hinter dem Gitter des Werksgeländes ein Aufgebot von bewaffneten Werkschutzleuten, hinter diesen vereinzelte Arbeiter. Zehn Meter vom Tor entfernt weitere Grüppchen von Arbeitern, mit Knüppeln und Rohren versehen. Ein glatzköpfiger Mensch in einem kaffeebraunen Anzug hetzte sie auf. Hector sah Carlos am Tor, zusammen mit zwei *Zopilote*-Verkäufern.

»Was ist los?«

»Ach, nichts. Diese Trottel« – Kinnbewegung in Richtung der bewaffneten Werktätigen – »wollen mit Gewalt hinein. Aber wenn wir noch eine Stunde warten, ist Schichtwechsel, und es klappt wie geschmiert.«

»Und vorher?«

»Wir waren mitten im Ausstand«, berichtete ein etwas zu kurz geratener Arbeiter mit einem Heftpflaster auf der Backe, »da hat so ein Mistkerl von Streikbrecher auf Germán mit einem Rohr eingedroschen, und ich Rindvieh, na los, ob er's nicht auch mit mir aufnehmen will. Die Leute kochen über und hetzen ihn durchs ganze Gelände, und wie sie über den Hof kommen, feuern die Werkschutzleute Warnschüsse in die Luft. Daraufhin kommt der Chef persönlich und schmeißt mich hinaus. Angeblich wegen Tätlichkeiten. Aber die hatten längst alles vorbereitet, denn kaum schleifen die Schutzkerle mich vom Gelände, tauchen diese Arschlöcher von der CTM auf, also von der ›offiziellen‹ Gewerkschaft ... Das sind Leute aus Santa Julia, ich kenne einen davon, den nennen sie *El Chicai*; der wohnt in einer Billardkneipe hinterm Markt ... Aber dann haben die anderen ihnen einen Strich durch die Rechnung gemacht, weil sie auch zum Tor gekommen sind, und so liegen die Dinge. Jetzt ist auch noch die Polente angetanzt.«

Die Menge hinterm Tor begann zu intonieren: »Schwei-ne! Schwei-ne! Schwei-ne!« Bald darauf sang man *No nos moverán*, wir gehn hier nicht weg, die einheimische Version von *We shall not be moved*. Die Vereinzelten formierten sich nun ebenfalls. Der Werkschutz rückte bis zur Pförtnerloge vor und kreiste sie ein. Die Streikbrecher zogen sich nach hinten zurück.

Etwas weiter weg erhob sich Lärm.

»Was sind das für welche?« fragte Hector.

Eine Marschkolonne näherte sich, überflutete die beiden Absperrposten der Staatspolizei.

»Die sind aus dem Walzwerk in der Nähe, die haben gerade Mittagspause und kommen uns zu Hilfe. Gleich wird's hoch hergehen ...« Der zu kurz Geratene ruderte mit den Armen.

Es waren an die zweihundert, und sie kamen untergehakt in Siebener- und Achterreihen. Die Streikbrecher begannen sich zu verdrücken. Zurück blieb nur eine Kerntruppe, um den Mann im kaffeebraunen Anzug geschart, und sogar die wich einige zwanzig Meter zurück, um nicht zwischen die Heranrückenden und die hinterm Tor zu geraten.

Die Masse hinterm Tor brach in spontanes Triumphgebrüll aus. Sie fegten die drei Schutzleute beiseite, die sie noch zurückhalten wollten, und kletterten übers Gitter.

Umarmungen mit den Knüppelschwingern.

»Puh«, sagte Carlos. »Noch mal davongekommen. Um Haaresbreite. In zwanzig Minuten kommt die Nachmittagsschicht, und Ende der Fahnenstange. Was mache ich jetzt mit euch?«

»Ich setze mich lieber ab«, sagte die halbe Portion.

»Quatsch, das war keine legale Entlassung, man hat dich angegriffen, und du hast dich nicht gewehrt … Mach, daß du hineinkommst und stell dich an deine Maschine!« sagte ein junger Riese, der hinter ihnen stand.

Der Kleine rannte zum Tor, und man hievte ihn hinüber, trotz des Eingreifens der Schutzleute. Die anderen umringten ihn mit ihren Knüppeln.

»Ich gehe«, sagte Hector.

»Ich habe dir ja gleich gesagt, das ist nicht dein Bier«, sagte Carlos.

»Ich bin froh, daß ich dabei war.«

»Vielleicht hat der Direktor dich unter den Unbotmäßigen erspäht.«

»Der kann mich mal.«

Im Büro war niemand. Hector sah Elisa vom Fenster aus nach, wie sie mit dem Motorroller davonfuhr. Er ging zum Telefon und suchte auf den Seiten des alten *Ovaciones*-Exemplars einen Namen und eine Nummer. Sargento García. Er rief also den Sergeanten der Verkehrspolizei an, der für fünfzig Pesos pro Stück die Inhaber von Autokennzeichen namhaft machte, und gab ihm die Nummer des grünen Rambler-Lieferwagens durch. Einige Minuten Warten.

»Seit ein paar Wochen als gestohlen gemeldet. Wollen Sie den Namen des Fahrzeughalters?«

»Nein, zwecklos. Danke.«

»Ich schreibe die Gebühren an. Sie sind mir schon drei schuldig.«

»Am Monatsende komme ich bei Ihnen vorbei und bezahle. In der Kneipe, ja?«

»Wo sonst?« antwortete der Sargento und legte auf.

Hector rief eine Auskunftei in Monterrey an und bat, den Mann mit dem in Costa Rica ausgestellten Paß ausfindig zu machen, der Monterrey als Wohnort angegeben hatte. Dann rief er die Polizeistation von Ixtepec im Bundesstaat Oaxaca an und geriet an einen widerspenstigen Bürohengst, der sich weigerte,

Daten über das Dorf La Tolvanera preiszugeben.

Hector erinnerte sich, da einmal durchgekommen zu sein, auf dem Weg von Oaxaca nach Veracruz, aber das war auch alles.

Schließlich schrieb er die dritte, die hauptstädtische Anschrift auf einen Zettel, mit einem Hinweis für den Installateur Gilberto, in seiner Freizeit nachzuforschen, ob der Betreffende noch da wohnte, aber ohne direkt an die Tür zu klopfen. Er befestigte mit einer Büroklammer fünfzig Pesos an dem Zettel und legte ihn gut sichtbar auf den Schreibtisch.

Dann rief er bei Marisa Ferrer an und erfuhr von der Bediensteten, die Señora sei ausgegangen, ohne eine Nachricht zu hinterlassen.

Daraufhin widmete er sich dem Tagebuch des Mädchens. Wenn es Hinweise gab, mußten sie darin enthalten sein. Er brauchte sie nur aufzustöbern.

Vorher nahm er sich noch eine Erfrischung aus dem Geheimfach. Er zündete sich eine Zigarette an und stellte fest, daß er Hunger hatte. Er verfluchte seine übermäßige Kaltblütigkeit, seine Fähigkeit, in solchen Momenten die Übersicht zu behalten. Er haßte seinen Mangel an oberflächlicher Leidenschaftlichkeit. Widmete fünf Minuten dem Gedanken daran, *Grünjacke* und *Armzange* könnten dem Mädchen Elena Gewalt antun. Einen Moment lang staute sich Wut auf. Dann wieder Kühle im Kopf. Er trank aus und nahm die Papiere in Angriff.

Eine lange Viertelstunde später überflog er die Notizen, die er sich bei der Lektüre gemacht hatte:

›1. Bustamante ist eine weibliche Person.‹

Er bedachte, daß die Angewohnheit aus seiner eigenen Schulzeit, Kameraden beim Familiennamen zu nennen, sich auch auf Mädchenschulen erstreckte. Er mußte also seine ursprüngliche Theorie von einem Knaben namens Bustamante mit Freund zugunsten eines Mädchens Bustamante mit Freund aufgeben.

›2. Die diversen Hinweise auf die Schule ergeben nichts.‹

Trotzdem empfahl sich eine Unterredung mit Gisela, Bustamante und weiteren Mitschülerinnen Elenas.

›3. Elena besitzt etwas im Wert von über 50 000 Pesos. Es ist gefährlich, sie kann es nicht loswerden, und *wer weiß, wie sie es in die Hand bekommen hat.*‹

Das war der verdammte Haupthinweis. Das, was sie hatte,

und weswegen Es. (Esteban? Ein Mädchen namens Esperanza?) und G. Druck auf sie ausübten.

›4. Aber all das hängt mit etwas zusammen, was sie über ihre Mutter weiß, während diese nicht weiß, daß die Tochter es weiß. Hat sie ihr etwas im Wert von 50 000 Pesos entwendet?‹

Nein, denn es fehlte jegliche Befürchtung, die Mutter könnte dahinterkommen, daß etwas verschwunden war. Was Elena besaß, war irgendeine Information, die ihre Mutter betraf. Sie wußte etwas von ihr, hatte nichts Konkretes entwendet. Die wertvolle Sache (aber kein Wertgegenstand im eigentlichen Sinn!) war irgendwie anders in ihren Besitz gelangt.

Nun, also, von welchem Faden sollte die Entwirrung des Knäuels ausgehen? Doch wohl von Marisa Ferrer selbst.

Er griff nach dem Telefon und wählte abermals die Nummer der Schauspielerin. Die Bedienstete leierte gleich wieder ihren Text herunter. Hector hinterließ die Nummer seines Büros mit der Bitte um Rückruf.

Wenn ich nicht so schläfrig wäre, ginge ich etwas essen, dachte er, überhörte das Knurren der Eingeweide und lehnte sich im Sessel zurück. Die Verpflichtung, sozusagen Gewehr bei Fuß ausharren zu müssen, hinderte ihn daran, sich die Schuhe abzustreifen.

Wieder einmal döste er ein, den Anblick der drei Porträts vor Augen: eine männliche Leiche, Emiliano Zapata, ein Mädchen mit dem Arm in der Schlinge.

»Der schnappt noch über.«

»In meinem Dorf gab's einen, der hat auch überall seinen Rüssel 'reingesteckt, bis er eines Tages vor der Haustür von einem Schwulen eingepennt ist, und wie er aufwacht, war er sogar fast schon drin.«

»Der schläft hier nur, damit er daheim nicht sein Bett machen muß … Ein richtiger Drecksack, dieser Don Belascoarán.«

Hector öffnete ein Auge, etwa so, wie man den Rolladen eines Bank-Eingangs hochgehen läßt: bedächtig und rasselnd. Sah vor sich Gilberto, den Installateur, und Carlos, den Möbelpolsterer, die ihn forschend und väterlich beäugten.

»Wöh dem, der die Flöhdermaus wöckt …«

»Der würd vom Vampühr abgeschlöckt!«

»Is' was?«

Jeder ein Stück Kuchen in der Hand. Grinsend.

Hector sprang mit einem Satz hoch und entriß ihnen die Kuchenstücke. Mit jeder Hand eines.

»Schreibt es auf die Rechnung«, sagte er und suchte den zerknitterten Regenmantel.

»Schon gut, alter Schurke.«

»Hier, ein Auftrag für Sie und eine Nebenbeschäftigung für Sie«, wandte er sich an den Polsterer, dann an den Installateur.

»Den Kuchen können Sie vergessen, aber beim nächsten Getränke-Einkauf sind Sie dran«, sagte Gilberto.

»Haben Sie der Putzfrau schon das Treppenreinigungsgeld gegeben?«

»Fragen Sie mich was Gescheiteres. Noch nie was von Inflation gehört?«

»Wie spät ist es eigentlich?« wechselte Hector das Thema.

»Drei Uhr sonst was«, antwortete der Polsterer.

Hector wartete nicht erst auf den Fahrstuhl, sondern sauste die Treppen hinunter. Vor jedem Zwischenstock grapschte er nach dem Geländer, um nicht auf die Schnauze zu fallen.

Vor dem Haus sprang er in den Wagen und gab Gas.

An einem Kiosk vor dem Eingang des *Cine Carusel* kaufte er Zigaretten und beobachtete aufmerksam, wer alles die Uraufführung des Films *Chinameca* besuchte. Die Gesichter von ein paar Campesinos ließen ihn zweimal hinsehen. Nein, zu jung. Um die Fünfzig. Niemand mit fünfundneunzig Jahren auf dem Buckel betrat das Kino.

Er stieg wieder ins Auto und fuhr los in Richtung Pedregal.

Calle del Agua 107 erwies sich als trutziges Haus, wie aus Pappmaché, in sahnigem Grün gestrichen. Eine Burg ohne Drachen, ohne Prinzessin. Die graue Umfriedung erschwerte den Einblick in einen riesigen Garten. Als auch noch ein zweiter Hund zu bellen anfing, fragte sich Hector, ob das nicht die wahren Herren dieser Stadt innerhalb der Stadt waren, genannt Pedregal de San Angel.

»Wer da?« erscholl eine verzerrte Stimme aus der Sprechanlage.

»Ich suche die Ex-Gattin des Ingenieurs Alvarez Cerruli.«

»Ich werde fragen, ob die Señora Sie empfangen will. Wen darf ich melden?«

»Belascoarán Shayne.«

Er wiederholte den Namen zweimal und wartete.

Schließlich wurde ihm von einem Gärtner geöffnet, der ihn zum Haus führte und die Hunde zurückhielt.

In einem ultramodern eingerichteten Salon erwartete ihn eine guterhaltene Vierzigerin. Gekleidet war sie wie eine mittelständische nordamerikanische Hausfrau von Dreißig: hellbrauner Rock, Band im Haar, cremefarbene Bluse mit langen Ärmeln.

»Ich nehme an, Sie wollen sich über meinen Ex-Gatten unterhalten. Ich habe Sie empfangen, weil Sie andernfalls meinen könnten, ich wüßte etwas von Interesse. Und ich sehe den Dingen lieber ins Gesicht, bevor ich dulde, daß jemand in meinem Privatleben herumschnüffelt. Ich möchte eines klarstellen: Dies, Señor, ist unsere erste und einzige Zusammenkunft. Nun gut, was wollen Sie über meinen Verflossenen wissen?«

Hector reichte ihr seinen Ausweis und wartete, bis sie ihn zurückgab.

»Ich suche etwas in der Vergangenheit Ihres Gatten, was seinen Tod erklären könnte. Wenn Sie mir vielleicht …«

»Gaspar war ein Parvenü. Er hat mich aus Geld- und Prestigegründen geheiratet. Aufgrund dessen ist er in seiner Karriere zwei Sprossen hochgeklettert. Ich habe einen Fehler gemacht und dafür bezahlt. Jetzt bin ich wieder frei.«

»Gibt es denn gar nichts in seiner Vergangenheit … Sonderbare Beziehungen? Wirtschaftliche Probleme? Irgendetwas von weit her, aus seiner Jugend?«

»Seine Jugend war die eines hergelaufenen Krämers. Er war ein Einzelgänger, ohne Freunde. Nur wenige Bekannte. Finanzielle Probleme hatte er nie, dafür war er zu vorsichtig. Gerissen, aber er hatte es nicht eilig. Mehr kann ich Ihnen nicht bieten.«

Hector verharrte schweigend. Etwas fehlte an dem Bild. Etwas schmeckte ihm nicht. Die Dame stand auf und ging, von Hector notgedrungen gefolgt, zur Tür.

»Tut mir leid, daß ich Ihnen nicht dienlicher sein konnte.«

»Mir tut es noch mehr leid. Entschuldigen Sie die Störung.«

Hector schritt in den Garten hinaus. Die Frau sah ihm vom Eingang aus nach.

»Hören Sie, Herr Detektiv!«

Hector wandte den Kopf.

»Vielleicht hilft es Ihnen weiter, wenn ich Ihnen noch etwas verrate«, sagte sie. »Er war homosexuell.«

Wieder vor dem Kino angelangt, kaute er noch immer an dieser neuesten Information herum. An einem Stand kaufte er ein halbes Pfund Fleischfüllung sowie Tortillas und amüsierte sich mit der Herstellung von Tacos, während er die Kinobesucher Revue passieren ließ. Nichts Neues.

Er stieg wieder ins Auto und schlug den Weg in Richtung des Stadtteils Florida ein. Er roch aus dem Mund, sein Nacken war noch steif vom Schlafen im Sessel, und auf der Avenida Insurgentes gab es auf der Höhe des *Hotel de México* einen Stau. Fast wünschte er, irgendein Meinungsforscher würde zu ihm in den Wagen klettern. Dann hätte er wieder einmal laut beteuern dürfen, er wisse nicht, warum er Detektiv geworden sei.

Die Bedienstete öffnete und trat lautlos zur Seite.

Marisa Ferrer erwartete ihn im Salon.

»Haben Sie etwas erfahren?«

»Nein«, sagte sie. »Ich habe mit einigen Freunden von der Staatsanwaltschaft gesprochen, aber dort weiß man nicht, wo man anfangen soll.« Sie hatte zwar nicht geweint, war jedoch nahe daran. Angespannt wie ein Kampfhahn, bevor er losgelassen wird.

»Ich muß Ihnen eine Frage stellen, wenn ich Ihre Tochter finden soll. Eine grundlegende Frage. Hören Sie gut zu und antworten Sie nicht unüberlegt. Haben Sie vor Elena etwas verheimlicht, was sie in letzter Zeit entdeckt haben könnte?«

Sie zögerte eine Weile.

»Meine Liebhaber.«

»Gab es viele?«

»Das ist meine Sache.«

Die Spannung zwischen beiden wuchs.

»Sonst nichts? Sind Sie sicher?«

»Ich glaube, sonst nichts.«

»Sind Freunde Ihrer Tochter hier im Haus gewesen?«

»Sie hatte vor ein paar Monaten einen Freund namens Arturo. Außer diesem und einigen Schulkameradinnen …«

»Gibt es einen Esteban?«

Sie dachte nach.

»Ich kann mich an keinen erinnern.«

»Wohin ist Ihre Tochter für gewöhnlich ausgegangen?«

»Wohin alle gehen, vermute ich. Ins Kino, in die Cafés und Hamburger-Stuben an der Avenida Insurgentes … Mit Arturo ist sie oft zum Bowling gegangen, und als die Geschichte zu Ende war, auch allein, weil es ihr offenbar gefallen hat.«

»Dieser Señor Burgos, den ich neulich bei Ihnen getroffen habe …«

»Sie mögen ihn nicht, stimmt's?«

Hector schüttelte den Kopf.

»Schade. Er ist ein alter Freund der Familie.«

»Sonst nichts?«

Sie antwortete nicht. Befingerte schließlich den Rand des Sofakissens, nestelte daran herum. Brach in Tränen aus.

Hector stand auf und ging zur Tür. All das gefiel ihm nicht. Es ärgerte ihn, daß er nicht früher nachgeforscht hatte, wo Elena Es. und G. kennengelernt haben konnte. (Es. & G., das klang wie eine schottische Whiskymarke.) Sie waren erst nach dem Fünfzigtausend-Pesos-Ding auf der Bildfläche erschienen, auf Elenas ausdrücklichen Wunsch, um ihr zu helfen, es loszuwerden.

Warum hatten die Kerle einen Kasten mit Limonade im Lieferwagen? Er machte kehrt, ging in den Salon zurück. Marisa Ferrer weinte nicht mehr, sondern starrte vor sich hin.

»Welche Bowlinghalle?«

Bol Florida, angeblich, nur ein paar Häuserblocks weiter.

Er beschloß, die dritte Kinovorstellung zu überspringen; für einen Greis dieses Alters war es wohl schon zu spät. Die Nacht war lau, angenehm. Hector glaubte sogar das Flattern eines Vogels zu hören.

Er stand eine Weile an den Wagen gelehnt da, rauchte. Dann schlenderte er zum Telefon an der Ecke.

»Verbinden Sie mich bitte mit Elisa … Schwesterlein? Darf ich dich um einen abwegigen Gefallen bitten? Du könntest beim zuständigen Beamten des Gerichtsmedizinischen Instituts nachfragen, ob ein gewisser Ingenieur Osorio Barba, der vor rund zwei Monaten ermordet wurde, homosexuell war. Vielleicht weiß der Autopsiemensch etwas … Steck ihnen eine Banknote in die Tasche, auf meine Rechnung.«

Er legte auf. Jetzt mußte er dafür sorgen, daß der Affe irgendwie ins Wasser sprang. Er klapperte die Lokale an der

Avenida Insurgentes ab. Deren glorreiche Tage waren angebrochen, als die ›jeunesse dorée‹ sich hier versammelt hatte, um über Autos und frisierte Motoren zu diskutieren. Sie hatten sogar als Start und Ziel für dragsterähnliche Wettrennen gedient. Jetzt dämmerten sie nur noch dahin, Echo vergangener Zeiten, Imbißläden für minderbemittelte Mittelständler. Jünglinge, zum erstenmal hinterm Steuer; Mädchen um die Fünfzehn, ansprechbar, Anschluß suchend; Kellner, nichts als gelangweilt. Keine Spur von *Grünjacke* oder *Armzange*. An den dritten Typ konnte er sich kaum erinnern; so etwas Untersetztes, Kraushaariges, Konturloses. Während der Rauferei hatte er ihn nur aus dem Augenwinkel erblickt.

Er setzte sich ins Viertel Narvarte ab, Calle Luz Saviñón. Ein gemütlich wirkendes Haus, gutbürgerlich. Davor ein Möbelwagen, in den Einrichtungsgegenstände verladen wurden.

»Die Hausangestellte?«

»Tja, die ist schon vor Tagen in ihr Heimatdorf zurückgekehrt. Der Chef hat sie entlassen.«

»Der Chef?«

»Der Bruder des Ingenieurs. Alvarez Cerruli. Ich arbeite bei ihm in der Matratzenfabrik.«

»Darf ich ein bißchen herumschnüffeln?« Hector wies sich aus.

»Treten Sie ein. Aber wir haben schon fast alles eingepackt.«

Hector lief in der verlassenen Wohnung herum. Die sah aus wie nach einem Taifun. Die Möbel durcheinander, alles lieblos verpackt, einiges mit Verstand, das meiste lediglich in Eile. Im Schlafzimmer suchte er so etwas wie eine Kassette, fand jedoch nur die Matratze, gegen die Wand gelehnt, Bett und Schrank, beides zerlegt, sowie zwei Bilder auf dem Boden.

Er bedankte sich bei dem Mann, der den Umzug überwachte, und ging wieder. Es war schon nach zehn Uhr nachts. Er setzte sich ins Auto und zog das kleine Notizbuch hervor. Wollte seine Ideen ordnen. Sah sich jedoch nur einem Wirbel von Namen und Daten gegenüber.

Wann werden die drei Geschichten endlich zu einer einzigen zusammenfließen? fragte er sich, mehr zum Spaß und ohne Hoffnung auf Antwort.

Da war der famose Señor Burgos. Was wußte er von ihm? Nichts. Sein Gesicht gefiel Hector nicht. Das verband ihn mit

Tausenden anderer Mexikaner, deren Gesicht Hector auch nicht gefiel.

Da gab es die Bowlinghalle und den Limonadekasten im Lieferwagen. Beides zusammen beantwortete vielleicht die Frage: Wo hat Elena Es. und G. kennengelernt? Beides zusammen lieferte vielleicht auch einen ersten Lichtblick hinsichtlich der Entführung.

Da war Marisa Ferrer, in Tränen aufgelöst. Kein sehr überzeugendes Bild. Und von irgendetwas überschattet.

Aber da gab es auch einen homosexuellen Ingenieur, schon unter der Erde, und einen Ingenieur namens Camposanto, von dem man auf Partys eingeladen werden konnte, dem dicklichen Arbeiter in der Imbißstube zufolge.

Und da war auch das Unbehagen des Fabrikdirektors, unerklärlich, verwirrend. Und der Gewerkschaftskrach. Volldampf voraus.

Auch gab es da einen Toten namens Osorio Barba, der Alvarez Cerruli im Tode vorausgegangen war. Gefährte abartiger Neigungen?

Die Ex-Gattin des Ermordeten, eine in ihr Heimatdorf zurückgekehrte Hausangestellte, ein Rechtsanwalt namens Duelas, ein hochgewachsener, schwarzhaariger Arbeiterführer, ein Speichellecker von der ›amtlichen‹ Gewerkschaft CTM im kaffeebraunen Anzug.

Und es gab die drei Männer, denen 1934 in San José de Costa Rica ein Paß ausgestellt worden war.

Falls das zu wenig war, blieben immer noch der Schuhkarton mit den Papieren von Belascoarán senior und in der Tasche ein Päckchen Briefe, die Hector noch nicht hatte lesen können.

Er mußte den Getränkevorrat im Büro ergänzen, die Wäsche aus seiner Wohnung zum Waschen geben. Weiterleben.

Er hatte mit der Aufzählung halb im Scherz angefangen, und am Schluß fühlte er sich wie durch die Mangel gedreht. Eigentlich hätte er bei der Bowlinghalle anfangen müssen, aber er gab weniger Wichtigem den Vorzug, und schließlich fiel ihm auch noch die Ätherstimme des *Raben* Valdivia ein.

Die Sendezentrale von *Radio Mil*, von wo auch die Station XEFS ihre Programme ausstrahlte, befand sich an der Avenida Insurgentes, im Stadtteil Florida, wo auch Hector sich befand. Nachdem er einige Korridore und Studios durchwandert hatte, fand er die Kabine, wo allnächtlich von elf Uhr bis ungefähr halb sechs in der Frühe der *Rabe* hauste. Der war noch nicht da. Also schüttelte Hector seine Trägheit ab: Schluß mit dem Herumschleichen um den heißen Brei, auf zum *Bol Florida!*

Hatte er Angst?

Er hatte schon oft im Leben Angst verspürt, das Gefühl war leicht wiederzuerkennen. Körperliche Angst vor Attacken eigentlich selten; öfter schon Angst vor der Einsamkeit, vor der Verantwortung, vor Irrtümern. Aber dies war anders. Vielleicht war es die Kombination aus Angst und Übermüdung. Eigentlich die beste Stimmung, um in den Kampf zu ziehen, sagte er sich.

Geräusch der rollenden Kugeln, der fallenden Kegel. Der Lärm traf ihn wie die Gischt einer herantosenden Woge. Er suchte mit den Augen die beiden Gesichter, die er finden wollte. Tisch für Tisch, unter den Spielern, hinter der Schwingtür zur Küche, im Büro, am Empfangspult, wo man die Automatik der Anlage steuerte, die Quittungen ausstellte, die Bowlingschuhe ausfolgte und die Zettel für die Markierung des Spielverlaufs.

Nichts. Er näherte sich langsamen Schrittes der Theke.

Was sollte er fragen?

Er entschied sich für den direkten Weg.

»Ich bin auf der Suche nach einem Mädchen namens Elena«, wandte er sich mit festem Blick an den dicklichen, grinsenden Empfangsknilch.

»Kenne ich nicht.«

»Jemand hat sie nämlich gekidnappt.«

»Was Sie nicht sagen«, sagte der Dickwanst grinsend.

»Ich möchte gern Ihre Anlage besichtigen.«

»Na, dann viel Spaß. Es wird nur nicht gehen.«

»Tja, dann halt nicht«, gab Hector sofort nach, machte kehrt und schritt langsam zur Tür.

Dort drehte er sich um und wechselte noch einige Blicke mit dem Dickwanst am Empfang, der ihn seelenruhig anglotzte. Nach einer Weile hob er die Hand und machte eine obszöne Geste. Hector zeigte ihm die kalte Schulter und ging in die Nacht hinaus.

Er war schläfrig und müde zum Umfallen.

Kapitel 6

> Dann kam er dahinter, daß die Tangos allesamt eine Lüge waren, aber da war es unwiderruflich zu spät.
> Mario Benedetti

»Und wie wir, statt wegzurennen, mit Ketten auf den ›Glöckner von Notre Dame‹ losgegangen sind, und der Kerl hat wild um sich geschlagen, im Ernst, der wollte uns umbringen!«

»Aber Rosas, du erinnerst dich an Rosas, dieser dunkle Typ, diese halbe Portion mit der Frisur wie ein Pinguin … Hat behauptet, auf ihm liegt ein Fluch, und wenn er auf der Straße geht, streckt sich aus der Wand eine zottige Hand nach ihm aus!«

»Die schwarze Hand!«

»Er hat sich bepinkelt! Regelrecht bepinkelt!«

»Und dann dieser Echenique aus der 3C, der sich von dieser Zugbrücke heruntergelassen hat, und ein altes Weib stürzt auf ihn zu und behauptet, sie sei die Knusperhexe, und ob er nicht ihr Sohn ist. Und anschließend stachelt er uns auf, der blöden Alten werden wir eins auswischen, und wir, zehn Mann hoch, hin zur Knusperhexe, und sie jauchzt: Ihr seid alle meine Kinder! Und dann war's ein Schwuler!«

»Ich hatte in der Dritten ein paar Kumpels, die hatten auch jeder so eine Macke, und dem einen ist angeblich eine Mumie erschienen, aus dem Sarg heraus, und verstellt ihm den Weg. Der Kumpel sagt: Was denn, ich hab doch nichts gemacht? Die Mumie sagt: Du warst in den Pyramiden und hast mein Grab geschändet! Darauf der Kumpel: Was denn, ist nicht wahr. Und wir anderen konnten nicht mal lachen, wir hatten die Hosen voll vor Angst. Und dann die Geisterbahn. Erinnerst du dich? An der Insurgentes Norte, gleich neben der Baustelle damals.«

»Ich habe seitdem nie mehr so viel Angst gehabt … Aber hingegangen sind wir immer wieder.«

»Weil's uns gereizt hat«, sagte Belascoarán.

Sie saßen in einem winzigen Büro mit den Wänden voller Schallplatten. Valdivia hatte eine Flasche Rum hervorgeholt und in einem Plastikbecher einen *Cuba Libre* gezaubert. Hector nippte an *Ginger Ale*.

»Und du, was treibst du?« fragte Valdivia schließlich.
»Ich bin Detektiv.«
»Bei der Polizei?«
»Nein, unabhängig«, sagte Belascoarán. Das Wort ›privat‹ störte ihn, und er hatte das ideale Epitheton für seinen Beruf gefunden.
»Irgendwann habe ich gehört, du bist Ingenieur ...«
»Das war einmal.«
»Und dann?«
Aber Hector – statt zu erzählen, wie er alles umgekrempelt hatte – erzählte ihm die verblüffende ›Dreiecksgeschichte‹, auf die er sich da eingelassen hatte. Der eine Angelpunkt: die Firma *Delex* und der ermordete Ingenieur. Der andere: die Legende vom Überleben Don Emiliano Zapatas. Der dritte: ein verängstigtes Mädchen mit dem Arm (jetzt auch mit dem Kopf?) in der Schlinge.
Valdivia schaute nachdenklich drein.
»Unlängst habe ich dein Programm gehört. Es hat mir gefallen. Nur manchmal war mir, als würdest du dich bei den Zuhörern allzu sehr anbiedern. Als wolltest du ihnen etwas verkaufen.«
»Wieviel Uhr war's da?«
»Ungefähr Mitternacht, kurz danach.«
»Da ist es am schlimmsten. Da drehen die Leute am ehesten durch.«
Abermals Schweigen.
»Brauchst du meine Unterstützung?«
»In welcher Hinsicht?«
»Ich weiß nicht«, sagte der Radiomoderator. »Wenn du in der Bredouille steckst, rühr dich. Ich erzähle von dir. Und das Publikum kann mitmachen. Du ahnst nicht, wie viele Leute zuhören, wie viele in dieser Stadt bereit sind, bei irgendetwas mitzumachen. Hilfsbereitschaft und Hilfsbedürftigkeit, wechselseitig bedingt.«
»Ich glaube dir.«
»Denk dran. Ich gebe dir unsere sechs Telefonnummern. Du kannst wählen, welche du willst.« Er reichte ihm eine Karte.
Hector steckte sie ein.
»Dann gehe ich wieder.«
»Viel Glück.«

Sie klopften einander auf die Schultern.

Hector hielt abwartend auf dem Gang inne.

Valdivia drehte sich nach ihm um: schlanke Figur, beginnender Haarausfall, mächtiger Schnurrbart, darüber helle Augen.

»Was immer du willst, mein Lieber. Sozusagen alles, was das Programm belebt.«

Unterwegs Richtung Nápoles, via Insurgentes, um die Nachtwache vor dem Haus des Ingenieurs aufzunehmen, schaltete Belascoarán das Radio ein.

»Heute abend habe ich einen alten Freund wiedergetroffen. Es stimmt gar nicht, daß dieses Monstrum von Stadt die Freundschaft zerstört. Es verschluckt sie nur. Ich habe mich gefreut, ihn wiederzusehen. Er arbeitet jetzt als Detektiv und hat versprochen, bei Gelegenheit anzurufen. Mal sehen, ob *Die Stunde des Raben* ihm ein bißchen auf die Sprünge helfen kann … Im übrigen – ›unabhängiger‹ Detektiv, klar. Also abwarten.

Jetzt, um das Feuer zu eröffnen, ein Lied von Cuco Sánchez, das diesem Programm als Leitmotiv dienen könnte, zur Eröffnung einer Nacht, die lang und stürmisch zu werden verspricht: *Wir, die Maultiertreiber.*

Nicht vergessen, unsere Telefonnummern sind 511-22-47, 511-31-19, 587-87-21, 566-45-65, 544-31-21 und 568-89-43. Hier spricht *der Rabe,* die Brücke zwischen uns allen, der Wünschelrutengänger für brachliegende Hilfsquellen in dieser Stadt, der Wegbereiter der Solidarität zwischen den Bewohnern der Nacht, zwischen uns Vampiren des Bundesdistrikts ... Keine falsche Scham. Wir alle stecken manchmal in der Zwickmühle und finden mit eigener Kraft nicht heraus.«

Die melancholischen und gleichzeitig spröden Worte von Cuco Sánchez drangen aus den Lautsprechern:

Wir, die Maultiertreiber,
folgen unserem Pfad …

Belascoarán parkte den Wagen etwa fünfzig Meter von dem Gebäude entfernt, und zwar so, daß er ein etwa herauskommendes Fahrzeug unverzüglich verfolgen konnte.

Er stieg aus und ging die Lage erkunden. Camposantos Wagen stand nicht auf dem Parkplatz. Hector fluchte leise vor sich hin. Verlorene Zeit.

Die Augen taten ihm weh von den Lichtreklamen, ja sogar von den Verkehrsampeln. Der Hemdkragen fühlte sich an wie durchweichte Pappe, und die Hosenbeine schlabberten herum wie weichgekochte Makkaroni. Anscheinend war die Stunde gekommen, sich vorübergehend geschlagen zu geben. Aber getreu der Devise ›Immer das Gegenteil‹ schlug er abermals die Richtung nach Süden ein. Tankte. Urinierte auf dem Tankstellenklo.

Die Lichter des Bowlings waren erloschen. Hector spähte durch die dicken Glasscheiben der Eingangstür. Nichts zu sehen. Er nahm die Mietshäuser zu beiden Seiten in Augenschein. Fuhr um den Häuserblock herum. Die Straßen leer. Ausnahme: ein Liebespärchen in einer Nische, das ihn nicht mal anschaute. An der Rückseite des Bowlings gab es einen Trödlerladen. Hector fuhr abermals den Häuserblock ab, auf der Suche nach einem Schlupfwinkel. Er probierte es mit dem Parkplatz eines der Mietshäuser, welche die Bowlinghalle flankierten.

Das Vorhängeschloß an einer der Türen war defekt. Hector betrat eine Garage. Nachdem er über einen weggeworfenen Schuh gestolpert war und eine Katze aufgescheucht hatte, stieß er auf eine enge Tür in der Wand, auf deren anderer Seite die Bowlinghalle liegen mußte. Der Riegel ließ sich knirschend zurückschieben. Hinter der Tür gab es vier Stufen, die in ein sehr niedriges Souterrain führten. Gebückt bewegte Hector sich durch die Abfälle des Bowlingbetriebs, bis er zu einem Aufbewahrungsort offenbar beschädigter Bowlingkugeln gelangte, deren Grifflöcher er ertastete. An den Wänden tastete er sich weiter durch die völlige Finsternis.

Als er zum zweitenmal stolperte, nämlich über irgendwelche Holzklötze, ließ Hector für einen Augenblick das Feuerzeug aufflammen, um sich zu orientieren. Am gegenüberliegenden Ende des Raumes gab es abermals eine verrostete Tür. Er schlich näher. Diesmal war der Riegel nicht zu öffnen, denn er befand sich auf der anderen Seite.

Hector durchwühlte seine Taschen nach einem Gegenstand, den man in eine Ritze oder unter den Türspalt klemmen konnte, wußte jedoch im voraus, daß er nichts dergleichen bei sich hatte. Er ließ abermals das Feuerzeug aufschnappen, bis er sich am immer heißer werdenden Metall die Finger verbrannte, entdeckte jedoch nichts Geeignetes zwischen den herumliegenden Holzklötzen, zerbrochenen Kegeln und sonstigen Abfällen. Also denselben Weg zurück. Abermaliges Stolpern ließ ihn wünschen, er wäre Geistlicher oder Fernsehansager geworden.

Er trat ins Freie, rieb sich den rechten Knöchel, mit dem er gegen die Stoßstange eines geparkten Wagens geknallt war. Was zunächst wie Fitnesstraining ausgesehen hatte, wuchs sich allmählich zu Schwerstarbeit aus. Im Handschuhfach des Wagens fand er einen ziemlich großen, soliden Schraubenschlüssel. Dann machte er sich wieder auf die Socken. Die Straße weiterhin leer.

Aufs neue durch die Tür, durch den gesammelten Abfall zur gegenüberliegenden Tür. Er ertastete die betreffende Stelle und versuchte, den Riegel unter Zuhilfenahme des Schraubenschlüssels von außen zu lockern. Nach dem dritten Anlauf war es endlich soweit. Die Tür ging ächzend auf. Dahinter abermals Dunkelheit.

Hector ertastete mit den Füßen ein weiteres Treppchen, ähnlich dem von vorhin. Allerdings zählte es unerwarteterweise eine Stufe mehr, und Hector verstauchte sich beim Hinfallen das rechte Handgelenk. Als nächstes gewahrte er in der Ferne einen schwachen Lichtschein. Er ließ sich zu Boden gleiten, zog die Pistole und kroch auf die nächste Verbindungstür zu, die offenbar direkt ins Bowling führte. Er dämpfte, so gut es ging, das Geräusch seines Atems, begann Schritte auszumachen, Worte.

»Der denkt sich nichts dabei. Der hat keinen Schimmer. Der hat hier nur auf den Busch geklopft. Aber ihr tretet einstweilen lieber nicht in Erscheinung. Und die Kleine muß weg von hier, und zwar husch. Ich habe Gerónimo die Adresse eines Hotels an der Calzada de Zaragoza gegeben. Der Geschäftsführer kennt mich seit Jahren. Dort werdet ihr sie festhalten und abwarten, bis die Luft rein ist …«

Den Namen des Hotels! Sag den Namen des Hotels! Den Namen des Hotels!

»Am besten, ich lauere am Empfang und verpasse dem Kerl ein Ding, das sich gewaschen hat, falls er sich noch einmal hier blicken läßt …«

Die Stimmen und die Schritte entfernten sich. Hector preßte sein Auge an den unteren Türspalt und erblickte gerade noch ein Paar schwarze Schuhe. Irgendwo sprang ein Motor an. Die Schuhe marschierten aus dem Blickfeld. Wohin? Hector versuchte sich zu orientieren. In die Küche?

Langsam arbeitete er sich zurück ins Freie. Wieder im Wagen angelangt, zündete er sich eine Zigarette an und machte sich an eine Bestandsaufnahme.

Als er hineingegangen war, hatte nirgendwo ein Auto mit Insassen geparkt. Auch jetzt standen da nur dieselben drei Fahrzeuge wie vorhin. Hector steckte den Kopf aus dem Fenster und zählte nach. Während seines Aufenthalts im Souterrain war irgendwo ein Wagen losgefahren, mit Elena darin und dem Mann, der mit dem Schwarzbeschuhten gesprochen hatte. Hector stieg aus und ging zum Parkplatz des Mietshauses auf der anderen Seite der Bowlinghalle. Von hier aus hätte jemand losfahren können. Aber sollte schon vorhin, als er mit dem Auto angekommen war, jemand hiergewesen sein, hätte man ihn sehen müssen. Also hatte man Elena, während er im Souterrain war, in den Wagen verfrachtet.

Das klang alles recht an den Haaren herbeigezogen, so, als sei Logik keine exakte Wissenschaft mehr, sondern ein Hasardspiel.

Gerónimo. Oder Jerónimo? Vorn mit G oder mit J? Die Aussprache war so oder so gleich, beide Schreibweisen waren üblich.

Wie viele Hotels gab es an der Calzada de Zaragoza?

Allmählich wurde Hector auf sich selbst wütend. Alles erschien so stinkeinfach.

Er hatte das Gespräch genau im richtigen Moment belauscht. Simple Lösungen behagten ihm nicht. In einer Stadt mit zwölf Millionen Einwohnern gab es keine Glückstreffer. Allenfalls Pechsträhnen.

Und wenn alles nur Theater war, eine blödsinnige Falle für Idioten? Für Idioten wie ihn?

Er ließ den Motor an und fuhr ein paar Blocks weiter. Hielt vor einem Haus mit erleuchteten Fenstern, wo eine Party gefeiert wurde: Musik, Licht, Essensdüfte.

In Hectors Kopf brodelte eine Idee: Und wenn gar keine Entführung stattgefunden hatte? Marisa Ferrers Tränen hatten auf ihn gewirkt, als hätte sie den entsprechenden Hahn aufgedreht.

Es gab also drei Möglichkeiten: entweder aus dem Schwarzbeschuhten mit Fußtritten eine Antwort herauskicken; oder noch ein Besuch bei der Schauspielerin zwecks Klärung der Lage; oder aber die etwa zweihundert Hotels abklappern, die es in der Calzada de Zaragoza vermutlich gab.

Die vierte Möglichkeit bestand darin, schlafen zu gehen. Die Versuchung trat mit Riesenschritten an Hector heran. Doch ein Rest von Pflichtgefühl und die Vorstellung des Mädchens mit dem Arm in der Schlinge ließen ihn dem Traum Lebwohl sagen. Er rieb sich die Augen mit den Handtellern und zündete sich dann noch eine Zigarette an. Der Tabak fing an, ihn zu ekeln. Schon wieder zuviel Nikotin. Er warf die Zigarette aus dem Fenster. Dann fuhr er los, drehte das Radio an und ließ sich den Fahrtwind um die Nase wehen.

»Wenn du dir blöd vorkommst, Freund, ist es nicht deine Schuld. Es liegt daran, daß es zwei Uhr früh ist, und bestimmt hast du schlecht geschlafen.

Dies ist *Die Stunde des Raben.* Das erste und einzige Rundfunkprogramm der Solidarität zwischen streunenden Kötern, Vampiren, Überstundenmachern, schlaflosen Studenten, Taxifahrern auf Nachtschicht, wachehaltenden Streikposten, Prostituierten, erfolglosen Dieben, unabhängigen Detektiven, betrogenen Liebhabern, hartnäckigen Einzelgängern und anderen Geschöpfen der nächtlichen Fauna.

Mit euch ist *der Rabe,* magischer Vogel ewiger Nachtschwärze, bereit, bei den absonderlichsten Dingen mitzumachen. Aufgepaßt, bevor wir uns einige *Sambas brasileiros* von Liebe und so weiter anhören, gebe ich einen Hilferuf durch, von einem Nachbarn aus dem Viertel San Rafael – Anschrift: Calle Gabino Barredo 117, Wohnung 301. Anscheinend sind im Bad sämtliche Dichtungen endgültig kaputt, und eine Überschwemmung droht. Alle Bewohner dieser Gegend sind dringend aufgefordert, sich mit Wassereimern an der Verhinderung der Katastrophe zu beteiligen. Señor Valdes aus der Calle Gabino Barredo, lassen Sie uns bitte wissen, wie viele Hilfswillige sich bei Ihnen einfinden!

Und jetzt, auf daß die Melancholie der Samba unsere Nachtwache verkläre – hier ist João Gilberto!«

Die Musik erfüllte das Wageninnere. Hector fuhr seit fünf Minuten um den Häuserblock herum. Er schwankte, ob er den bis jetzt hinausgezögerten Entschluß fassen oder lieber nach San Rafael zum Überschwemmungseinsatz fahren sollte.

Den Stier bei den Hörnern packen, ermahnte er sich, machte jedoch die gesamte Feierlichkeit durch erneutes Gähnen zunichte. Wenn das so weitergeht, renke ich mir noch das Kiefergelenk aus, dachte er.

Er schlug die Richtung zum Haus der Schauspielerin ein. Der Wagen schien den Weg von allein zurückzulegen, lieferte ihn vor dem zweistöckigen Haus ab.

Er klingelte zu wiederholten Malen, bevor die Bedienstete die Tür einen Spalt breit öffnete. Hector stemmte sich dagegen und trat ein. Die Frau, ein altes Umhängetuch über dem weißen Baumwollnachthemd, rührte sich nicht vom Fleck, gab keinen Laut von sich. Belascoarán stürmte die Gänge entlang, riß Türen auf. Woher kam diese Wut? Woher das Gefühl, daß die Schauspielerin ihn an der Nase herumgeführt hatte?

Plötzlich fiel ihm ein, Marisa Ferrer könnte mit einem Mann im Bett liegen, und er hielt vor der Tür inne, hinter der er das Schlafzimmer vermutete. Klopfte zweimal an. Keine Antwort. Er öffnete. Im Schein der Nachttischlampe schlief Marisa Ferrer, Film- und Showstar, mühsam aus den Niederungen des Daseins aufgestiegen, unter einer perlgrauen Decke, das Gesicht nach unten, den Rücken nackt, die Arme irgendwie seltsam von sich gestreckt. Belascoarán trat ans Bett und berührte die Schlafende. Nichts, keine Bewegung. Die Frau schien die Hand auf ihrem Rücken nicht zu spüren.

Belascoarán ließ den Blick umherschweifen. Die Bedienstete sah ihm wortlos von der Tür aus zu, hielt mit gekreuzten Armen den Umhang fest.

»Ist das schon früher manchmal passiert?« fragte Hector.

Sie nickte.

In der Schublade des Nachttischchens fand er die Injektionsspritze und das Briefchen mit dem weißen Pulver. Er legte beides zurück und knallte die Schublade wieder zu.

Die frische Luft draußen kühlte Hectors Zorn ein wenig ab. Er stieg wieder in den Wagen, entschlossen, den Bann zu brechen. Aus dem Radio ertönte jetzt ein rhythmischer Ritualgesang aus Afrika.

Hector hielt vor dem *Bol Florida.* Zögerte. Immerhin, eine Falle verriet auch einiges über die, welche sie gestellt hatten. Aber im Ernst, wie viele Hotels gab es an der Calzada de Zaragoza? Er hatte, wenn er sich recht erinnerte, mindestens ein Dutzend gesehen, und zwar ohne genau hinzuschauen. Bestimmt gab es vierzig, vielleicht noch mehr. In welchem davon befand sich das Mädchen? Für eine Falle war das viel zu kompliziert. Hätte man ihn wirklich in einen Hinterhalt locken wollen, wäre der Name des Hotels genannt worden. Hector stieg aus und ging abermals zur Hintertür des Bowlings.

Derselbe Weg, den er vor ein paar Stunden erkundet hatte. War es Sturheit, blanker Eigensinn, was ihn vom Schlafengehen abhielt und ihn Schritt um Schritt vorwärtstrieb, mitten in dieser Nacht ohne Ende?

Hinter der zweiten Tür angelangt, jenseits des Souterrain-Miefs, versuchte Hector sich innerhalb der Räumlichkeiten des Bowling zurechtzufinden. Rechter Hand also wohl die eigentliche Anlage, hinten links die Küche, dahinter wahrscheinlich Unterkünfte. Lichtschimmer hinter einer weiteren Tür. Hector zog die Pistole und fuhr sich mit der Hand über die schläfrigen Augen. Mit geballter Wut trat er gegen die Tür.

Eines der Scharniere brach entzwei, Holzsplitter wirbelten herum, die Tür hing, nur noch vom unteren Scharnier gehalten, schief im Rahmen.

Im Schein einer Lampe las der kraushaarige Dickwanst vom Empfang, auf dem Bett ausgestreckt, in einem Fotoroman. Die frisch gewienerten, funkelnden Schuhe standen vor dem Bett. Auf dem Nachtkästchen leere Gläser, eine halbvolle Colaflasche und irgendwelche Hustendrops. Daneben, auf einem Stuhl, ein Klappmesser und eine zerknitterte Hose. Ein Ständer mit verschnürten Bündeln alter Zeitschriften sowie zwei Päckchen *Philip Morris,* die Hector an die leitenden Angestellten der *Delex* erinnerten. An der Wand ein Plakat der Fußballmeistermannschaft *Cruz Azul.*

Der Dickwanst ließ das Romanheft fallen und rutschte in den hintersten Winkel des Bettes zurück.

»'n Abend«, sagte Hector.

Der Dickwanst sagte nichts.

Hector musterte noch einmal die Einrichtung. Schäbigkeit in fremden Räumen drehte ihm fast immer den Magen um. Teufel, was jetzt? Zuerst war ihm alles so klar erschienen: Pistole heraus, Tür eintreten, ins Zimmer. Laut Drehbuch mußte er jetzt wohl: entweder dem Dickwanst die Scheiße aus dem Leib kicken, bis er den Namen des Hotels an der Calzada de Zaragoza ausspuckte, oder ihm die Würmer sozusagen gesprächsweise aus der Nase ziehen.

Zu beidem fühlte Hector sich nicht imstande. Also schwieg er.

So blieb es ein paar Minuten. Hector suchte krampfhaft nach Auswegen aus der Sackgasse. Sollte er den anderen fesseln und warten, bis der sich befreite, und ihm dann folgen? Oder warten und ihn belauschen, wenn er telefonierte? Oder das Telefon anzapfen? Beim Gedanken daran mußte Hector grinsen. Wie, um alles in der Welt, sollte er das bewerkstelligen?

Der Dickwanst beantwortete das Grinsen mit einem Grinsen seinerseits.

»Was gibt's da zu grinsen, Arschloch?« fragte Hector, der sich zusehends unbehaglicher fühlte.

»Ach, nur so«, antwortete der Dickwanst.

Noch zwei Minuten Schweigen. Der Mann auf dem Bett zeigte schließlich Anzeichen von Nervosität.

Angesichts der Tatsache, daß ihm nichts Gescheites einfiel, sprang Hector plötzlich aufs Bett. Die Beine des Möbels gaben unter dem Gewicht des Detektivs nach, er machte einen eleganten Satz rückwärts und landete wieder dort, wo er vorher gewesen war. Der entgeisterte Dickwanst war auf den Boden gerumpelt.

Hector machte kehrt und ging.

Das nach Straßen geordnete Adressen- und Telefonbuch bescherte ihm die überwältigende Anzahl von 117 Hotels und Motels an der Calzada de Zaragoza. Er hätte am liebsten geweint. Er sortierte die zum Waschen bestimmte Wäsche, stapelte das schmutzige Geschirr im Spülbecken auf, schüttete Asche in den Mülleimer, wusch die Aschenbecher, öffnete die Fenster und fiel angekleidet aufs Bett. Scheißleben, dachte er, und obwohl von Schläfrigkeit geradezu gepeinigt, konnte er nicht einschlafen. Um fünf Uhr früh sprang er aus dem Bett, hielt den Kopf unters kalte Wasser und ließ es eine Weile rauschen. Er fühlte sich zutiefst deprimiert.

La Tolvanera besagte das einsame, verwitterte Ortsschild am Rande der Landstraße. Hector steckte den Roman, in dem er gelesen hatte, in die Manteltasche und ging ins Dorf. Er hatte fünfzehn Stunden Busfahrt hinter sich; erst Schlaf, dann der Entspannung verschaffende Anblick der kahlen, von Erosion zernagten Ebenen hinter Huajapan de León.

Die Ansiedlung war wie ausgestorben. Vier einsame, staubige Gassen. Er betrat eine Kneipe, *La Rosita* geheißen, um dem Wind zu entgehen, der ihn beutelte. In der jähen Dunkelheit dauerte es einen Moment, bis er den Alten hinter der Theke wahrnahm.

»Können Sie mir sagen, wo Don Eladio Huerta wohnt?«

»Der lebt nicht mehr.«

»Irgendwelche Hinterbliebenen?«

»Keine Seele.«

»Ist er schon lange tot?«

»Drei Jahre. Wenn Sie die Straße weitergehen, so etwa hundert Meter, kommen Sie zum Friedhof.«

Belascoarán folgte bereitwillig dem Hinweis. Am Ortsausgang befand sich eine Reparaturwerkstatt, wo zwei Männer gegen den Staub ankämpften, den der Wind immer wieder in den Motor eines Lastwagens hineinfauchte.

»Guten Tag.«

»Guten Tag«, antworteten sie gemeinsam. Das behagte Hector mit am meisten auf dem Land. Da grüßten die Leute noch.

Hinter der Reparaturwerkstatt ein Autofriedhof. Dahinter, auf freiem Feld, der richtige Gottesacker. Fünfzig verstreute Gräber, die Kreuze morsch, die Pflanzen vertrocknet.

›*Eladio Huerta* 1882–1973.‹

Unter dem Namen die vergilbte Fotografie eines Greises.

Nun dann, Endstation. Kein Schlupfloch mehr. Kehrtwendung und zurück in die Stadt. Wieder die Nacht vor dem Haus eines Ingenieurs verbringen, einhundertsiebzehn Hotels abklappern auf der Suche nach einem Mädchen. Es war eine Flucht gewesen, nirgendwohin.

Er trottete zur Landstraße zurück, rang ein paar Stunden lang mit dem grausamen Wind, der vom Pazifik in Richtung Atlantik über den Isthmus pfiff, das Land und die Bäume peitschend. Ein Bus zweiter Klasse nahm Hector auf und rüttelte weiter gen Oaxaca.

Der Bus aus Oaxaca kam um 02.10 Uhr in der Stadt Mexiko an. Ihm entstieg, nach insgesamt fünfunddreißig Stunden unterwegs, ein völlig ausgelaugter Detektiv. Er setzte sich in den Wagen, den er gleich neben dem Busbahnhof geparkt hatte, und rollte mitten in der Nacht über die Avenida Insurgentes. Das Radio, sein treuer Gefährte, übermittelte ihm einige Botschaften.

> »Wer bis jetzt gewartet hat, der lasse es von nun an bleiben. Wer nicht mehr hofft, daß das Erwartete eintrifft, der tut gut daran. Jeder von uns ist unumschränkter Herrscher über die Stunden, die noch kommen. Schluß mit dem Weinen vor dem Spiegel, mach dir einen extra starken Kaffee, setz ein Lächeln auf.
>
> Die Nacht, diese treue Gefährtin, begleitet uns …«

Aus dem Lautsprecher erklang eine Schallplatte mit Peter, Paul and Mary, die Hector an früher, an so manches lang herbeigesehnte Wochenende erinnerte.

Vor dem *Bol Florida* hielt er an und ließ den Blick schweifen.

An einer Baustelle, etwa zwanzig Meter weiter, entdeckte er, was er suchte: Kieselsteine, zerbrochene Ziegel. Stolpernd schleppte er etwa zehn Kilo ›Munition‹ von verschiedenen Ausmaßen vors Bowling und fing an, die Geschosse im Schein der Neonbeleuchtungen rasch hintereinanderweg gegen die Fensterscheiben zu schleudern. Das Glas zersplitterte. Inmitten des Getöses stellte er fest, daß er sich amüsierte. Er betrachtete den Scherbenhaufen, warf die letzten Kiesel gegen das Firmenschild und stieg wieder ins Auto. Noch bevor die Lichter in den umliegenden Häusern angingen, war er verschwunden.

»Ausgelacht hat er mich. Und ich stehe da wie belämmert. Du schreckst bei mir aber auch vor gar nichts zurück, Brüderlein …«

Elisa verspeiste die Spaghetti ungemein stilvoll, daran bestand kein Zweifel.

»Er hat gesagt: Sie glauben, zwei Monate nach seinem Tod trägt so einer noch immer den Stempel seines anrüchigen Lebenswandels auf dem Hintern? Und schüttelt sich wieder vor Lachen, der Hornochse.«

Hector mußte unwillkürlich grinsen.

»Und was hast du gemacht?«

»Ich habe ihm die Meinung gesagt und bin gegangen. Im übrigen, was für ein scheußlicher Ort, dieses Gerichtsmedizinische Institut! *Ay, nanita* … Bei denen liegen die Leichen aufgestapelt herum wie Bierkästen auf einem Lastwagen.«

»Na schön. Besten Dank für deine Mühe.«

Elisa mampfte weiter Spaghetti. Hector, der keinen Hunger hatte, schaute ihr dabei zu. Sie befanden sich in einem Restaurant des Nobelviertels Zona Rosa. Die Tische standen auf dem Gehsteig. Es war ein strahlend sonniger Nachmittag, der einem wieder Mut machte.

»Es geht noch weiter, es gibt noch mehr«, sagte Elisa lächelnd.

»Mehr wovon?« Hector hörte nur mit halbem Ohr zu. Er genoß den Anblick der Schenkel einer Schwarzhaarigen am übernächsten Tisch. Und allenfalls noch diese köstliche Sonne, die einem das Gebein erwärmte.

»Da du nicht aufgekreuzt bist, habe ich allein weitergemacht«, fuhr Elisa fort und schaufelte noch eine Riesenportion Spaghetti in sich hinein.

»Ißt man in Kanada viel italienisch?«

»Mhm«, machte Elisa mit vollem Mund.

»Und schmeckt's?« erkundigte sich Hector, nur um etwas zu sagen.

»Auschgetscheischnet«, antwortete seine Schwester.

Hector fing einen Blick der Schwarzhaarigen auf, die sich anschließend wieder dem Studium der Speisekarte zuwandte.

»Wie hast du das gemeint – ›allein weitergemacht‹?« kehrte der Detektiv auf den Boden der Tatsachen zurück.

Elisa wischte den Teller mit einem Stückchen Brot sauber und hatte nichts dagegen, als der Kellner ihn gegen eine Doppelportion Tintenfisch im eigenen Saft austauschte.

»Menschenskind, beim Essen kriege ich erst so richtig Hunger!«

»Was hast du herausgefunden?«

»Ein Einzelgänger, dieser Osorio Barba, ohne Familie. Ein Ehrgeizling, ohne besondere Kennzeichen, aber mit dem Ruf eines ausgekochten Profis. In dem Haus, wo er gewohnt hat, konnte mir niemand mehr als drei Sätze über ihn sagen. Bis ich auf den Hausmeister gestoßen bin.«

Sie fiel über den Tintenfisch her. Der Tonfall des Gesprächs sagte ihr offenbar zu. Sie war eine schlanke Erscheinung mit breiten, kräftigen Schultern, hatte die Sommersprossen und das rötliche Haar vom irischen Zweig der Familie geerbt. Zerrüttet durch die Frühehe mit einem kanadischen Journalisten, der sich zum Alkoholiker und Psychopathen entwickelt hatte. Nach vier Jahren Abwesenheit des Kontaktes mit Mexiko und mit der eigenen Generation verlustig gegangen, war sie eben dabei, wieder einen Fuß auf die Erde zu bekommen. Mit Hector teilte sie das Vergnügen an unverhofften Situationen, an durchwachten Nächten.

Sie spielte leidlich Gitarre und hatte einige Gedichte geschrieben, die sie niemandem zeigte. Ich bin ein Zug auf dem Abstellgleis, sagte sie von sich selbst.

»Gut?«

»Vorzüglich, vorzüglich … Möchtest du kosten?«

Hector schüttelte den Kopf. Gleich hinterher bereute er es, wie meistens mit Verzögerung. Er spießte seine Gabel auf den fremden Teller und erbeutete ein riesiges Stück Tintenfisch.

»Der Hausmeister hat mir für hundert Pesos eine Kassette mit Papieren verkauft, die Osorio Barba bei ihm deponiert hatte. Fast nur Makulatur. Interessant höchstens ein Zettel mit drei Namen, drei Anschriften, der sich in einen Aktenhefter mit Geschäftskorrespondenz eingeschlichen hatte.«

»Und?«

»Ich habe die drei Adressen aufgesucht, habe die drei namentlich Erwähnten von fern betrachtet ... Jünglinge zwischen zwanzig und fünfundzwanzig, alle drei, Mittelständler, zwei davon studieren, der dritte ist in einer Handelsbank tätig. Ich will mir die Wimpern ausreißen, wenn die nicht schwul sind!«

»Gib mir die Namen.«

»Gib mir die hundert Pesos, die ich dafür hingeblättert habe.«

Hector brachte eine Banknote zum Vorschein.

»Himmel, sei nicht kindisch, das war ein Witz! Nimm doch nicht alles gleich so todernst!«

Hector lächelte.

»Bringt dich das irgendwie weiter?«

»Kaum. Es bestätigt nur, daß hinter den Morden an den beiden Ingenieuren anscheinend irgendein Debakel zwischen Homosexuellen steckt.«

»Stell dir vor, was ein Skandalblatt wie *Alarma* daraus machen könnte: Industrieviertel Santa Clara von abartigen Managern überschwemmt!«

Der Kellner trat an den Tisch.

»Darf es noch etwas sein?«

»Ein Erdbeertörtchen!«

Er hatte sich aus dem Saftladen im Erdgeschoß einen Mamey-Saft heraufgeholt und schlürfte ihn langsam. Durchs Fenster starrte er auf die gegenüberliegenden Bürogebäude: grau; schmutzige Fensterscheiben, welche die sozialen Hintergründe verdeckten. Vereinzelt flammten Lichter auf.

Hector griff nach dem Telefonbuch und suchte die Nummer des *Bol Florida* heraus. Wählte die siebenstellige Zahl.

»Hallo? *Bol Florida.*«

Hector ließ sich Zeit.

»Hör mal, Dickerchen, mir schwirrt da die Idee durch den Kopf, an der Calzada de Zaragoza ein Hotel anzuzünden und deine miese Bruchbude mit drei Stangen Dynamit hochzujagen.«

Über den Draht hörte man im Hintergrund, wie die Kugeln gegen die Kegel polterten.

»Auf jeden Fall sag deinen Kumpels, sie sollen heute abend den Sender XEFS einschalten.«

Er legte auf.

»Wie läuft's, Nachbar?«

»Wie steht's, Don Gilberto?«

»Seit wann sind wir hier per ›Don‹ und so weiter? Ich muß Ihnen was erzählen über den Job, den Sie mir kürzlich zugeschanzt haben, oder wie sehe ich das?«

»Spucken Sie's aus.«

»Dieser Opa, Isaias Valdez, wohnhaft im Vorort Olivar de los Padres, war ein ziemlich stiller Klappergreis und Eigenbrötler.

Riemenmacher. Die Riemen hat er dann verkauft. Manchmal haben ihn die Typen von der örtlichen Fußballmannschaft besucht. Er bezog eine Pension als Revolutionsveteran auf der Seite der Zapatistas. Bekannt als Draufgänger, denn als vor zehn Jahren die Grenadiere angerückt sind, um die illegalen Siedler zu vertreiben, da hat er einen Karabiner hervorgeholt und sich widersetzt. 1970 ist er dann von dort weggezogen, ohne eine Anschrift zu hinterlassen. Vor vielen Jahren war er schon einmal verschwunden, ist aber wiedergekommen. Jetzt steht die Hütte leer, die illegalen Siedler benutzen sie als Materialschuppen.«

Er wartete auf Hectors Reaktion. Der hatte schweigend zugehört und Blumen auf die alte Zeitschrift gekritzelt, die ihnen als Notizblock diente.

»Ende der Durchsage. Ich überlasse Sie also Ihren weiteren Bemühungen und widme mich einem lukrativen Arrangement, das mir in den Schoß gefallen ist.«

»Was arrangieren Sie für wen?«

»Berufsgeheimnis, mein Bester. Habe ich Ihnen den Mund wäßrig gemacht?«

Hector schüttelte den Kopf.

Er trat zum Schreibtisch und legte die Briefe, die er seit Tagen mit sich herumtrug, auf den Stapel, der sich mittlerweile angesammelt hatte. Dann ließ er sich in den ausgeleierten Drehsessel fallen und legte die Füße auf die Tischplatte. In der hereinbrechenden Dämmerung waren die drei Fotos am Fenster noch recht deutlich zu erkennen.

Don Emiliano, die Leiche auf dem Schreibtisch und das Mädchen mit dem Arm in der Schlinge. Wer war hinter wem her? Bleiern senkte sich die Nacht über die Stadt.

Er stand auf und nahm sich die Liste der Hotels an der Calzada de Zaragoza vor. Der Rest war ein Geduldsspiel.

Hector wählte die erste Nummer.

»Verbinden Sie mich mit dem Geschäftsführer, und zwar sofort ... Richten Sie Ihren Freunden aus, bis Mitternacht hätten sie Zeit, das Mädchen freizulassen. Andernfalls jage ich das Hotel in die Luft.«

Er legte auf.

Es würde Stunden dauern, bis er mit der gesamten Liste durch war. Und all dies unter der Voraussetzung, daß das gesuchte Hotel genau an der Calzada lag, nicht nur irgendwo in der Nähe.

Anderthalb Stunden später hatte er fünfundsiebzig Anrufe geschafft, immer mit dem gleichen Resultat. Auf die Drohung folgten meist Fragen: Wer spricht? Wer sind Sie? Oder Verwünschungen oder Witzeleien. Es konnte das erste Hotel sein, das er angerufen hatte, oder das letzte, das er noch anrufen mußte. Das Programm ging weiter. Mittlerweile war ihm der Mund ausgedörrt.

»Den Geschäftsführer, unverzüglich … Also dann den Stellvertreter … Hallo? Sagen Sie Ihren Freunden, um Mitternacht läuft die Frist ab. Wenn das Mädchen bis dahin nicht auf freiem Fuß ist, sprenge ich das Hotel in tausend Stücke. Das ist mein voller Ernst!«

Er legte auf.

»Herr Nachbar, was wollen Sie in einem Hotel?« fragte der Kloakeningenieur, der soeben seine Arbeit aufnahm. »Und warum sitzen Sie im Dunkeln?«

»Sind Sie der Geschäftsführer? Also stecken Sie Ihren Kumpels gefälligst, entweder das Mädchen wird bis Mitternacht freigelassen, oder Ihr Scheißhotel fliegt in die Luft, das kann ich Ihnen flüstern!« fauchte Hector.

Er strich das *Hotel del Peregrino* von der Liste. Als nächstes war das *Hotel del Monte* an der Reihe.

»Der Wahnsinn hat mich in den Krallen.«

»Sie sind ja ganz heiser. Machen Sie das schon lange?«

»Knapp zwei Stunden.«

»Geben Sie her, ich löse Sie ab. Was muß ich sagen?«

Hector erläuterte ihm den Klartext und überließ ihm das Telefon mitsamt der Liste. Dann angelte er sich schleunigst eine Limonade aus dem Geheimdepot. Die letzte Flasche. Verdammt, vor lauter Geblödel mit dem Installateur hatte er vergessen, Nachschub zu besorgen. Die Kollegen würden ihn einen Halunken schimpfen.

»Ich wünsche den Geschäftsführer, aber dalli, es handelt sich um etwas Wichtiges«, sprach *El Gallo* ins Telefon. »Hören Sie mal, Sie Arschloch, Ihre Kumpane haben bis Mitternacht Zeit, das Mädchen freizulassen, oder Ihre Wanzenbude geht hoch! Das Dynamit liegt schon bereit.«

Er legte auf.

»Na? Wie war ich?«

»Prachtvoll. So, nun komme ich wieder.«

»Ach wo. Lassen Sie mich noch, jetzt habe ich Blut geleckt!«

Hector ließ sich in den Sessel plumpsen.

»Es ist nur, ich sehe kaum etwas beim Flackern der Lichtreklamen. Muß das im Dunkeln abgewickelt werden, oder geht's auch mit Beleuchtung?«

»'tschuldigen Sie, ich hatte Kopfschmerzen.«

Hector stand auf, knipste das Licht an, setzte sich wieder.

»Rufen Sie mal den Geschäftsführer ... Hören Sie mal, Sie Gartenzwerg, Sie und Ihre Spießgesellen werden das Mädchen bis Mitternacht freilassen. Verstanden? Sonst explodiert das Hotel!«

El Gallo glühte geradezu von innen heraus.

Hector wandte sich der Korrespondenz zu. Er begann mit einem Telegramm.

›GENANNTE ANSCHRIFT INFOLGE HAUSABBRUCH SEIT 16 JAHREN GELÖSCHT. INHABER TOT DURCH VERKEHRSUNFALL. AGENTUR GARZA HERNANDEZ. MONTERREY.‹

Na schön, damit war das Kapitel der in San José de Costa Rica ausgestellten Reisepässe also erledigt.

»... Ihr Misthotel in tausend Stücke!«

Ein Brief der mexikanischen Akademie für Verbrechensbekämpfung, er sei hiermit eingeladen, einen Vorlesungskursus über ein Thema eigener Wahl zu halten. Papierkorb.

Ein Schreiben der Gesellschaft für Karate und Selbstverteidigungskunst Kai Feng mit illustrierten Prospekten über Kurse und Kosten. Der Brief einer Señora Sáenz de Mier, worin Gilberto mitgeteilt wurde, die Dusche spucke bräunliches Wasser aus, und wenn man im Klo an der Kette ziehe, entstehe ein Katarakt aus Wasserblasen und Seifenschaum.

Das bewahrte Hector als Kuriosität auf. Fehlte nur noch, daß beim Pinkeln die *Marseillaise* ertönte.

»... werde ich Ihr Hotel mit ein paar Dynamitladungen gründlich sanieren. Jawoll!« schloß der Ingenieur Villarreal, dem inzwischen beachtliche Verbesserungen des Urtextes gelungen waren.

Noch zwei Werbeprospekte, der eine von einer Spielwarenhandlung, der andere von einer Kunstgalerie.

»Hallo? Ich möchte mit dem Geschäftsführer reden ...«

Auf dem Grund des Stapels der Papierkorbangelegenheiten zwei Briefe mit fremdartigen Marken und Poststempeln. Hector schwankte, ob er sie öffnen oder wieder in die Tasche stecken sollte, bis die Sache mit den 117 von Verwüstung bedrohten Hotels einigermaßen geklärt war.

Seine Verpflichtungen galten heute eher dem Mädchen mit dem eingegipsten Arm als dem fernen und doch so nahen Mädchen mit dem Pferdeschwanz. Den Ausschlag gab jedoch der Gedanke, daß sein verpfuschtes Liebesleben ganz gut in das Labyrinth mit den drei Ausgängen hineinpaßte. Teufel, dachte er, was für ein hübscher Titel: Das Labyrinth mit den drei Ausgängen, Kriminalroman von Hector Belascoarán Shayne.

Er zündete sich eine Zigarette an.

»Von Ihrer Flohbude bleibt kein Stein auf dem anderen, dafür garantieren wir. Ich halte die Sprengladungen schon in der Hand ...«

Eine hübsche Kriminalgeschichte, wenn man nicht so tief drinsteckte, betroffen weniger vom Ausgang oder von den Kontrahenten, sondern vielmehr von der Rolle, die man selbst übernommen hatte.

Der erste Brief lautete:

›Mir scheint, Deine Briefe jagen hinter den Zügen und Autobussen her, mit denen ich fahre. Aber Du sollst nicht glauben, daß ich vor ihnen fliehe. Es läuft darauf hinaus, daß alles immer schneller vonstatten geht, und so reise ich denn schneller als das Licht, das aus Mexiko zurückkehrt. Wäre das nichts für Dich – jeden Tag in einem anderen Hotel? Glücklicherweise geht allmählich das Geld zur Neige, und ich habe nicht die mindeste Absicht, Papa auch nur um einen einzigen Centavo zu bitten. So daß also der entscheidende Moment immer näher kommt, da ich entweder ans Eingemachte gehen muß, nämlich an meine Dollarreserven, mir den Rückweg abschneiden und als mexikanisches Strandgut in Europa Unterschlupf suchen; oder aber das Davonlaufen bleiben lassen und nach Mexiko heimkehren.

Von den Dollarreserven sind zehn Extradollars für ein Telegramm reserviert, als Vorwarnung.

Wie geht's Dir, Lieber?

Immer noch der alte Einzelgänger mit dem traurigen

Dackelgesicht? Neuerdings glaube ich, Dich zu sehen. Der Psychiatrottel, der mich in Mexiko behandelt hat, würde es ein paranoides Symptom nennen. Aber gestern warst Du auf der Bosporusfähre und vor einer Woche in einer Kneipe in einem Hirtendorf in Mazedonien und kürzlich auf einer Sportseite des *France Soir.* Ich schwör's! Deine Doubles, Deine Alter-Egos spielen mir Schabernacke (heißt das so?) in ganz Europa.

Wahrscheinlich verfolgen sie hiesige Würger oder überwachen schlicht und einfach jeden meiner häufigen, weil unvermeidlichen Fehltritte.

Unlängst wollte ich ›Lesung‹ statt ›Lösung‹ schreiben.

Es liebt, flieht, vermißt Dich im leeren Bett und in den Träumen

ICH.‹

»Wenn nicht, fliegt nämlich das ganze Hotel in die Luft. So ernst ist die Sache. Also Beeilung«, sprach *El Gallo* ins Telefon.

Dem Brief beigelegt war ein Foto des Mädchens mit dem Pferdeschwanz, an die Reling eines Schiffes gelehnt, im Hintergrund Meer, im Vordergrund das lächelnde Gesicht. Vom Wind zerzaustes Haar, Schottenrock, Söckchen, durchsichtige Bluse.

Der zweite Brief war drei Tage später datiert.

›Ich hinterlasse überall Spuren, als Verdächtige wäre ich unbrauchbar. Aus sämtlichen Hotels lasse ich mir Deine Briefe nach Paris nachschicken. Aber jetzt will und muß ich es wissen.

Ich benötige, und zwar schriftlich, einen triftigen Grund, nach Hause zu kommen. Am 27. d. M. bin ich im Hotel *Heliopolis* in Athen. Teile mir das Gewünschte mit.

Ich liebe Dich – je weiter weg, desto weiter weg. Das ist es: Die Entfernung verschafft mir nicht etwa das Gefühl einer falschen Nähe, sondern das Gefühl einer riesigen Ferne, und so soll es sein.

Gib mir Hinweise auf Deine Verrücktheiten, ich möchte daran teilhaben. Trotz meiner Frivolitäten habe ich entdeckt, daß man auch in diesen Breiten den großen Scheiterhaufen aufschichtet, um den wir entweder herumtanzen, oder auf dem wir verbrennen werden. Das Leben geht weiter.

Schick mir ein Foto von Dir, ein ausdrucksstarkes. Ich kann die Taxifahrer, die Kneipenwirte, die Eintagsfreunde nicht davon überzeugen, daß ich in ein greifbares Wesen verliebt bin. Die halten Dich alle für eine Ausgeburt der Folklore. (Verzeih, aber dieses Bild lösen in der Alten Welt nun mal die Worte »mexikanischer Detektiv« aus.)

ICH.‹

»Ende der diversen Durchsagen, Herr Nachbar ... Und wie geht's jetzt weiter?« fragte *El Gallo,* legte den Hörer auf und hakte den letzten Namen auf der Liste der Hotels ab.

»Das Leben geht weiter«, sagte der mexikanische Detektiv, seinen Platz in der postalisch dermaßen erweiterten Welt behauptend, und trank mit einem Zug eine halbe Flasche Limonade leer, denn er hatte Durst und Lust zu feiern. »Danke für die Mühe.«

»Sie wissen doch, dergleichen jederzeit. War ganz lustig«, meinte *El Gallo.*

»Bleiben Sie die Nacht über hier?«

»Die ganze.«

»Dann bitte ich Sie um einen Gefallen. Falls man mir telefonisch irgend etwas ausrichten läßt, rufen Sie doch bitte die Radiostation XEFS an, den Raben Valdivia, unter einer dieser Nummern ...«

Hector reichte ihm die Karte, hob den Telefonhörer ab und wählte.

»Señora Ferrer, bitte.«

»Einen Moment. Wer spricht?«

»Belascoarán Shayne.«

Kurze Funkstille.

»Wissen Sie etwas von Elena?« kam es dann.

»Bald werden wir etwas erfahren. Hoffe ich. Falls sich etwas tut, können Sie mich unter dieser Nummer erreichen.« Er gab ihr die Nummer des Büros. Herr Ingenieur Villarreal leitet alles an mich weiter. Möglicherweise ist Elena gegen eins wieder zu Hause.«

»Sind Sie sich dessen sicher?«

»Nein. Ich habe mit einem Joker geblufft.«

»Man hat mir berichtet, daß Sie mich kürzlich besuchen wollten ...«

»Ich bin zufällig vorbeigekommen.«

Sprach's und legte auf.

Er rief im Rundfunkstudio an und bat den *Raben*, als Vermittler zu fungieren. Dieser war auch bereit, eine verschlüsselte Botschaft zu senden, die Hector ihm diktierte.

»Herr Nachbar, meinen Sie das im Ernst mit der Bombe?« fragte Villarreal anschließend.

»Warum interessiert Sie das?«

»Weil ich Ihnen einige Stangen Dynamit besorgen könnte. Auf einer Baustelle, wo ich zu tun hatte, sind ein paar Sprengsätze liegengeblieben. Nicht viele, zwei oder drei.«

»Kennen Sie sich damit aus?«

»Mhm.«

»Dann nehme ich sie mit Handkuß als Geschenk. Und dazu eine kurze Gebrauchsanweisung.«

»Unter einer Bedingung.«

»Im voraus akzeptiert.«

»Ich will wissen, wofür, und muß einverstanden sein.«

»Nur recht und billig. Viel Spaß«, sagte Hector, hängte sich den Regenmantel um und ging.

Auf der Straße war es kühl; vor einer Weile hatte es kurz geregnet. Hector ging an den Besucherschlangen der letzten Vorstellung des *Cine Metropólitan* vorbei, stieg ins Auto und fuhr los in Richtung Insurgentes, zum Haus des Ingenieurs Camposanto. In puncto Sturheit war er fast schon olympiareif.

Er schaltete das Radio ein.

»In dieser Sammlung vietnamesischer Lyrik, von der schon die Rede war, fand ich einige Zeilen, die wie für mich gemacht schienen. Der Dichter heißt Lun Trong Lu, und die Zeilen lauten:

›Du sprichst im Radio? Arbeitest? Dann werden wir einander wiederfinden, im heftigsten Kampfesgetümmel.‹

Stimmt's, oder drücken diese Worte nicht nur eine schöne Idee aus?

Doch lassen wir jetzt die persönlichen Dinge beiseite und verabreichen denjenigen geistige Stärkung, die an schwerem Liebeskummer oder aufgewühltem Herzen leiden. Eine

Dosis Bolero, melodramatisch, damit sie ein wenig Abstand zu sich selbst bekommen.

José Feliciano und *Wir beide.*«

Valdivia war anscheinend zwischendurch aufs Klo gegangen, denn auf den ersten Bolero folgte gleich anschließend ein zweiter, dann ein dritter. Es war zehn vor zwölf, als Hector den Verkehrskreisel an der Metrostation Insurgentes durchfuhr. Der Duft von Tacos auf glühenden Holzkohlen ließ ihn kurz schwankend werden, aber er widerstand der Versuchung.

»Und jetzt eine persönliche Botschaft an die Adresse einiger junger Leute, die sich in einem Hotel an der Calzada de Zaragoza verschanzt haben.

Ihr befindet euch in Gefahr. Es ist ratsamer, das herauszugeben, was euch nicht gehört. Es lohnt sich nicht, etwas mit Gewalt festzuhalten. Wer das tut, sieht sich bald schweren Problemen gegenüber.

Wechseln wir das Thema. Es freut mich, für morgen Ostwind vorhersagen zu können, und zwar für Xochimilco, den See von Chapultepec und den Nuevo Lago. Die Wasseroberfläche bleibt ruhig.«

Und sofort ging es weiter mit einer rituellen Melodie aus Afrika.

In der Straße, wo Camposanto wohnte, spielten ein paar Betrunkene Fußball. Samstagnacht, stellte Hector fest. Das Auto des Ingenieurs fuhr in Gegenrichtung vorbei, gerade als er parken wollte. Damit hatte er nicht gerechnet.

Während Hector wendete, gewann Camposanto einen Block Vorsprung und hielt diesen während der Dauer eines Potpourris kubanischer Tanzlieder, zweier Blues und einer Jodlerfolge aus den Schweizer Bergen auf Wunsch der Belegschaft einer Uhrenfabrik, die während der Nachtschicht mit dem Schlaf rang. Zwischendurch berichtete der Rabe über die Notwendigkeit der Bekämpfung einer Rattenplage in einer Mietskaserne der Calle Guerrero, leitete Klagen an den Studenten in der Calle Chiapas weiter, aus dessen Wohnung der Partylärm in die Nachbarschaft überschwappte, suchte jemanden, der einer zuckerkranken Oma eine Spritze geben konnte, las Auszüge aus dem Buch von Philip Agee über die CIA vor, enthüllte die Pantschereien in der Pralinenfabrik *La Imperial* und gab schließlich die erwartete Botschaft durch:

»Und nun einige persönliche Mitteilungen.

Germán: Lauro läßt sagen, die morgige Verabredung im naturwissenschaftlichen Kolleg wird verschoben.

Freund Detektiv: Die betreffende Dame meldet, Elena sei wohlbehalten zu Hause angelangt. Man wartet auf dich.

Maruja: Wenn du nicht mehr heimzukommen gedenkst, dann sorg wenigstens dafür, daß deine Siebensachen verschwinden!

Tausche Briefmarken afrikanischer Staaten gegen dreieckige Postwertzeichen aller Länder. Alvarado, Postfach 2345, Postamt 20 …«

Als Camposanto aus der Unterführung in die Calzada de Zaragoza einbog, kaute Hector am Filter seiner letzten Zigarette herum. Wohin fuhr der Kerl? Als das Auto schließlich vor einem Hotel übelster Sorte namens *Gemini 4* anhielt, wartete Hector, bis der Mann im Hausinneren verschwunden war, dann nahm er rasch die umliegenden Parkplätze in Augenschein, auf der Suche nach dem Rambler-Lieferwagen. Er fand eine noch offene Garküche, wo man auch Zigaretten kaufen konnte, und hielt dann im Wagen fruchtlose Wache bis sechs Uhr früh.

Allmählich fiel ihm der Ingenieur, der offenbar nie schlief, gewaltig auf den Wecker. Er fuhr ihm nach auf dem Weg in die Fabrik, durch den morgendlichen Stoßverkehr.

Die Stadt spie ihre Heerscharen auf die Avenidas aus. Diese Stadt nahm keine Rücksicht auf schlaflose Nächte, auf frösteln machende Kälte, auf mangelnde Körperwärme; keine Rücksicht auf schlechte Laune, Frühstück unterwegs, saures Aufstoßen, Mundgeruch, Widerwillen. Die Stadt entließ ihre Leute jeden Morgen in den Krieg. Einige mit dem Zepter der Macht in Händen, andere nur mit den niederen Weihen des Alltags versehen. Die Stadt, dieser ehrwürdige Saustall.

Als feststand, daß Camposanto sich tatsächlich in die Fabrik begab, betrat Hector ein Postamt und brachte, auf ein Pult gestützt, den Brief zu Papier, den er seit gestern im Kopf hatte.

›Ich warte auf Dich. Inmitten einer dreifachen Hetzjagd, betreffend einen schwulen Manager, nunmehr verewigt, eine Schülerin mit gebrochenem Arm und einen Leichnam, begraben unter Reiterstandbildern, der aus dem Grab zu steigen droht.
ICH.‹

Er frankierte den Brief mit Anti-Tuberkulose-Marken und bepflasterte ihn mit Eilzustellungsaufklebern. Im letzten Moment hatte er auch ein Foto in den Umschlag gesteckt, das der Möbelpolsterer von der Tür aus mit einer Instamatic aufgenommen hatte: im Vordergrund Hectors auf dem Sessel ruhende Füße, dahinter das Chaos des Büros, gekrönt vom Kleiderständer, von dem der Halfter mit der 38er herabhing, neben dem schlaffen Regenmantel. ›Ein Gesamtkunstwerk‹, hatte er auf die Rückseite geschrieben.

Er stellte den Wagen auf dem fabrikeigenen Parkplatz der Firma *Delex* ab, gegenüber dem Auto, das er die ganze Nacht lang verfolgt hatte. Im benebelten Gehirn des übermüdeten Detektivs nahm die Herausforderung auf diese Weise um so klarer Gestalt an.

Zehn Minuten lang antichambrierte er im Vorzimmer des Direktors, wobei er kühl und leidenschaftslos, fast wissenschaftlich, das Gesäß der Sekretärin betrachtete, die am Vortag bei dem Bemühen, Akten vom Regal zu holen, so viel Bein gezeigt hatte. Er unterhielt sich damit, die Oberfläche des Popos in Quadratzentimetern zu berechnen; akzeptierte einen Kaffee mit Krapfen und hörte sich zwei Witze über den ehemaligen Staatspräsidenten an, dem man nicht einmal im Ruhestand Gnade angedeihen ließ.

Die Luft war stickig im Büro von Rodríguez Cuesta, der noch einige Papiere unterschrieb, während Belascoarán, im Fauteuil wartend, von einem seltsamen Gefühl heimgesucht wurde. Daß nämlich alle nur gewöhnliche Sterbliche waren, daß gewaltsamer Tod auch die Schutzwälle der Bourgeoisie durchbrach. Daß jegliche Art von Straffreiheit ihre Grenzen hatte, und nicht nur historische.

»Sie haben das Wort«, wandte sich der starke Mann der *Delex* ihm schließlich zu.

»Mich interessiert, was ich Ihrer Ansicht nach eigentlich herausfinden soll. Danach wollte ich Sie schon bei unserem letzten Treffen fragen.«

»Sie glauben doch nicht etwa, daß ich Ihnen Ihre Arbeit abnehme, Señor Belascoarán?« entgegnete Rodríguez Cuesta lächelnd.

»Sagen wir so: Was flößt Ihnen, also Ihrem Unternehmen, Angst ein, über den Konflikt mit der Gewerkschaft hinaus?«

»Ich verstehe Ihre Frage nicht. Oder vielleicht will ich sie nicht beantworten ... Ich nehme an, unsere Einschätzung der Wirtschaftslage dieses Landes interessiert Sie nicht.«

»Nicht im mindesten«, bestätigte Hector und erhob sich.

»Ich bitte Sie, Ihren Verkehr mit unseren Gegnern von der Gewerkschaft auf ein berufliches Maß zu beschränken.«

»Es wäre mir lieb, wenn ich den Vorschuß bekommen könnte, von dem neulich die Rede war«, sagte Hector, ohne auf die Ermahnung des Direktors einzugehen.

»Wenden Sie sich an Señor Guzmán Bravo.«

Mit einem Scheck über 15000 Pesos in der Tasche, den er noch im Verlaufe des Vormittags einzulösen gedachte, verließ Hector die *Delex* und hatte gleichzeitig das Gefühl, einen Berg unbeantworteter Fragen zurückzulassen.

Kapitel 7

Mädchen: Glaubst du an Liebe auf den ersten Blick?
Paul Newman: Ich glaube daran, wenn man es mir sagt.
FILMDIALOG

»Hallo«, sagte Belascoarán von der Tür aus.

Das Mädchen auf dem Bett mit dem blauen Überwurf in dem Zimmer, das noch nach Kindheit wirkte, lächelte ihm entgegen.

»Wieso sind die auf einmal so erschrocken?«

Hector hob die Schultern.

»Die hatten die Hosen voll und wollten wissen, wer das ist, dieser Mistkerl, der neulich auf den Lieferwagen geschossen und mich herausgeboxt hat. Und als ich gesagt habe, mein Schutzengel, da sind sie noch wütender geworden.«

»Hat man dir etwas angetan?«

»Zwei oder drei Schläge bei der Entführung. Dann nur noch Psycho-Terror … Wir werden dich vergewaltigen, wir sperren dich mit einem tollen Hund ein, wir versengen dir die Fußsohlen. Drohungen von der Art.«

Das Mädchen sah ungeheuer zerbrechlich aus, mit dem eingegipsten Arm auf der Bettdecke, das Haar ins Gesicht hängend, Kameliendamenlächeln. Mildes Morgenlicht, von blauen Vorhängen gefiltert, fiel aufs Fußende des Bettes. Die ganze Szenerie verstärkte den Eindruck von einem hilflosen Kind.

»Setz dich«, sagte das Mädchen.

Hector ließ sich auf dem Teppich nieder, dehnte sich, streckte sich auf dem Boden aus, brachte eine Zigarette zum Vorschein und zündete sie an. Das Mädchen setzte sich auf dem Bett auf und reichte ihm einen Aschenbecher.

»Fehlt dir was?«

»Nur Schlaf.«

»Wolltest du wirklich das Hotel in die Luft sprengen?«

Hector nickte.

»Sie haben Angst. Das sind keine Profis«, sagte das Mädchen.

»Und wie sind Profis?«

»Ich weiß nicht. Härter. Die da haben selbst nicht geglaubt, was sie sagen.«

Er rauchte stumm, betrachtete die Rauchsäulen, die im Gegenlicht zur Decke aufstiegen. Er hätte stundenlang so sitzen bleiben können. Dem Rauch nachblicken und ausruhen und genießen, wie der milde Morgen von ihm Besitz ergriff. Ein heißer Kaffee? Etwas Kühles.

»Willst du mir verraten, was eigentlich los ist?« fragte er unvermittelt.

»Jetzt noch nicht.«

»Was hältst du davon, an einem Ort Ferien zu machen, wo niemand dich findet?«

Das Mädchen nickte.

»Gehen wir also.«

Sie sprang vom Bett.

»So, wie ich bin, oder soll ich mich umziehen?«

»Wie du willst.«

»Mach die Augen zu!«

Hector schloß die Augen. Er hörte Schubladengeräusche, das Rascheln von Wäsche und Kleidung.

»Fertig. Und was wird Mama dazu sagen?«

»Ja und amen«, antwortete der Detektiv und erhob sich benommen.

Die Zwangspause in der Jagd nach dem Mehr-als-50000-Pesos-Objekt und die Tatsache, daß er Elena bei seiner Schwester abgeliefert hatte, erlaubten es Hector, sich der Suche nach Emiliano Zapata zu widmen.

Fast einen ganzen Tag lang versuchte er unter Zuhilfenahme einer geologischen Karte des Bundesstaates Morelos festzustellen, wo sich Höhlen befinden konnten. Als erstes schloß er die unmittelbaren Einflußgebiete der Zapata-Bewegung aus. Falls der Gesuchte sich dort aufhielt, hätten die Gemeinden etwas davon gewußt, und man hätte nicht der Dienste eines Detektivs bedurft. Falls die besagte Höhle wirklich existierte, dann völlig außerhalb des zapatistischen Territoriums. Was das Problem vereinfachte. Schön und gut, felsige Gegenden gab es genügend, aber eine Höhle konnte schließlich überall sein, ausgenommen im Flachland. Nach vierstündigem Studium der Topographie von Morelos gab Hector die Hoffnung auf, auf diese Art etwas zu erfahren. Er wandte sich also einigen anderen Ideen zu, die ihm nachträglich gekommen waren, zum Beispiel: Vielleicht hatte Emiliano Zapata nach seinem Gastspiel in den Reihen der Sandinisten den revolutionären Kampf anderswo wieder aufgenommen, etwa beim Aufstand in El Salvador 1932, oder er hatte sich gar den Internationalen Brigaden in Spanien angeschlossen. Hector nahm Einblick in halbamtliche Listen, zog Bücher und Fotos zu Rate. Unter den Mexikanern, die in Spanien gekämpft hatten, gab es keinen Siebenundfünfzigjährigen, der so aussah, als könnte er in Frage kommen.

Hector kam sich vor wie der Angehörige einer esoterischen Sekte zur Bewahrung von Phantomen. Vielleicht war dies das eigentliche Problem: daß er sich der Vergangenheit, der Wiederbelebung eines Mythos lieber als Historiker oder Journalist genähert hätte denn als Detektiv. Er nahm sich indes vor, Bedenken zu ignorieren und einfach nach einem gewissen Zapata zu forschen, Vorname Emiliano, als hätten sich nie Tonnen von

Papier über diesen Namen ergossen, als wären niemals Avenidas nach ihm benannt, Monumente zu seinen Ehren errichtet worden. Zapata war ein Greis von siebenundneunzig Jahren, seit 1916 verschwunden, den es sechzig Jahre später wiederzufinden galt.

Auf welche Weise kamen Leute aus Zentralamerika während der dreißiger Jahre ins Land?

Per Schiff. Über Veracruz oder Acapulco. Ein Zapata, der unerkannt bleiben wollte, hätte vermutlich Veracruz vorgezogen, da es von seinen heimatlichen Gefilden weiter entfernt lag. Hector versuchte, Listen der Schiffsbewegungen im Hafen von Veracruz während der Jahre 1934 und 1935 in die Hand zu bekommen. Im Marineministerium lachte man ihn aus.

Blieb also nur noch, sich an die Geschichten seines Auftraggebers zu halten und mögliche Verbindungen zum sogenannten *Jaramillismo* zu suchen.

Hector las folglich abermals die vorzügliche Autobiographie des später erschossenen Bauernführers Rubén Jaramillo. Daraus war nichts zu ersehen. Keinerlei Hinweis auf eine derartige Verbindung, und so etwas hätte Zapatas Erbe doch bestimmt erwähnt. Aber vielleicht fiel die Verbindung in jene Zeitspanne, die von der Autobiographie nicht erfaßt wurde. Oder hatte während jener Durststrecke bestanden, die Jaramillo als Verwalter des Marktes von Santa Julia überbrückte; oder zur Zeit des zweiten Aufstands, der sich bis zur Ermordung hingezogen hatte. Ein paar Gedanken gingen Hector durch den Kopf. Er machte sich Notizen auf einem Zettel, den er in der Tasche hatte, und wie jemand, der das Sakko wechselt, glitt er in eine andere Geschichte hinüber.

Er wollte Marisa Ferrer fragen, woher sie das Heroin bezog. Aber die Abendzeitung, die er aus der Tasche nahm, verwies ihn abermals auf ein anderes Gleis: ›*Gewerkschaftsagitatoren des Mordes an Vizedirektor beschuldigt!*‹

Bei der *Delex* war der Krieg ausgebrochen.

›Comandante Paniagua, mit den Ermittlungen beauftragter Ressortleiter der Polizei des Bundesstaates México, nahm zur Stunde des Schichtwechsels folgende Personen unter Mordverdacht fest: Gustavo Fuentes, Leonardo Ibáñez und Jesús Contreras. Trotz des Widerstandes von Freunden der Genannten gelang es der Einsatzgruppe, die Beschuldigten abzuführen. Auf der Dienststelle wurden sie dem zuständigen Referenten der Staatsanwaltschaft übergeben.«

Es folgte die Schilderung des Mordfalls in sämtlichen Einzelheiten.

Hector kehrte ins Büro zurück und suchte die Liste der Verdächtigen heraus, welche die Firma ihm zur Verfügung gestellt hatte. Die Schlamperei ging so weit, daß zwei der Beschuldigten, laut Liste, sich gar nicht auf dem Werksgelände befunden hatten, als die Tat verübt worden war.

Hector griff nach dem Telefon und ließ sich mit dem Direktor verbinden.

»Ganz klar, Señor Belascoarán, das Ganze ist Unsinn. Aber der Comandante Paniagua war nicht davon abzubringen. Sie müssen verstehen ... Ich möchte unbedingt, daß Sie mit den Ermittlungen fortfahren! Allerdings befürchte ich, daß Paniagua Ihnen Schwierigkeiten machen wird, wenn Sie ihm in die Quere kommen. Ah, und noch etwas! Von jetzt an übergeben Sie mir Ihre Berichte bitte persönlich. Und lassen Sie keine Kopien herumliegen, weder in Ihrem Büro noch sonstwo. Ich wünsche ganz allein über die Informationen zu verfügen, und gemeinsam werden wir die nötigen Maßnahmen veranlassen«, sagte Rodríguez Cuesta.

Was sollte das heißen: Paniagua würde ihm Schwierigkeiten machen?

Sosehr er auch daran drehte, den Mechanismus hatte Hector noch nicht entdeckt. Von heftigem Kopfschmerz gepeinigt, schloß er die Augen. Nahm sich vor, schlafen zu gehen. Alles würde sich erweisen, und dies würde eine lange Nacht werden, wenn es so eintraf, wie er es schemenhaft in seinem Kopf skizziert hatte.

Gerade als er gehen wollte, klingelte das Telefon.

»Sie ist mir ausgerissen. Ich war nur ganz kurz weg, um etwas einzukaufen, und schon –«

»Macht nichts, Schwesterlein. Es ist nicht deine Schuld.«

Er entschied sich für die Metro und ließ den Wagen vor dem Büro stehen.

Der Kopfschmerz hinderte ihn am schnellen Ausschreiten und begleitete ihn, bis er den Schlüssel ins Wohnungstürschloß steckte. Er ging stracks ins Bad und drehte beide Hähne auf. Hielt den Kopf unters fließende Wasser. Warf die Jacke auf den Boden, zog das Hemd aus und strebte zum Bett, als er plötzlich stutzte: Es war mit Beschlag belegt.

»Als ich dich heute morgen gesehen habe, war mir gleich so, als würdest du dich noch vor Einbruch der Nacht schlafen legen«, sagte das Mädchen Elena im Halbdunkel, den Arm samt Gipsverband unter der Bettdecke.

Das Zimmer war genauso unaufgeräumt wie stets in letzter Zeit: Kleidungsstücke auf dem Boden, herumliegende Bücher und alte Zeitungen, schmutzige Teller, halbvolle Gläser an den unmöglichsten Orten.

Hector betrachtete das Durcheinander. Da half kein Aufräumen, und doch – er hätte schwören mögen, aufgeräumt zu haben, als er zum letztenmal hiergewesen war. Nun, wenigstens die Aschenbecher waren ausgeleert, und es stank nicht nach kaltem Qualm.

»Ich mache mein Nickerchen meistens im Büro«, erklärte er und wurde wütend, weil er Erklärungen abgab, die niemand von ihm verlangt hatte.

»Hoffentlich stört dich meine Unverfrorenheit nicht.«

»Von wegen ›stört‹ …« Er ließ den Satz in der Luft hängen, zündete sich eine Zigarette an.

»Glaubst du an Liebe auf den ersten Blick?« fragte das Mädchen.

Ihre Wäsche fiel inmitten der auch sonst verstreuten Textilien nicht weiter auf. Elena war also nackt.

»Ich glaube daran, wenn man es mir sagt«, antwortete er mit den Worten Paul Newmans aus einem alten Film, der vor ein paar Monaten im Fernsehen gelaufen war.

»Wer ist das?« fragte Elena und deutete auf das Foto des Mädchens mit dem Pferdeschwanz, aufgenommen vor einem Jahr auf der Avenida San Juan de Letrán.

»Eine Frau.«

»Das sieht man. Irgendeine Frau, nichts weiter?«

»Eine Frau, in die ich verliebt bin oder so«, gestand er und fühlte sich hin- und hergerissen.

Erste Möglichkeit: Ich schlafe mit ihr, und hol's der Teufel. Soll mir der Kopf bersten, als gerechte Strafe.

Zweite Möglichkeit: Ich schlafe nicht mit ihr, sondern quetsche sie aus, bis ich erfahre, was sie mir verheimlicht und was in aller Welt 50 000 Pesos wert ist.

Dritte Möglichkeit: Ich breite eine Decke aus und schlafe auf dem Boden.

Er entschied sich für letzteres.

Das Mädchen schaute ihm enttäuscht zu. Schließlich schlug sie die Decke zurück und setzte sich langsam auf.

Sie hatte hübsche Beine und kleine, spitze Brüste. Der eingegipste Arm verlieh ihrer Erscheinung etwas Maskulines, was jedoch von allem anderen Lügen gestraft wurde. Das Haar hing ihr auf einer Seite übers Gesicht.

»Gefalle ich dir nicht?«

»Das ist alles sehr kompliziert. Wenn du mir im Bett ein Plätzchen frei machst und mich schlafen läßt, erkläre ich's dir, sobald ich aufwache.«

Das Mädchen rückte gehorsam zur Seite.

Im übrigen hatte alles seine Gründe. Weiblichkeit im Bett läßt sich kaum ignorieren. Monate des Alleinseins und der Enthaltsamkeit gehen nicht spurlos an einem vorüber. Einladend geöffnete Arme reichen bis in den Schlaf hinein. Sympathie wallt auf. Außerdem gibt es noch das Unberechenbare. Jedenfalls ertappte sich Hector sechs Stunden später beim Liebesspiel, wobei er bemüht war, dem Gipsverband auszuweichen.

»Ich habe gedacht, Schutzengel sind geschlechtslos.«

»Und ich habe gedacht, Klosterschülerinnen bewahren ihre Unschuld in einer Stahlkassette.«

»Ja, aber im Pfandhaus. Das ist das Geheimnis. Es wird dich vielleicht schockieren, aber in der Klasse von Schwester Maria ist die einzige Jungfrau wohl sie selbst, und zwar, weil sie eine Lesbe ist.«

Das Kopfweh war verflogen, bis auf einen kleinen Katzenjammer.

Im Zimmer war es noch immer dunkel. Hector versuchte, die Uhrzeit zu erraten, stellte jedoch fest, daß in der Erinnerung Nächte und Tage ineinander verflossen. Im Rückblick auf die vergangene Woche waren die Stunden des Schlafs nur zufällige Unterbrechungen einer endlosen Hetzjagd.

Er zog sich vor den Augen des Mädchens an, um darzutun, daß er sich für nichts schämte. Wäsche und Kleidung fand sich rings ums Schlachtfeld verstreut.

»Hättest du etwas dagegen, zu meiner Schwester zurückzukehren?«

»Könnte ich nicht hierbleiben?«

»Du bist von zu Hause weg, um in Sicherheit zu sein. Das ist hier nicht der Fall.«

»Ach so. Na schön, leih mir das Fahrgeld für den Bus, und in zehn Minuten bin ich unterwegs.«

Langsam stieg sie aus dem Bett, zog sich mühsam an, vom eingegipsten Arm behindert. Schließlich bat sie Hector, ihr die melierte Jacke mit dem losen Ärmel zuzuknöpfen.

Hector streichelte ihr die Wange, sie drückte ihm einen Kuß auf die Hand.

»Jetzt bin ich bereit, dir eine Geschichte zu erzählen.«

»Morgen früh bei meiner Schwester. Ich komme zum Frühstück.«

»Ich warte.«

Die beiden Wörter schwebten noch eine Weile im Raum. Hector schaute dem Mädchen vom Fenster aus nach.

Als er sah, wie sie in Richtung Insurgentes abbog, wurde er plötzlich lebendig. Er hatte eine Verabredung mit jemandem, der ihn nicht erwartete.

»Sagen Sie, Camposanto, wovor hat Rodríguez Cuesta Angst?«

Hector hatte den Eindruck, irrtümlich in ein Puppenhaus geraten zu sein, in einen fremden Traum, aus dem es kein Entrinnen mehr gab. Sämtliche Gegenstände waren mit geradezu manischer Pedanterie angeordnet. Alles wirkte irgendwie kindlich. Diesen Raum hätte, mit dem nötigen Geld versehen, ein peinlich auf Ordnung bedachtes kleines Mädchen eingerichtet haben können. Eine Siamkatze schlich durch das Zimmer.

Camposanto, in grauem Morgenrock, ein Glas Kognak in der Hand, begann sich unwohl zu fühlen. Bisher war das Gespräch auf konventionellen Gleisen verlaufen. Wie die Mini-Eisenbahn in Chapultepec, die um den Zoo herumfährt.

»Warum kommen Sie ausgerechnet zu mir? Sie hätten ebenso mit Haro reden können oder mit Guzmán von der Buchhaltung.«

»Weil Sie homosexuell sind, genau wie Alvarez Cerruli, genau wie der Ingenieur Osorio Barba, der vor zwei Monaten in einer anderen Fabrik in der Industriezone Santa Clara umgebracht wurde ... Ich will Sie mit meiner Feststellung nicht beleidigen, Ingenieur. Oder irre ich mich?«

»Nein, es stimmt«, sagte er. Er hatte sich auf die Lippe gebissen, als so ganz unverblümt das Wort ›homosexuell‹ gefallen war.

»Und ich glaube, zwischen dieser Tatsache und den Morden besteht ein Zusammenhang. Aber darauf wollte ich noch gar nicht hinaus. Zunächst möchte ich wissen, wovor der Direktor Angst hat.«

»Sie glauben, er hat Angst?«

»Eine Antwort wäre mir lieber als eine Gegenfrage.«

»Vermutlich fürchtet er den Skandal.«

»O nein, das ist es nicht. Dazu braucht er mich nicht. Die Polizei löst den Fall auch ohne Hilfe Dritter. Mich braucht er für etwas, was die Polizei nicht erledigen kann; um einen Schuldigen zu entlarven, den er kennt und vor dem er Angst hat.«

Camposantos Augen weiteten sich überrascht. Offenbar hatte Hector den Nagel auf den Kopf getroffen.

»Ich danke Ihnen für die Gewißheit«, sagte Hector und stand auf.

Er kehrte an den Ort der Fragen und Antworten zurück, an den Ort, wo er ganz am Anfang die drei Dossiers angestarrt hatte, und wo zumindest in einem Fall die Aufklärung nicht mehr fern zu sein schien.

Nun stand er also wieder einmal vor den drei Fotos, die alles ausgelöst, die ihm sein Dilemma eingebrockt hatten. Eine halbe Stunde später kam *El Gallo* Villarreal an, einen Kasten Limonade schleppend, den er sogleich im ›Bürosafe‹ verstaute. Dann vertiefte er sich in seine Papiere.

Hector las, was er sich notiert hatte.

›Der Direktor eines Unternehmens, an vielen anderen beteiligt, große wirtschaftliche Macht (wie groß? wie aufgeteilt?) engagiert einen Detektiv, um den Mord an einem homosexuellen Ingenieur (den zweiten schon) aufklären zu lassen.

Nach außen hin soll die Schuld auf die Gewerkschaft abgewälzt werden.

Er will jedoch Beweismaterial gegen den wahren Schuldigen. Diesen Schuldigen kennt und fürchtet er. (Vermutungen, Intuition.)

Wozu will er dieses Beweismaterial? Bloße Neugier? Nein. Bloße Neugier rechtfertigt weder das Honorar eines Detektivs noch dessen Mitwisserschaft.

Wahrscheinlich will er mit dem Beweismaterial den Schuldigen unter Druck setzen. Was die Annahme bestärkt, daß er ihn kennt.

Vor wem hat Rodríguez Cuesta Angst, und warum?

Die Antwort darauf würde auch die Frage nach der Identität des Mörders beantworten.

Alles schön und gut, aber: Warum ermordet jemand zwei homosexuelle Ingenieure? Oder besteht kein Zusammenhang zwischen den beiden Verbrechen?

Was könnte X veranlassen, einen homosexuellen Ingenieur zu töten? Ist X etwa auch homosexuell? Steckt er in der gleichen Situation?

War Alvarez Cerruli das Bindeglied zwischen X und Rodríguez Cuesta? Wer hatte von wem zuerst Notiz genommen? Dieser Weg kann in beiden Richtungen beschritten werden.

Dann also: Was für eine Verbindung bestand zwischen X und R.C.?

Mittäterschaft, Erpressung.

Fehlt nur noch: Wer ist X?‹

Teufel auch, der reinste Krimi! Hector nahm sich vor, den Mörder nicht X, sondern WW zu nennen; das machte die Sache noch exotischer.

Trotzdem, diese ganze Konstruktion war ziemlich festgefügt.

»Kaffee gefällig?« fragte der Kloakenexperte, von seinen Papieren hochblickend, die für Hectors Auge mit unentzifferbarem Gekritzel bedeckt waren.

»Danke. Lieber etwas Kühles.«

»Ich habe Ihnen was mitgebracht. Wie besprochen. Es liegt im Geheimfach.«

Hector betrachtete die drei Dynamitpatronen mit den kurzen rötlichen, geflochtenen Zündschnüren.

»Zwanzig Sekunden bis zur Explosion. Man kann die Dinger an einer Zigarette zum Glimmen bringen. Wenn man sie eingräbt oder zwischen festem Material anbringt, wird die zerstörende Wirkung erhöht. Im Freien ist der Luftdruck im Umkreis von acht Metern tödlich. Verlassen Sie sich nicht allzusehr darauf, mit so etwas erlebt man seine Überraschungen.«

Hector nickte. Das Dynamit flößte ihm gewaltigen Respekt ein.

»Also los«, sagte Elisa und begann den Strick aufzuknoten, der den Schuhkarton zusammenhielt.

Sie hatten sich in einem Restaurant verabredet, wo es noch einige altmodische Nischen gab, Tische zwischen Trennwänden aus hellem Eichenholz, verschwiegene Kellner.

»Warte noch einen Moment, Elisa.«

»Ich soll's nicht aufmachen?«

»Höchstwahrscheinlich bürdet der alte Herr uns da irgendetwas auf, und ich weiß nicht, wo ich die Zeit dafür hernehmen soll«, sagte Hector.

»Nachsehen, was er von uns will, kostet nichts«, meinte Carlos.

»Na schön.«

Elisa löste den letzten Knoten und öffnete den Karton. Darin befanden sich ein mit zwei Bändern verschnürtes, grau eingebundenes Heft, eine viermal gefaltete Seekarte und eine kleine Mappe, die Dokumente enthielt; ganz unten ein weißer Briefumschlag ohne Aufschrift. Elisa legte alle vier Gegenstände, fein säuberlich ausgerichtet, auf den Tisch.

»Ich nehme an, wir sollten mit dem Brief anfangen.«

Kapitel 8

Ein Heft, eine Seekarte, eine Dokumentenmappe und ein Brief

Und ich glaube auch, er war einer von denen, die lieber in der prallen Sonne arbeiten, als sich im Schatten zu vergnügen. PIO BAROJA

»Nein, zuerst das Heft«, sagte Carlos.

Elisa zog an den Bändern und schlug es auf.

›Meine Geschichte ist eine kämpferische Geschichte, denn so war meine Epoche beschaffen. Es wäre mir lieber gewesen, ich hätte meine Hände nicht beflecken müssen mit dem Blut anderer Menschen.

Doch es sollte nicht sein. Also habe ich getötet im Namen des Ideals, bis das Ideal sich aus meinem Leben davonstahl.

Mit dreizehn Jahren wurde ich Sozialist und bin es, glaube ich, noch immer. Zum Sozialismus trieb mich die Gerechtigkeit, nämlich der Drang nach Gerechtigkeit, und der Hunger meines Volkes. Ich war Heizer auf einem kleinen Dampfer, der im Dienste eines Pharma-Unternehmens verschiedene Häfen der kantabrischen Küste anlief, zu einer Zeit, als man im Norden Spaniens den Seeweg noch dem Schienenweg vorzog. Wir waren über einen gelegentlichen Nebenverdienst nicht erhaben, und oft genug wurde geschmuggelt oder auf hoher See gefischt. Ich bin stolz darauf, die Gewerkschaft der Seearbeiter von San Sebastián mitbegründet zu haben, die nur vierzehn Jahre bestand; damals gehörten ihr über tausend Hafenarbeiter, Seeleute, Fischer und Schauerleute aus dem Küstengebiet des Baskenlandes an. Ich war als sturer Hund verschrien, als Eisenschädel, und das war ich wohl auch. Aber ich stand auch im Ruf: ein Mann, ein Wort.

Das brachte mir viele Unannehmlichkeiten ein, und nicht selten mußte ich arbeitslos an Land zurückbleiben. Scheußlich, mit leeren Händen mein bescheidenes Elternhaus zu betreten, denn mein Vater konnte mit seinem Hungerlohn als

Gemeindearbeiter weder die Schulden bezahlen noch gar die erbärmliche Lage der Familie verbessern.

Wir litten Hunger.

Ich habe das nie erwähnt, denn es liegt sehr lange zurück. Ich habe auch nie Geschichten aus meinem Leben erzählt, denn ich bin der Ansicht, jeder von Euch hat sein eigenes Leben, und das Geschwätz eines alten Mannes belastet den Charakter eher, als daß es hilft, ihn zu formen.

Im Oktober 1934 befand ich mich an Bord eines morschen Seglers im Hafen von Avilés, unterwegs im Auftrag der Sozialistischen Partei mit Waffen für den Aufstand gegen die faschistischen Versuche, die Regierungsgewalt zu beschneiden. Die Revolution erfaßte mich in diesem schönen Hafenstädtchen in Asturien: Da sah ich mich ihr zum erstenmal Aug in Auge gegenüber. Wegen meiner bescheidenen Teilnahme an den Ereignissen, die zu unserer Niederlage führten, sah ich mich anschließend gezwungen, über ein Jahr lang als Matrose auf Schiffen anzuheuern, die zwischen Südspanien und Marokko pendelten, unter einem falschen Namen und getrennt von meiner Familie, die mich in Frankreich wähnte. Nachdem es mir gelungen war, die Kontakte zur Partei wiederherzustellen, arbeitete ich in der Redaktion und bei der Verteilung des *Marino del Sur* mit, half beim Wiederaufbau der Hafenarbeitergewerkschaft und ermöglichte so manchem Genossen die Flucht nach Afrika. Bei diesen Unternehmungen lernte ich die Küsten Marokkos, Algeriens und Tunesiens, die unwirtliche Küste der Spanischen Sahara, Guineas und von Sidi Ifni in- und auswendig kennen. Ich gewann echte Freunde und entdeckte, daß die Welt des weißen Mannes nicht alles ist. Für einen Basken von fünfundzwanzig ist das allerhand. Aber ich schwöre, am liebsten wäre ich ein Afro-Baske gewesen, denn mein Baskentum habe ich nie verleugnet und werde es nie verleugnen, im Gegenteil, ich bin stolz darauf. Im Hafen von Tunis lernte ich meine erste Frau kennen; in diesen harten Jahren wurde ich zum Mann.

Ich liebe das Meer, aber über alles liebte ich die Sache, der ich mich verschrieben hatte.

Die Amnestie erlaubte es mir, nach San Sebastián zurückzukehren und bei der Reorganisation unserer Gewerkschaften mitzuwirken. Der Ausbruch des Faschismus überraschte mich in einem Bergdorf, wo mein kranker Vater wenige Tage später starb, allein, denn ich hatte mich sofort freiwillig an die Front gemeldet.

Im Krieg war ich Capitán der sozialistischen und anarchosyndikalistischen Milizen, die sich tapfer schlugen. Als die Front im Norden zusammenbrach, übernahm ich die Aufgabe, möglichst viele Genossen durch die feindliche Blockade hindurch mit Booten nach Frankreich zu schaffen. Zurück in Spanien, half ich bei der Versorgung der republikanischen Streitkräfte mit Lebensmitteln und Kriegsmaterial auf dem Seeweg.

Den faschistischen Schiffen und den deutschen und italienischen Eindringlingen zum Hohn konnte die Küste des republikanischen Spanien auf uns zählen.

Es erfüllt mich mit Stolz, daß ich in diesen zwei Jahren keinen einzigen Tag gerastet habe. So waren nicht alle. Aber ich will mich jetzt nicht beklagen. Es gab auch viele meinesgleichen. Viele von ihnen sind tot, ihr Blut lastet auf uns allen, und wir stehen in ihrer Schuld.

Der Krieg endete mit unserer Niederlage. Ich verließ Valencia auf einem Fischkutter namens *María Engracia*, welchen wir mit zwei englischen Motoren bestückt hatten, die auch einen Panzerkreuzer auf Touren gebracht hätten. Meine vom Glück begünstigten Genossen und ich hatten uns verschworen, auf den Wogen des Mittelmeers, angesichts der Küsten Afrikas, nicht zu vergessen und weiterzukämpfen. Wir waren siebzehn an der Zahl.

Nach dem verlorenen Bürgerkrieg wurden unsere Genossen in Afrika in Lagern interniert; von den Franzosen, die keine Probleme wollten, sich aber eben darum um so mehr einhandelten.

Aufgrund alter Beziehungen gelang es uns, das Schiff unter der Flagge von Costa Rica fahren zu lassen. Wir operierten mit falschen Papieren, die wir uns aus Casablanca besorgt hatten, von einer kommunistischen Organisation, der auch zwei deutsche Genossen angehörten, Juden, ungeheuer beliebt; sie verstanden von Fälschungen alles, was man überhaupt davon verstehen kann.

Die Monate zwischen dem Ende des spanischen Bürgerkriegs und dem Ausbruch des Zweiten Weltkriegs verbrachten wir damit, unser Schiff herzurichten und Zigaretten nach Frankreich zu schmuggeln, um etwas zu essen zu haben. Auf diesen Fahrten kamen wir bis Albanien. Auch rüsteten wir uns mit Waffen und Munition aus. Zwei Genossen verließen uns, um ihre Familien ausfindig zu machen.

Seit meinen Tagen in Valencia empfand ich große Zuneigung zu der Frau, die heute eure Mutter ist. Ich hatte sie anläßlich eines Kulturabends der Internationalen Brigaden kennengelernt, wo sie als Sängerin aufgetreten war. Wir hatten ein paar leidenschaftliche Tage inmitten des Kriegsgetümmels miteinander verbracht. Ich schwor mir, sie eines Tages, wenn ich frei war, in ihrer Heimat aufzusuchen. Sie entstammte, wie ihr wißt, einer hochanständigen irischen Familie, deren Oberhaupt, Professor für Altphilologie, stolz darauf war, daß seine Tochter für die Spanienkämpfer gesungen hatte.

Während des ganzen Krieges schrieb ich ihr, so oft es ging, und versicherte sie meiner Liebe.

Wir waren Piraten. Wir griffen italienische Frachter an, im Hafen und auf hoher See. Es gelang uns sogar, vor Tripolis ein deutsches Küstenwachboot zu zerstören.

Wir hatten keine Flagge mehr, wechselten laufend Namen und Aussehen, waren einsame Wölfe. Bei diesen Kämpfen starben Mariano Holguera und Vicente Díaz Robles, zwei geliebte Genossen von der anarchosyndikalistischen Bewegung in Cádiz; und einen Schwerverwundeten mußten wir an Land setzen, ohne jemals wieder von ihm zu hören: Valeriano Corral, einen Katalanen, parteilos, aber ein Vorbild als Mensch und treu wie Gold als Kampfgefährte.

Die Engländer machten sich unsere Erfahrungen zunutze, und wir stellten sie ihnen zur Verfügung. Da gab es keine ideologischen Rückzieher. Wir schmuggelten Waffen für die jugoslawischen Partisanen und transportierten kanadische Kommandos zu ihren Einsätzen erst an der nordafrikanischen, dann an der französischen Küste.

Unser kleines Schiff war und blieb eines der beiden Fahrzeuge unserer Piratenflotte. Wir hatten es insgeheim *El Loco* getauft, ›der Verrückte‹. Das andere hieß bei uns *Aurora Social*, amtlich jedoch *El Pez Barbudo*. Es fuhr unter liberianischer Flagge. Auf diesem kleinen Schiff lebten wir in absoluter Demokratie und Freiheit, und wenn ich als Kapitän fungierte, so geschah dies aufgrund einer freien Entscheidung seitens der Genossen. Unter anderem planten und verwirklichten wir Angriffe gegen spanische Häfen in faschistischer Hand. Es gelang uns ein Überfall auf einen Gendarmerieposten auf den Balearen und die Sprengung zweier kleinerer Einheiten der Franco-Marine im Hafen von Alicante.

Trotz unserer verschiedenen Aktionen und unserer Zusammenarbeit mit antifaschistischen Gruppen in Nordafrika fühlten wir uns der französischen Résistance, dem Maquis, besonders nahe, wo auch viele unserer Landsleute mitmachten. Am engsten operierten wir mit der von Marseille aus operierenden Gruppe eines Griechen namens Tsarakis zusammen, dessen Deckname Christian lautete. Wir nahmen an einem Überfall auf die deutsche Marinekommandantur in Marseille teil, der gelang, und an verschiedenen Waffentransporten für die Widerständler. Dabei fielen weitere drei Genossen, derer ich hier namentlich gedenken will: Valentín Suárez, Mechaniker aus Burgos, Sozialist; Leoncio Pradera Villa aus León, von der KP, ein ganzer Kerl und guter Freund; sowie ein gewisser Beltrán aus Andalusien, Gewerkschaftler, der ein Auge eingebüßt hatte.

Im Jahr 44 brachten wir nahe der Küste von Albanien ein italienisches Kanonenboot auf. Man wollte uns entern, in der Annahme, wir hätten Frischobst als Fracht an Bord. Der Kampf dauerte zwanzig Minuten, dann war von ihnen keiner mehr übrig.

An Bord des Kanonenbootes fanden wir Goldmünzen im Gewicht von 23 Kilogramm, die auf ausdrücklichen Befehl des Marschalls d'Ambrosio nach Italien transportiert werden sollten. Diesen kleinen Schatz verbargen wir an der Küste Nordafrikas. Wir hatten vor, ihn nach der Befreiung Europas für die Befreiung Spaniens zur Verfügung zu stellen, in der Annahme, alle Welt würde uns unterstützen bei der Beseitigung des letzten faschistischen Überbleibsels in Europa.

Anfang 45 musterte ich in Frankreich ab und schloß mich einem fast ausschließlich spanischen Bataillon an, das an der Spitze der Division Leclerc kämpfte. Bei mir blieben Simón Matías, der auf böhmischem Boden bei einem deutschen Gegenangriff fiel, und Gervasio Cifuentes aus Mieres, einer meiner besten Freunde, vor einiger Zeit vereinsamt in Mexiko gestorben.

Sechs Genossen blieben an Bord des *Loco* und beteiligten sich an den Minenräumarbeiten der britischen Flotte in den Gewässern um Malta.

Nach Ende des Krieges erfuhren wir, daß sie alle tot waren. Unser geliebter Kahn war gesunken. In der Mitte auseinandergebrochen, ruht er auf dem Grund des Mittelmeers.

Schicksal und Zufall führten mich nach Mexiko. Schon mit Eurer Mutter verheiratet, versuchte ich, von so vielen Jahren Blut und Krieg auszuruhen. Die Niederlage und der Verrat unserer Verbündeten hatten mich entmutigt, und schließlich machte ich es wie so viele andere auch: Ich ging an ruhigem Gestade vor Anker und nährte im Exil die nie verlöschende Flamme der Hoffnung.

Mit Cifuentes habe ich oft über die 23 Kilo Goldmünzen gesprochen. Er arbeitete als Buchhalter in einer Schuhfabrik; ich war, wie Ihr wißt, in einen Verlag eingetreten, dessen Vizedirektor ich zur Zeit dieser Niederschrift bin.

Das ist meine Geschichte. Nun, Ihr seid längst erwachsen. Ich will Euch kein Beispiel hinterlassen; das beste Beispiel ist immer das eigene. Vielmehr hinterlasse ich Euch eine Handvoll Anekdoten, damit Ihr nicht meint, Euer Vater sei immer nur der stille Alte im Schaukelstuhl gewesen, der sich im Garten des Hauses in Coyoacan nur noch mit Lesen beschäftigte. Nein, ich war auch einmal jung. Es ist nur so, daß die Zeit vergeht.‹

Was tut man angesichts so einer Geschichte? dachte Hector. Wie integriert man sie ins eigene Leben, wie bringt man Vergangenheit und Gegenwart unter einen Hut? Bei den Papieren, die sie eines nach dem anderen musterten, handelte es sich um Ausschnitte aus englischen und französischen Zeitungen, Interviews, Artikel in italienischen und spanischen Blättern, die so manches aus der Geschichte von Belascoarán senior bestätigten, ferner Dokumente der französischen Militärbehörden, aus denen die Beteiligung des Schiffs *El Loco* an Widerstandsaktionen hervorging, wofür Kapitän Belascoarán und seiner Mannschaft die Medaille der Résistance verliehen wurde.

Die Seekarte zeigte, in ungewöhnlich großem Maßstab, einen

winzigen Abschnitt der nordafrikanischen Küste und bezeichnete den Ort, wo das Gold versteckt war.

»Und was jetzt?« fragte Elisa. »Auf nach Nordafrika zur Schatzsuche?«

»Ich werd' verrückt«, sagte Hector.

»Das klingt zwar alles wie ein Abenteuerschmöker, aber wenn Papa will, daß wir das Gold ausgraben – ich bin bereit«, meinte Carlos.

»Mach das Kuvert auf, Elisa.«

Elisa schlitzte den Umschlag am Rand auf und zog einen sehr kurzen Brief heraus.

›Liebe Kinder, ich möchte, daß Ihr – da mein Freund Cifuentes ohne Nachkommen gestorben ist – unseren letzten Wunsch erfüllt. Lest das beiliegende Heft und stellt das Gold sicher. Überlaßt den Erlös, nach Abzug der Spesen, jenen spanischen Gewerkschaftsorganisationen, die offen gegen das Regime kämpfen und über die Sache der Arbeiter wachen. Ich vertraue Euch und weiß, daß Ihr diese Schuld begleichen werdet, die mit meinem Ableben auf Euch übergeht.

JMBA.‹

»Ich brauche was Erfrischendes zu trinken«, sagte Hector.

»Mir wäre ein Kaffee lieber«, meinte Elisa.

»Der alte Herr hat recht. Es muß sein. Mir hat nur gerade noch gefehlt, daß ich jetzt auch von Afrika zu träumen anfange!«

»Immer mit der Ruhe, Brüderlein. Wir brauchen ja nicht gleich morgen aufzubrechen.«

»Hm. Und überhaupt – warum eigentlich nicht?« fragte Hector lächelnd.

Kapitel 9

> Es war ein Wirrwarr von gewundenen und verschlungenen Pfaden, genannt Labyrinth. R. Ocken

> Dem Licht entrückt, ließen unzählige Abzweigungen und tausend heimtückische, mühsame Zickzackpfade es nicht zu, daß er den Rückweg fand. M. Meunier

Hector wußte einen Namen und hoffte inständig, daß der Alte ihn damals nicht hatte ändern müssen: Isaías Valdez. Mit so wenig begab er sich auf den Markt, ging von Verkaufsstand zu Verkaufsstand, gleichsam von einer magischen Hand geleitet, die ihn sozusagen weiterreichte: »Wenden Sie sich an Don Manuel, der erinnert sich noch an damals ... Doña Chole war angeblich seit den Uranfängen hier auf dem Markt dabei ... Ja, Don Manuel hat Rubén Jaramillo gekannt ...« Er fragte an Gemüseständen und Fleischständen, bei alten Obsthändlern, sprach mit dem Besitzer einer Hühnerbude, aber eine präzise Antwort bekam er nicht. Allmählich ließ er die Eingangsfrage ganz weg, die darauf abzielte, den Namen Isaías Valdez dem Schlamm der Vergessenheit zu entreißen.

»Freunde von Jaramillo? Ja, sicher, da gab es genug, die kamen ihn besuchen, aus der Gegend, wo er herstammte, er hat sie allesamt empfangen, hat ihnen Obst geschenkt, Brot ... Jemand von hier, vom Markt? Gab's auch welche ... So um die Fünfundsechzig? Ah, Sie meinen Don Eulalio, Don Eulalio Zaldívar ... Selbstverständlich, der war dick befreundet mit Jaramillo, aber geredet hat er nur sehr wenig. Mal sehen, ob's ein Foto von den Leuten von damals gibt ... Hm, da ist Jaramillo, und hier, rechts, man sieht ihn kaum, Don Eulalio, immer mit Hut und einem bunten Tuch um den Hals, wie wenn er erkältet wäre. Eine heisere Stimme, die hatte er sowieso. Obst hat er verkauft. Dort, an dem Stand ... Im Jahr 47 ist er weggegangen, aber später wiedergekommen. Erst vor etwa sechs Jahren hat er endgültig aufgehört, schon sehr, sehr alt, ohne Angehörige. Anschrift? Nein, Anschrift hat er keine hinterlassen ...«

Der Schatten, das Phantom, der graue Fleck, auf Bildern immer im Hintergrund. War das Zapata? War er zum grauen Fleck verblichen, während man ihm in Nachschlagewerken, Schullesebüchern und auf Straßenschildern begegnete?

Das Märchen von Don Emiliano. Wo sollte man weitersuchen?

»Du wolltest mir eine Geschichte erzählen.«

Das Mädchen schaute ihn an. Sie waren im alten Haus der Familie in Coyoacan, wo Elisa zur Zeit wohnte. In einem schattigen Winkel des Patios, von der alten Dienerin mit selbstgemachtem Fruchtsaft versorgt. Hector hängte die Jacke auf die unteren Äste eines Baumes und krempelte sich die Hemdsärmel hoch. Der Schulterhalfter, aus dem – wie der Kopf eines Unglücksraben – der Kolben der 38er herauslugte, sah aus wie Achselschweiß.

Ein ordinärer Fleck, von keinem Deo-Spray zu entfernen. Hector hängte Pistole samt Futteral an einen anderen Ast.

»Ich fürchte, ich kann dir nichts sagen. Noch nicht«, sagte das Mädchen und wich auf die andere Seite des Baumes aus.

Hector schaute sie durchs Gezweig hindurch an. Sie stützte sich mit dem gesunden Arm gegen den Stamm.

»Du hast nie Selbstmord begehen wollen, stimmt's?«

»Stimmt. Nie.«

Hector nahm Waffe und Jacke vom Baum. Sonne wäre ihm lieber gewesen, glitzernde Reflexe, eisgekühlte Limonade, eine Zigarre aus Olute, Veracruz; dazu ein Schmöker von Salgari. Das hätte ein schöner Abend werden können. Wäre, hätte …

»Ich höre«, sagte der Direktor im milden Dämmerschein des Zimmers, gestört nur von den grellen Lichtstrahlen, welche durch die Jalousie hereindrangen. Ein vorgefertigtes Ambiente, dazu bestimmt, den Fabriklärm zu bannen, der durch irgendwelche Ritzen hereinwollte.

Auf dem Gelände herrschte wieder gespannte Atmosphäre, Gruppen von Streikbrechern hatten sich vor dem Haupttor eingefunden, und Werkschutzleute, Flinte in der Hand, bewachten den Eingang. Schon beim Hereinkommen hatte Hector den Ausstand bemerkt, war stehengeblieben: Die Arbeiter reglos vor ihren Maschinen, wie bei einer Gedenkminute für die Gefallenen. Die Aufseher rannten von einem zum anderen, drohend, einschüchternd, denunzierend. Der Ausstand erstreckte sich nur auf eine Abteilung. Nebenan wurde gearbeitet. Nach genau fünf Minuten nahmen auch die anderen die Arbeit wieder auf. Dann unterbrachen die Fahrer der Gabelstapler ihre Tätigkeit.

Zwischen einem von diesen und einem Ingenieur hatte Hector einen seltsamen Wortwechsel belauscht: »Setz das Scheißding in Betrieb, Arschloch!« – »Mach's doch selber!« – »Du wirst schließlich dafür bezahlt, oder?« – »Ist dir entgangen, du Trottel, daß wir im Ausstand sind?«

Das Büro bildete sozusagen einen Ruhepol, als gehörte es zu einer anderen Theaterdekoration, zu einer anderen Geschichte, zu einer anderen Folge derselben Fernsehserie.

»Ich möchte Ihnen einige Fragen stellen«, sagte Hector in die Stille hinein.

»Nur zu«, forderte der Direktor ihn auf und zog ein Päckchen *Philip Morris* aus der Westentasche.

Wo hatte er die gleiche Sorte liegen sehen? Auf dem Nachttischchen neben dem Bett des Bowling-Knilchs …

»Wovor haben Sie Angst? Was befürchten Sie von dem Mann, den ich suche? Was hindert Sie daran, mir seinen Namen zu nennen? Wer ist es?«

Direktor Rodríguez Cuesta blickte ihn kurz an, die Augen vom Zigarettenrauch verschleiert.

»Ich bezahle Sie für Antworten, nicht für Fragen.«

»Wollen Sie die Antworten auf diese Fragen hören?«

»Ich will den Namen des Mörders und das nötige Beweismaterial.«

Hector erhob sich.

»Leute wie Sie mag ich nicht«, sagte der Direktor.

»Das beruht auf Gegenseitigkeit«, konterte Hector, warf seine halbgerauchte *Delicado* (mit Filter) auf den Teppich und marschierte hinaus, ohne sich umzublicken.

»Setzen Sie sich, mein Guter«, sagte Gilberto und rückte den Drehsessel zurecht. Vargas, der Polsterer, wischte mit einem Lappen die Sitzfläche ab.

»Eine Erfrischung gefällig?«

»Was gibt's denn? Habe ich das große Los gezogen, ohne mir dessen –«

»Das große Los?«

»Bitte sehr, zum Wohl.«

»Ach was, ihr sollt mir bloß etwas ausrichten, und da –«

»Los, sag's ihm!« Vargas reichte dem Detektiv ein Krüglein Tamarindenwasser.

»Sie sollen angeblich umgebracht werden.«

»Wer sagt das?«

»Jemand am Telefon.«

»Ein einziger Anruf?«

»Zwei.«

»Nur zwei Anrufe, das geht ja noch«, meinte der Detektiv und nahm einen tiefen Zug.

»Und noch etwas.« Der Rest wurde von einer alten Zeitschrift abgelesen. »Ob Sie schon mal bedacht haben, daß auch ein Comandante von der Polizei ein Schwein sein kann.«

»Was?«

»Ob Sie schon mal bedacht haben, daß auch ein Comandante von der Polizei ein Schwein sein kann.«

»Wer hat das gesagt?«

»Was weiß ich? Irgendwer hat Sie verlangt, und als Ihr Sekretär hier und ich darauf hingewiesen haben, daß Sie nicht da sind, wie üblich, und dem Müßiggang frönen –«

»– ebenfalls wie üblich«, warf der Polsterer ein.

»– da hat er gemeint, ich soll Ihnen ausrichten, ob Sie schon mal bedacht haben, daß ...«

Hector spähte umher, bis er auf der Oberkante der Lehne seines Schreibtischsessels eine Zeitung entdeckte, in der er vorgestern gelesen hatte:

›Comandante Paniagua, mit den Ermittlungen beauftragter Ressortleiter der Polizei des Bundesstaates México ...‹

Möglich, daß das Bindeglied zwischen Alvarez Cerruli und dem Direktor, dieser Pol der Angst, ein Comandante von der Polizei war ... Dieser?

Am Alameda-Park, gegenüber dem Palacio de Bellas Artes, schluckte ein Mann Benzin und spie Feuer. Zwei Touristen warfen ihm Geldstücke in den bereitliegenden Hut. Die Stadt war voll von Indiofrauen, die Nüsse verkauften. Die Zeitungen berichteten vom Sturz des Gouverneurs von Oaxaca.

Belascoarán trank seinen Milchkaffee aus und verließ das Café. Der Mann, dem er folgte, hatte schon ein paar Sekunden vorher bedächtig das Trinkgeld auf die Untertasse gelegt und war aufgestanden.

Er trug einen hellen Anzug und eine leuchtend blaue Krawatte. Ein kräftiger Typ, untersetzt, aber nicht dick, kohlschwarzes Haar. Das Gesicht beherrscht von einer Knollennase und einer Sonnenbrille. Belascoarán ahnte den Revolver im Gürtel, den Revolver, der den Mann zwang, das Sakko zuzuknöpfen und sich gelegentlich den linken Oberschenkel mit Nivea-Creme einzureiben, dort, wo die Waffe wetzte. Revolver im Gürtel: abgeschaut aus Fernsehwestern; aber auch eingefahrene Gewohnheit einheimischer Revolverhelden; Zweitpenis, für alle sichtbar.

Hundert Pesos hier, hundert Pesos da, auf Schnüffeltour durch die Cafés an der Calle Bucareli, wo die Hintertreppenjournalisten der Skandalpresse verkehren. Auf diese Weise hatte Hector eine flüchtige, aber im Hinblick auf die Persönlichkeit gesalzene Biographie des Mannes zusammengetragen, dem sein Augenmerk galt:

Geboren in Puebla, herangewachsen auf der Hochebene Los Altos im Bundesstaat Jalisco. Zwei Anklagen wegen Mordes, abgebüßt durch scheußliche Untersuchungshaft im Gefängnis von Guadalajara, beide Male freigesprochen, aber Hände und Revolver blutbefleckt. Leibpistolero des Stadtpräfekten von Atotonilco, Polizeichef in Lagos de Moreno. Aktive Mitwirkung bei der Unterdrückung der Bergleute von Nueva Rosita im Bundesstaat Coahuila, in seiner Eigenschaft als stellvertretender Kommandeur der dortigen Sicherheitspolizei seit 1952. Wird 1960 Besitzer einer Eisfabrik in Guanajuato. Wiedereintritt in den Polizeidienst 1968, Bundesstaat México, steile Karriere. Seit drei Jahren im Rang eines Comandante.

Der Mann bewegte sich trägen Schritts vorwärts, etwa wie die Figur des Geiers, der im Volkstanz dem Liebespaar auflauert. Eben durchquerte man den Schlagschatten des Hochhauses *Torre Latinoamericana* und betrat dann die Calle Madero. Zweimal blieb der Mann stehen, zuerst vor einem Herrenbekleidungsgeschäft, wo er ein Sakko betrachtete, dann vor einem Fotoladen, wo seine Aufmerksamkeit einem Feldstecher galt.

Bekannt als schweigsam, aber hart durchgreifend. Angeblich persönlich beteiligt an der Niederwerfung der Streiks von Naucalpan Mitte 75, ebenso an den Mißhandlungen von Studenten des *Colegio de Ciencias y Humanidades* in Einzelverliesen. Im übrigen von Schweigen umgeben. In angeblich einschlägigen Kreisen kursierten über ihn keinerlei Gerüchte.

Als der Mann vor einem dritten Schaufenster stehenblieb, argwöhnte Hector, er müsse gemerkt haben, daß er beschattet wurde. Hector betrat die amerikanische Buchhandlung und schlüpfte aus dem Regenmantel.

Während er abwartete, bis der andere einen gewissen Vorsprung gewann, schlenderten zwei seltsame Gestalten an Hector vorbei. Der eine hatte eine Handwerkermütze auf dem Kopf, der zweite, bärtig, trug unterm Arm eine Rolle Möbelbezugstoff.

»Besser, der Chef berappt Überstunden, sonst brechen wir die ganze Verfolgung mittendrin ab ...«

Also sprach Gilberto in Hörweite des Detektivs, während er vorbeispazierte. Hector wartete noch ein Weilchen, ehe er wieder auf die Straße trat. Der Mann mit der Sonnenbrille war nirgends zu sehen. Das aus Hectors Bürogenossen bestehende Paar bog in die Calle Isabel la Católica ab. Vor ihm brachte Elisa den Motorroller zum Stehen.

»Steigst du auf, Brüderlein?«

»Los geht's. Halte den Abstand ein!«

»Hat er keinen Wagen?«

»In einer Seitengasse der Avenida Juárez geparkt, bevor er das Café betreten hat.«

Sie fuhren los.

Durchs Bürofenster schlich die Nacht herein. War die erste Hälfte des Unternehmens vom Zeichen des Schlafes regiert worden, so stand nun das Zeichen des Labyrinths über der Szene. Ein Labyrinth mit Ausgang. Das eben machte den toten Punkt, an dem die drei Geschichten angelangt waren, so beängstigend: Man konnte den Ausgang fast spüren, roch ihn geradezu. Vielleicht stand man unmittelbar davor, ohne es zu merken.

Hector klebte an das Foto von Zapata einen weißen Zettel und schrieb mit Filzstift darauf:

1924: Tampico.
1926: Nicaragua, mit Sandino. Capitán Zenón Enríquez.
1934: Markt *Dos de Abril.* Bis 1947. Eulalio Zaldívar.
1962–1966: abermals ebendort. Zu dieser Zeit wohnhaft in Olivar de los Padres. Isaías Valdez.‹

Er versagte es sich, ein Fragezeichen dahinterzusetzen. Besser ein weißer Fleck als ein Zeichen. Er klebte einen anderen Zettel an das Foto des Toten und schrieb diesmal:

›Alvarez Cerruli. Ermordet. Homosexuell.
Direktor: Rodríguez Cuesta. Angst. Erpressung?
Früheres Opfer: ebenfalls homosexuell.
Ein Polizeibeamter.
Klassische Formel: Gelegenheit, Motiv, modus operandi – bezogen auf den Comandante Paniagua.‹

Hinter Hectors Rücken ließ sich der Ingenieur vernehmen.
»Was kritzeln Sie dauernd, Herr Nachbar?«
»Sagen Sie mal, Sie kennen sich doch aus ...«
»Auch nicht mehr als andere Leute.«
»Ich meine, in der Industrie kennen Sie sich aus.«
»Auch nicht mehr als Sie.«
»Womit könnte ein Industrieller dunkle Geschäfte machen, so daß er erpreßbar wird?«
»Was für ein Industrieller?«
»Der Direktor der *Delex.*«
Hoffnungslos. Ohne nähere Kenntnis des Umfeldes von Rodríguez Cuesta war es unmöglich, das Motiv oder die Person des Erpressers herauszufinden. Unmöglich also, die beiden Mordfälle als Glieder in eine geschlossene Kette einzufügen.
Rodríguez Cuesta wollte das letzte Glied der Kette, den Polizisten; er hatte den Hinweis geliefert. Oder war der Anruf bezüglich des Comandante von anderer Seite erfolgt?
Es handelte sich indes weniger um ein einzelnes Glied, sondern vielmehr um die vollständige Kette. Außerdem mußte man darauf dringen, daß die Gewerkschaft in Ruhe gelassen wurde, und zu diesem Zweck brauchte man ein konkretes Druckmittel. Er fügte der Liste folgende Notizen hinzu:

›Zweiter Aspekt: das Umfeld des Direktors. Dunkle Geschäfte?
Was gibt es sonst noch? Frauen? Drogen? Oder ist der Direktor etwa auch homosexuell?‹

Auf einmal kam ihm zu Bewußtsein, daß er von Homosexuellen keine Ahnung hatte. Die gehörten einer angeblich düsteren Szene an, von der man nichts Genaues erfuhr. Hector wußte nicht einmal, wie sie ›es‹ eigentlich machten, sein einziger Kontakt zu dieser Randgruppe hatte darin bestanden, daß ihm eines Tages – er war noch zur Schule gegangen – ein Dreißigjähriger im Omnibus zugezwinkert hatte. Im übrigen berührte ihn das alles nicht. Solange sie keine ›Normalen‹ belästigten, mochten sie es anstellen, wie sie wollten.

Und wer war schon normal? Er etwa, der die Enthaltsamkeit zweier von gelegentlichen Sexualträumen begleiteter Monate unterbrochen hatte, um mit einem Mädchen zu schlafen, das den Arm im Gipsverband trug?

Zweifellos, Belascoaráns Horizont erweiterte sich. In diesen letzten Monaten hatte er gelernt, daß nichts Menschliches ihm fremd war.

Er wandte sich der dritten Fotografie zu, von der herab Elena ihn anlächelte, befestigte auch daran einen Zettel und schrieb darauf:

›Du hast etwas, was 50 000 Pesos wert ist. Du hast es den Freunden des Dicken gesagt, die dich mißhandelten.
Jemand wollte dich umbringen. (Nicht die Freunde des Dicken. Andere Leute.)
Dich umbringen oder dich erschrecken?
Was auch immer du hast, es kompromittiert deine Mutter.
Da ist noch dieser Burgos, der mich verdrießt.‹

Hector trat zurück und betrachtete die drei Fotos mit den Zetteln darunter wie Gemälde von van Gogh. Ein Romandetektiv hätte gesagt: Geritzt! Und alles hätte zusammengepaßt.

Aber es mußte nicht alles so sein, wie es schien, zumal wenn man nur über ein paar vage Informationsbröckchen verfügte, denn mochte Elenas Mutter auch heroinsüchtig sein, Elenas ›Schatzkästlein‹ konnte ebensogut Mikrofilme des KGB enthalten oder seltene Briefmarken oder die Kombination eines Safes der *Banco de México*, wo Dokumente lagerten, aus denen hervorging, daß ein Konsortium von Bankiers während der sechziger Jahre einen Staatsstreich geplant hatte.

Und der besagte Burgos mochte Hector noch so sehr wider den Strich gehen, vielleicht war er nichts weiter als ein friedfertiger Filmproduzent. Und der Comandante Paniagua auch nur einer von vielen Gangstern im Dienste von Gesetz und Ordnung, na bitte. Und überhaupt, darin bestand ja der große Vorzug des Lebens gegenüber der Belletristik: Es war weitaus komplizierter. Hector gähnte hörbar, und sein Bürogenosse grinste.

»Schläfrig? Ich beobachte schon seit ein paar Tagen, daß Sie irgendwie angeknackst sind. Wenn Sie bei Nacht Bildunterschriften kritzeln und bei Tag auf Mörderjagd gehen, werden Sie früher oder später zerspringen.«

»Da ist was Wahres dran.«

Hector ging zum Sessel, der ihn mit liebevollem Ächzen empfing.

Stimmte schon, der große Vorteil des Lebens war seine Vielfalt.

»Wecken Sie mich auf, wenn Sie weggehen.«

»Ich gehe um halb sechs, wenn ich mit dieser Schweinerei fertig bin«, sagte der Ingenieur angesichts einiger Kloakenpläne, die eher wie Zeichnungen von Paul Klee wirkten. Er zündete sich eines von seinen schlanken Zigarillos an und blies den Rauch zur Decke.

»Bevor Sie hergekommen sind, hat jemand angerufen, daß man Sie umbringen wird.«

»Und was haben Sie erwidert?« fragte Belascoarán, während er sein Sakko zu einem Kopfkissen zusammenrollte und die Pistole zwischen Gesäß und Stuhllehne verstaute.

»Die sollen sich gefälligst verpissen.«

»Und darauf die anderen?«

»Ich soll aufpassen, sonst schlagen sie mir die Fresse kaputt.«

»Das haben Sie davon, daß Sie sich einmischen.«

Hector zog sich die Schuhe aus. Der Ingenieur Villarreal ging zum Fenster und öffnete es. Der abgestandene Mief wich einer frischen Brise. Villarreal stippte die Zigarillo-Asche aus dem Fenster. Hector stellte sich vor, wie die Aschenflocke vier Stockwerke tief hinabtaumelte.

»Manchmal hängen einem die blöden Karten und Pläne zum Hals heraus«, seufzte der Abwasserexperte, zog einen Revolver aus der Tasche, mit dem wahrscheinlich einer seiner Ahnen in Chihuahua Pumas gejagt hatte, und legte ihn aufs Zeichenbrett.

»Ist er gesichert? Sonst geht er noch los, und wem geben Gilberto und Carlos die Schuld? Mir!« Belascoarán grinste.

»Seien Sie lieber auf Ihre eigene Sicherheit bedacht.«

»Etwas kriegt man mit, nach einem Jahr in diesem Metier: Drohungen werden nicht beachtet.«

»Haben Sie noch nie bedacht, daß man Sie wirklich kaltmachen könnte, Belascoarán?«

»Doch, schon ein paarmal.«

»Warum suchen Sie sich also keinen anderen Job?«

»Mir scheint, er behagt mir. Ja, er behagt mir«, antwortete der Detektiv und schloß die Augen.

Der Zugang zur Fabrik war auch diesmal von Polizeistreifen abgeriegelt. Arbeiter belagerten die Eingänge und konnten sich nicht entscheiden, ob sie es auf einen Konflikt ankommen lassen oder am Fließband Aufstellung nehmen sollten.

Hector stieg aus dem Volkswagen und zeigte einem Polizisten, der ihn anhielt, seinen Passierschein. Jede Streife bestand aus zwei Behelmten mit Maschinenpistolen. Die Atmosphäre knisterte geradezu an diesem grauen, staubigen Morgen. Polizeipferde wieherten. Am Tor schwarz-rote Fahnen, ihnen gegenüber etwa fünfzig Arbeiter mit Knüppeln und Steinen, in lockerer Formation. In etwa zwanzig Metern Entfernung berittene Polizei, flankiert von Beamten mit Maschinenpistolen. Die Berittenen hatten die Säbel gezogen. Jenseits der bewaffneten Macht der Fabrikdirektor in seinem Wagen; ein paar leitende Angestellte wieselten um ihn herum. Hector erkannte auch Camposanto, ebenfalls im Auto, die Tür geöffnet. Hector schritt aus, auf Rodríguez Cuesta zu.

»Jetzt ist nicht der Moment für unsere Angelegenheiten«, rief ihm der Direktor entgegen. »Kommen Sie morgen wieder!«

Im Schutz des Fahrzeugs begab sich Hector hinter den Kordon der Berittenen.

Eines der Pferde ließ Exkremente fallen, ein anderes scharrte mit den Hufen und wirbelte Staub auf. Hector schaute nicht auf die Polizisten, wollte den Bann nicht brechen, der ihm auf magische Weise den Weg öffnete.

Der Zauber fand jedoch ein rasches Ende, als ein Sergeant Hector die Säbelspitze auf die Brust setzte.

»Wohin?«

»Da hinein.«

»Journalist?«

»Ja.«

»Dann auf die Seite!« befahl der Sergeant und drückte ein wenig fester mit dem Säbel zu.

Hector wich zurück. Er ging zu der Imbißstube im Niemandsland. Allmählich erhob sich unter den Leuten ein dumpfes Gemurmel: »Polizei raus, Polizei raus, Polizei raus …« Es schwoll immer mehr an. Ein Pferd wieherte.

»Du bist der Detektiv?«

Hector nickte. Ein junger Mann um die Zwanzig stand neben ihm und beäugte ihn.

»Und du, was machst du hier?« fragte Hector zurück.

»Wenn's hart auf hart geht, soll ich unseren Anwalt verständigen«, sagte der Bursche und umspannte seine rechte Faust mit der linken Hand wie jemand, der eine Orange ausdrückt.

»Wie komme ich da durch?« erkundigte sich der Detektiv.

»Dort hinten, über das unbebaute Gelände ... Aber misch dich lieber nicht ein, das ist nicht dein Bier.«

»Wer sagt das?«

»Die vom Komitee. Jemand hat zwar gemeint, du bist ein Kumpel, aber nichts Genaues weiß man nicht.«

Hector schaute sich um.

»Wie soll das hier weitergehen?«

»Leute aus den umliegenden Ortschaften werden kommen, dazu Schüler und Studenten vom Polytechnikum. Vielleicht zieht die Polizei ab, die warten, scheint's, auf Anweisungen, vielleicht vom Gouverneur … Was dich betrifft, mach dich besser aus dem Staub.«

Aber etwas hielt Hector zurück, kettete ihn an die Eingangstür des Imbißlokals, hielt ihn davon ab, Mörder zu fangen oder die Quälgeister eines Mädchens mit eingegipstem Arm oder den Schatten von Don Emiliano Zapata.

»Und warum überhaupt der Streik?«

»Damit man uns als echte unabhängige Gewerkschaft anerkennt und unsere festgenommenen Genossen freiläßt, und damit keine Streikbrecher mehr durch die Absperrung dürfen.«

Zwei Uniformierte schritten zu Fuß durch die Reihen der berittenen Polizei und näherten sich den vorderen Reihen der Streikenden. Sofort war um sie herum der Teufel los. Dann hörte man Rufe, Applaus. Die Berittenen traten geordnet den Rückzug an, der Wagen des Direktors machte einen Satz im Rückwärtsgang.

»Was ist los?« fragte Hector.

»Sie gehen! Geben fürs erste auf, werden verhandeln ... Mal sehen.«

Der junge Mann rannte davon. Hector trat ins Lokal und bestellte etwas zu trinken. Seine Kehle war ausgetrocknet, wie so oft in letzter Zeit. Die Dunkelheit im Inneren der Baracke tat den entzündeten Augen wohl, nach dem krassen, sonnenlosen Morgenlicht draußen. Er setzte sich, und die Wirtin stellte ein Glas roten *Jarrito* vor ihn hin.

»Ich habe angerufen, aber es hat sich niemand gemeldet.«

»Danke«, sagte Hector und schob ihr einen Zwanzigpesoschein hin.

»Na, Herr Detektiv?« fragte der dickliche Arbeiter, der mit ein paar Freunden zum Feiern kam. »Sie schauen so düster drein ... Auf welche Seite wollten Sie sich denn schlagen?«

Die Gruppe setzte sich an den Nebentisch.

Hector überlegte angestrengt, aber die Antwort, die er suchte, fiel ihm nicht ein.

Nun also, Paniagua, der Comandante Paniagua, um genauer zu sein, hatte keine festen Bürostunden. Er besaß ein Haus, eine dicke Frau um die Fünfzig, vorzügliche Köchin, wie sofort zu erschnuppern war, ferner zwei schon erwachsene Söhne, einer davon Inhaber einer Reparaturwerkstatt. Außerdem verfügte er über ein ständiges Hotelzimmer, grüngestrichene Tür, die auf einen Patio mit Springbrunnen führte. Dort hieß er Ernesto Fuentes und galt als Handlungsreisender.

Er hatte sogar noch ein drittes Obdach. Ein Apartment in einem modernen Gebäude des Viertels Irrigación, gleich um die Ecke vom *Club Mundet.* Dort wußte niemand Bescheid, um wen es sich handelte. Im unteren Stockwerk befand sich eine Autoversicherung, und die Apartments über dem seinigen bewohnten ein Engländer – alter Junggeselle, pensioniert, ehemals Sekretär am Konsulat in Guadalajara – sowie ein jungverheiratetes Paar in den Flitterwochen. Es gab keinen Pförtner, nur alle zwei Tage eine Putzfrau für die Treppe und einen Mann, der jeden Monat die Miete kassieren kam.

Ein- oder zweimal suchte Paniagua jede Woche die Dienststelle in Tlalnepantla auf, etwa fünf- oder sechsmal fuhr er nach Toluca, der Hauptstadt des Bundesstaates México.

Auf seinen Dienstwegen wurde er stets von zwei Männern begleitet, einem Fahrer, immer demselben, und einer zweiten Person, die je nach dem Wagen, den der Chef benützte, wechselte.

Hätte Hector über eine Agentur mit sechzehn Angestellten verfügt, dann hätte einer von ihnen vor dem Haus in Irrigación Posten beziehen, ein anderer sich in dem Hotel in der Calle Donceles einmieten müssen. »In der Not frißt der Teufel Fliegen«, sagte er und nahm sich vor, während der Nacht eine von diesen Aufgaben selbst zu erledigen. Einstweilen kehrte er dem Norden der Stadt den Rücken und fuhr zwanzig Kilometer durch den Smog bis zum Haus von Marisa Ferrer, wo die Bedienstete ihm die Tür gleich wieder vor der Nase zuschlug.

Kapitel 10

»... tief atmen und vor allem darauf achten, daß einem die Waffe nicht aus der Hand fällt, wenn einem der Boden ins Gesicht hochfliegt.«
Roque Dalton

Die Augen zwei Schlitze, die Arme an den Seiten herabhängend, die Füße über einen Boden aus Watte schleppend; trocken und sauer im Mund, die Zähne wie von Fasern verklebt.

Hector hätte seine Pistole dafür hergegeben, an einem Quell klaren Wassers zu weilen und das Gesicht zu kühlen, die Vögel zwitschern zu hören, das Trappeln der Kinder auf dem Schulweg.

In Ermangelung eines Quells nahm er mit dem Wasserstrahl eines Schlauchs vorlieb, den ein Dienstmädchen, das

Auto des Hausherrn waschend, auf ihn richtete, und Hector ließ sich das kalte Naß ins Gesicht klatschen, bis er sich steif fühlte.

Dann schüttelte er sich wie ein Pudel, schritt zum Wagen und erklärte die nutzlose Nachtwache vor dem Haus im Irrigación-Viertel für beendet.

Das mußte aufhören. Wenn er die Dinge weiterhin so schleifen ließ, bis sie irgendwo im Sand verliefen, würde er noch vor Schlaf krepieren, in einer Ecke, Rücken gegen die Wand, Augen total verklebt. Er mußte die Situation anheizen. Er hatte es satt, neunzig Minuten lang hinter dem Ball herzurennen, ohne ihn je zu erwischen. Er mußte die Dinge zum Überkochen bringen, zum Platzen, zum Zerspringen.

Aber wo anfangen, den Bann zu brechen?

Die Nonne führte ihn in einen leeren Saal mit einem alten Klavier und Kulissen aus Sperrholz und Karton, auf denen Wolken zu sehen waren. Halbzerfallene Schulbänke füllten zwei Ecken des mit Brettern ausgelegten Raums. Hector zündete sich eine Zigarette an und setzte sich auf eine der Bänke, die unter seinem Gewicht knarrte. So saß er da, den Kopf zwischen den Händen, und ließ die Zigarette verglimmen, schaute nur ab und zu dem Rauch nach, der sich in zwei Strängen zur Decke emporkräuselte.

»Herr Detektiv, hier sind die Mädchen«, sagte die junge Nonne, als sie zurückkam. Hinter ihr tauchten die Schatten der drei Kameradinnen von Elena auf.

»Dürfte ich mit ihnen eine Weile allein sprechen?«

»Die Englischlehrerin bittet um Beeilung, es ist gerade Unterricht.«

»Keine Angst, ich bin gleich fertig.«

Die Mädchen traten ein, halb ängstlich, halb amüsiert angesichts der unverhofften Abwechslung. Hector deutete auf ein paar wacklige Hocker. Die Mädchen setzten sich, zogen gleichzeitig, automatisch, jede ihren Rock über die Knie. Hector dachte an das Mädchen im Bett, an die Scherze über den Verlust der Jungfräulichkeit in Klosterschulen.

»Gisela, Carolina, Bustamante«, überzeugte er sich.

»Ana Bustamante«, korrigierte ein schlankes, lebhaftes Mädchen, dem eine schwarze Haarsträhne ein Auge zudeckte.

»Ich muß euch um Hilfe bitten«, sagte Hector und schwieg einen Moment lang. Die Mädchen nickten.

»Wie geht es Elena?« fragte eine von ihnen.

»Gut, einstweilen. Aber wenn ich nicht finde, was ich suche, schwebt ihr Leben wieder in Gefahr.«

Er schaute den dreien nacheinander in die Augen. So intensiv es ihm an diesem Morgen möglich war, da die Müdigkeit nicht von ihm weichen wollte.

»Hat Elena euch etwas zur Aufbewahrung übergeben?«

Die Mädchen sahen einander an.

»Mir nicht.«

»Mir auch nicht.«

»Mich hat sie gefragt, ob ich für sie im Safe meines Vaters ein Päckchen aufheben könnte, aber es ging nicht, weil ich die Kombination nicht kenne«, sagte Ana Bustamante.

»Wie lange ist das her?«

»Das war, bevor die Belästigungen am Schultor losgegangen sind. Vor etwa vierzehn Tagen.«

»Ist sie nicht mehr darauf zurückgekommen? Hat sie je wieder davon gesprochen, zu irgendeiner von euch?«

»Nein«, sagte eines der Mädchen, und die beiden anderen schüttelten den Kopf.

»Ich danke für eure Mühe«, sagte der Detektiv.

Die drei standen auf und verließen, eine nach der anderen, den Raum.

Wo also? zermarterte sich Hector auf seiner Schulbank mit der kaputten Rückenlehne das Hirn.

»Moment mal!« Er rannte hinter den drei Mädchen her, die etwa zehn Meter weiter auf dem Korridor innehielten. »Hat Elena hier irgendein abschließbares Fach, so etwas wie einen Spind, für ihre Schulsachen, beispielsweise?«

Das Päckchen unter dem Beifahrersitz verstaut, hielt Hector Belascoarán Shayne vor der Gemeindepräfektur von Santa Clara. Jetzt hatte er keine Eile mehr, es zu öffnen.

Er wußte, ein Drittel seiner Probleme war gelöst, und die Lösung befand sich in einem Päckchen vom Format 40 x 25 Zentimeter, Seidenpapierumhüllung, fein säuberlich verschnürt. Er durchwanderte einige Gänge, fragte, landete schließlich vor der Tür des leitenden Ermittlungsbeamten.

»Was führt Sie zu uns?« erkundigte sich zunächst ein junger Bürohengst mit grellbunter Krawatte, die ein Eigelbfleck zierte.

»Ich habe Informationen, betreffend den Mord an Ingenieur Alvarez Cerruli von der *Delex.*«

»Ihr Name?«

»Hector Belascoarán Shayne.«

Im eigentlichen Büro gewahrte man zwei Männer.

Der eine war ein alter Bekannter aus jüngstvergangenen Tagen: der Comandante Paniagua. Er stand im Hintergrund, gegen einen metallenen Archivschrank gelehnt, die Pistole gut sichtbar im Gürtel. Der andere stellte sich als Licenciado Sandoval vor, Vertreter der Staatsanwaltschaft. Hector machte keine Umstände und setzte sich unaufgefordert.

»Sie haben sachdienliche Hinweise im Fall Alvarez Cerruli? Wir sind ganz Ohr.« Der Mann deutete auf Paniagua. »Kennen Sie den Comandante Paniagua von der Polizei?«

Hector nickte. Der Comandante Paniagua, wieder mit Sonnenbrille, beschränkte sich auf eine vage Geste.

»Sachdienlich vor allem insofern, als ich aufzeigen kann, daß der von Ihnen eingeschlagene Weg nirgendwohin führt.« Hector zog sein Notizbuch hervor, schaute kurz hinein, bevor er fortfuhr. »Die drei von Ihnen festgenommenen Personen können das Verbrechen nämlich nicht begangen haben. Wenn als Tatzeit nur die Zeitspanne zwischen fünf und halb sechs in Frage kommt, scheidet Gustavo Fuentes aus, der noch gar nicht zur Arbeit erschienen war. Mehrere Zeugen können auch bestätigen, daß Ibáñez seinen Arbeitsplatz zwischen vier und halb sechs Uhr nicht verlassen hat. Der dritte Angeschuldigte, Contreras, ist an dem Tag überhaupt nicht zur Arbeit erschienen. Es wäre also wirklich am besten, Sie ließen die drei Leute laufen, bevor es mir einfällt, die Presse zu unterrichten, daß Sie auf höchst zwielichtige Weise in einen Arbeitskonflikt verwickelt sind.«

Hector zündete sich eine Zigarette an und wartete ab.

»Was für ein Interesse haben Sie an der Angelegenheit?« fragte der Behördenvertreter, Licenciado Sandoval.

Hector lächelte.

Rühreier mit Schinken, ein Glas Orangensaft und Bananen mit Sahne, das war genau die Art von Frühstück, die nottat.

»Du siehst ja schrecklich aus«, sagte Elisa.

»Du auch.«

Sie saßen einander im alten Frühstückszimmer der Familie gegenüber. Elisa, in einen Morgenrock aus gelbem Frottee gehüllt, rieb sich die Augen.

»Ich bin unausgeschlafen. Ich habe mich bis Gott weiß wann mit deiner Klientin unterhalten.«

»Was hältst du von ihr?« fragte Hector und machte sich über die Rühreier mit Schinken her.

»Ein ziemlich aufgewecktes Geschöpf. Mal erschreckt sie einen, mal tut sie einem leid. Vermutlich war ich in ihrem Alter genauso. Das hat mir die Sache erleichtert.«

»Hat sie dir etwas erzählt?«

»Sie spricht nur in Chiffren. Vielleicht, wenn du mich in die Zusammenhänge einweihst ...«

»Da hast du sie.« Er deutete auf das Päckchen in Seidenpapier. »Ich weiß noch nicht, was es ist.«

Elisa griff nach dem Glas Orangensaft, das Hector ihr eingeschenkt hatte, und trank es in einem Zug leer. Hector schaute seine Schwester zärtlich an.

»Was treibst du so?«

»Ich wälze alles im Kopf herum. Seit ich wieder in Mexiko bin, kenne ich mich nicht mehr aus. Ich wollte schon irgendwas zu studieren anfangen.«

»Hat dir der Kerl geschrieben?«

»Alan? Der schreibt jeden Monat, immer den gleichen knappen Brief, schickt immer den gleichen Scheck über vierhundert Dollar, den ich jeden Monat zerreiße und zurückschicke. Weißt du eigentlich, warum ich geheiratet habe und weggegangen bin?« fragte sie und starrte ihn an.

»Nun, damals ...« druckste Hector herum.

»Ich war immer zwischendrin. Du, du warst der Korrekte, Verantwortungsbewußte, Vorbildliche, der Modellbruder, und Carlos war der Geniale ... Ich wollte einfach weg, wollte beweisen, daß ich auch allein weiterkomme. Deshalb habe ich geheiratet.«

Hector ergriff ihre Hand, drückte sie. Elisa lächelte.

»Schlechter Zeitpunkt für Geständnisse, wie?«

»Für Geständnisse gibt es keinen guten Zeitpunkt. Die Vergangenheit schmeckt schal; bei jedem Blick zurück erschrickt man. Jetzt auf einmal meldet sich Papa, so viele Jahre nach seinem Tod, und man merkt, wie wenig man einander nahestand, wie wenig man begriffen hat. Alles hinter irgendwelchen Dunstschleiern … So ähnlich ist es auch dir ergangen, Schwesterlein.«

»Alan war in jeder Hinsicht ein Profi. Tag für Tag in der Redaktion, Abend für Abend in irgendeiner Bar. Weißt du, was das bedeutet, in einer Stadt in Kanada zu leben? Allein in deinen vier Wänden, Farbfernsehen, Schneeflocken vorm Fenster. Ich habe oft Selbstgespräche geführt, um das Spanische nicht zu vergessen.«

»Früher hast du doch Gitarre gespielt, oder?«

»Sogar das habe ich verlernt. Wie alles andere. Es war ein regelrechter Alptraum. Ich habe dieses Land Mexiko nie verstanden, aber losgekommen davon bin ich auch nicht. Verdammter Blödsinn, es kotzt mich an.«

»Daran wirst du nichts mehr ändern«, sagte Hector und schob den leeren Teller beiseite.

»Willst du warten, bis sie aufwacht?« fragte Elisa.

»Nein. Laß sie nicht fort. Ich komme bald wieder.«

»Wenn du zum Essen kommst, gibt es statt albernem Gequassel sechs verschiedene chinesische Gerichte, das schwöre ich dir!«

»Versteck dieses Päckchen, wo sie's nicht finden kann«, sagte Hector und zündete sich eine Zigarette an. Sie schmeckte glorios, nun, da der Magen voll und der Tag noch jung war.

»Und Sie haben also den Direktor wegfahren sehen? Sie erinnern sich genau, weil er Sie gebeten hat, irgendetwas an seinem Wagen zu reparieren?«

Der Werkschutzmann Rubio, Dienstnummer 6453, nickte. Sie saßen beide in dem Raum mit den feuchten Wänden und den Plastikmöbeln. Der Mann in Hemdsärmeln nahm einen Kaffee.

»Heute habe ich nämlich frei, wissen Sie?«

»War er allein?«

»Allein. Am Steuer seines Wagens.«

»Und als er ankam? War er da auch allein?«

»Er kommt immer allein.«

»Aber diesmal … Warten Sie. Um wieviel Uhr ist er gekommen?«

»Der Ingenieur Rodríguez kommt immer so gegen zehn.«

»Allein? Und diesmal?«

»Moment ... Ich glaube, ich habe ihn nicht direkt ankommen sehen. Ich habe das Gittertor geöffnet, aber gleichzeitig habe ich den Passierschein von so einem Lieferwagen kontrolliert, der gerade das Gelände verlassen hat, und da ... Ich glaube, er war allein. Er kommt immer allein.«

»Wer saß am Steuer des Lieferwagens?«

»So ein Typ aus dieser Gegend, ich weiß nicht genau, wie er heißt, alle Welt nennt ihn *El Chiguiñas.*«

»Noch eine Frage. Nein, sogar zwei.«

»Stets zu Ihren Diensten.«

»Sämtliche Ingenieure treffen allein am Arbeitsplatz ein?«

»Jeder hat sein Auto. Na ja, manchmal kommen sie auch zu zweit, wenn der eine seine Karre gerade nicht zur Verfügung hat, oder kann sein, man hat vorher gemeinsam etwas erledigt oder so ...«

»Camposanto, kam der allein?«

»Ich glaube, ja.«

»Und die Autos lassen sie auf dem Parkplatz?«

»Nein, nicht auf dem allgemeinen Parkplatz, sondern etwas weiter hinten in einer Einfriedung für die Fahrzeuge der Betriebsleitung, da hat jeder seinen Abstellplatz, namentlich gekennzeichnet.«

»Ist jetzt um diese Zeit jemand da?«

»Kann schon sein, wenn die Herrschaften früh dran sind ... Ansonsten ist auf jeden Fall wenigstens irgendwer an der Laderampe da.«

»Noch was: Nach Ankunft des Polizeiaufgebots, kamen da später noch einzelne Beamte?«

»Hm. Also zuerst kam der eine Schub, dann der andere. Dann zwei Wagen mit Geheimen und schließlich die Ambulanz.«

»War in einem dieser Fahrzeuge der Comandante Paniagua?«

»Nein, da habe ich ihn nicht gesehen. Erst beim Wegfahren. Kann sein, er ist hinten hereingekommen.«

»Hinten? Wo – hinten?«

»Es gibt ein Tor an der Rückseite, wo das unbebaute Gelände ist, versperrt. Früher fuhren dort die Lastwagen durch. Jetzt steht da ein Streikposten.«

»Aber wenn das Tor geschlossen ist, wie kommt man dann herein?«

»Moment, ich weiß nicht mal, ob ich diesen Comandante überhaupt auf dem Werksgelände gesehen habe … Das ist doch der, dessen Bild in der Zeitung war, der die Jungs festgenommen hat, oder?«

»Genau. Untersetzt, dunkler Typ, Sonnenbrille, so um die Fünfzig herum …«

»Nein, der ist nicht zusammen mit dem Aufgebot gekommen. Aber ich habe ihn am Tor gesehen.«

»Auch innen auf dem Gelände? Denken Sie nach!«

Die gleiche Frage stellte Hector auch noch der Sekretärin, dem Wachtposten am Hintertor und einigen Ladearbeitern. Wegen des Streiks begegnete man ihm mit Mißtrauen und blieb verschlossen. Das Resultat war unklar. Man konnte sich nicht erinnern. »Doch, ja, er war da, aber nicht an dem Tag …« Dergleichen.

Paniagua konnte der Mörder sein. Aber worauf sollte man sich bei den Ermittlungen stützen? Auf einen anonymen Telefonanruf, des Sinnes, er sei schwul? Er mochte im Wagen des Direktors hineingelangt sein, im Kofferraum, oder durch dieses Hintertor.

Hatte er ein Alibi? Wie sollte man nachprüfen, wo der Comandante an jenem Nachmittag, zur Tatzeit, gewesen war? Man konnte schließlich nicht gut bei der Polizei des Bundesstaates México nachfragen. Ein Schuß in die Luft, am Ziel vorbei. Hector mußte es auf andere Weise probieren.

Als er die Tür aufmachte, sah Hector zuerst die Pistole, dann das Gesicht des Mannes. Er bekam es mit der Angst zu tun.

»Soll ich draußen bleiben oder eintreten?« fragte er.

»Ich wünsche Sie nicht zu sehen.«

»Es gibt so wenig zu tun, zur Zeit, wo in der Fabrik gestreikt wird …« sagte Hector und stemmte sich mit der Schulter gegen die Tür.

Der Ingenieur Camposanto trat zur Seite. Hector marschierte in die Puppenstube und nahm auf einem Sessel Platz. Camposanto schloß die Tür.

»Ich habe Ihnen nichts zu sagen.«

Er ging mit schleppenden Schritten auf Hector zu. Die Pistole legte er auf dem Tisch in der Mitte des Raumes ab. Hector zündete sich eine Zigarette an und ließ das Feuerzeug fallen. Als der Ingenieur, ein höflicher Mensch, sich danach bückte, riß Hector seine Pistole aus dem Halfter.

Als der andere sich mit dem Feuerzeug wieder aufrichtete, starrte ihn die Mündung der Waffe an.

»Was wollen Sie?«

»Ihre Pistole. Halten Sie sie am Lauf, bitte sehr, mit zwei Fingern ...« Hector steckte die Waffe in die Tasche seines Regenmantels und wartete, bis der Ingenieur sich setzte. Camposanto schlug die Hände vors Gesicht und brach in sich steigerndes Schluchzen aus.

Hector zog verwirrt an seiner Zigarette.

»Ich wollte gar nicht«, brachte der andere mühsam hervor.

»Warum haben Sie's dann getan?« fragte der Detektiv aufs Geratewohl, wie man mit verbundenen Augen nach etwas grapscht, was über einem baumelt.

»Was – getan?«

Der Ingenieur wischte sich mit dem Ärmel des Schlafrocks die Tränen ab.

»Ihn umgebracht.«

»Ich habe niemanden umgebracht«, entgegnete Camposanto würdevoll.

»Soso. Dann lassen Sie mich kurz nachdenken.«

»Sie wissen überhaupt nichts.«

»Dann wär's vielleicht Zeit, Ihnen eins in die Fresse zu verpassen, damit Sie mir was erzählen.«

»Warum sollten Sie?«

»Zum Beispiel, weil Sie mich mit einer Pistole bedroht haben, als ich hier ankam, um Sie was zu fragen.«

Der Ingenieur starrte zu Boden.

»Wie lange kennen Sie den Comandante Paniagua?«

»Ich kenne ihn gar nicht.«

»Ich hab's nicht eilig«, sagte der Detektiv, zog ein Päckchen Zigaretten hervor und legte es auf die gläserne Tischplatte. Warten.

Die Spannung wuchs zusammen mit der Stille, die sich über den Raum senkte. Camposanto wich dem Blick des Detektivs aus, nestelte an der Kordel des grauen Morgenrocks herum. Ab und zu schielte er heimlich auf die Pistole. Hector glaubte zu spüren, wie die Wartezeit zu seinen Gunsten arbeitete. Sein Gegenüber hatte keine Reserven. Es war ein Duell zwischen der

Schwäche des anderen und seinem eigenen Schlafbedürfnis. Er schaute auf die Uhr: elf Uhr siebenundfünfzig.

Zwölf.

Zwölf Uhr sechsunddreißig.

Zwölf Uhr achtundfünfzig.

Ein Uhr fünfundvierzig.

»Worauf warten Sie?« entrang es sich schließlich, fast unverständlich, den Lippen des Ingenieurs, der sich die feuchten Hände rieb.

»Daß Sie es mir sagen. Wie lange kennen Sie den Comandante Paniagua?«

»Seit einigen Monaten. Alvarez Cerruli hat ihn mir vorgestellt, in einem Golfklub an der Calzada de Querétaro.«

»Wie haben Sie erfahren, daß er ebenfalls homosexuell ist?«

»Alvarez hat es erwähnt. Die beiden kannten einander offenbar schon länger.«

»Wie hatten sie sich kennengelernt?«

»Angeblich auf einer Fiesta.«

»Welchen Eindruck hatten Sie von Paniagua?«

»Ein schweigsamer, stiller Mensch; sehr nett.«

»Als der Mord entdeckt wurde, tranken Sie gerade Kaffee mit dem Personalchef, einem gewissen Fernández?« fragte Hector, das Thema wechselnd, und zündete sich eine neue Zigarette an.

»Ja. Was wollen Sie damit sagen?«

»Nichts, ich erkundige mich nur ... Was haben Sie an dem Tag zwischen halb fünf und halb sechs gemacht?«

»Etwa um Viertel nach vier kam ich vom Essen zurück, dann war ich in der Montagehalle, anschließend im Laboratorium. Bis Viertel nach fünf war ich mit den Leuten von der Qualitätskontrolle in Klausur, dann, auf dem Rückweg ins Büro, habe ich bei Fernández eine Tasse Kaffee getrunken.«

Er hatte geradlinig geantwortet, mit großer Sicherheit, aber da gab es ein Loch. In den Worten des Ingenieurs gab es ein Loch, das dieser zu kaschieren trachtete ...

»Mit wem haben Sie gegessen?«

»In einem Schnellrestaurant. Insurgentes Norte.«

»Wie heißt es?«

»Keine Ahnung.«

»Allein?«

»Ja, allein.«

»Also noch mal von vorn. Mit wem haben Sie gegessen?«

Der Ingenieur schwieg.

»Ich hab's nicht eilig«, sagte Hector und schaute wieder auf die Uhr: ein Uhr achtundvierzig.

»Mit Alvarez Cerruli«, antwortete Camposanto, sank in sich zusammen und fügte hinzu: »Er hatte Angst, große Angst. Er war eingeklemmt zwischen den beiden, und sie ließen nicht locker. Ich wußte schon, was passieren würde, er hatte mich schon darum gebeten. Und ich konnte es kaum ertragen, Alvarez so vor Angst schlottern zu sehen. Der hat sich vor Angst geradezu bemacht! Und ich mußte so tun, als ob ich …«

Wäre er nicht so schläfrig, so benommen gewesen, hätte Hector wohl schon früher das Geräusch an der Tür in seinem Rücken gehört. So indes reagierte er erst auf das Krachen beim Einschlagen der Tür, ließ sich mitsamt dem Sessel zu Boden fallen und sah das Mündungsfeuer der Pistole. Hingestreckt, die Beine um den Fauteuil verrenkt, schoß er selbst zweimal in Richtung Tür, dann tauchte eine bewaffnete Hand in seinem Blickfeld auf und gab ihrerseits einen Schuß ab. Das Geschoß schlug wenige Zentimeter neben Hectors Kopf in den Teppich ein. Die Tür hing nur noch an einem einzigen Scharnier und schwankte. Hinter seinem Rücken hörte Hector die erstickten Rufe Camposantos, dem das Blut in die Kehle drang, blubbernd wie Blasen im Sumpf. Hector zielte ungefähr in die Höhe des Magens einer imaginären Person. Das Geschoß durchschlug das Holz der Tür, verlor sich im Hausflur. Da war niemand. Hector stand auf, stolperte über das Kabel einer Lampe. An der Wand entlang tastete er sich zur Tür vor. Machte einen Satz. Der Hausflur – leer. Hectors Herz dröhnte wie ein Kosakenballett. Dort hinten gab Camposanto allmählich seinen Geist auf.

»Wer hat ihn umgebracht?«

»Pann-hi-agg-wa«, hauchte die Stimme, schon unterwegs ins Jenseits. Der Mann hatte nie irgendwelche Sympathien in ihm erweckt. Aber jetzt lag er im Sterben, und Hector konnte nichts machen. Der Tod erschreckte, ängstigte ihn.

»Unterschreiben Sie hier«, sagte Hector, schlug sein Notizbuch auf und drückte Camposanto den Füllfederhalter in die Hand. Beim zweiten Versuch konnte der Ingenieur das Schreibgerät mit den Fingern festhalten und kritzelte seinen Namen unten auf die Seite. Das Blut rann ihm übers Hemd unter dem grauen Schlafrock. Hector griff nach seiner Hand, benetzte sie mit Blut und drückte zwei von den Fingerkuppen unter den Namenszug. Als er die blutverschmierten Finger zurückzog, merkte Hector, daß er die Hand eines Toten hielt. Mit einer Mischung aus Furcht und Ekel ließ er sie los.

Über den Namenszug schrieb er:

›Der Comandante Paniagua hat den Ingenieur Alvarez Cerruli ermordet.‹

Dahinter setzte er Datum und Stunde. Das Blut hatte auch Hectors Hand befleckt. Er wischte sie an dem grauen Morgenrock ab.

Wenn Paniagua dahintersteckte, wartete garantiert schon die Polizei auf der Straße, um Hector den neuen Mord anzulasten. Möglicherweise kamen sie bereits im Fahrstuhl herauf. Er rannte aus der Wohnung. Niemand im Hausflur, aber Stimmen hinter den Türen. Er hastete die Treppe hoch. Auf dem Flachdach wuschen zwei Frauen Wäsche, ein Kind schob ein räderloses Spielzeugauto auf einer mit Kreide gezeichneten Fahrbahn hin und her. Hector sprang darüber weg und mit einem weiteren Satz über das Eisengeländer auf das benachbarte Flachdach.

Auf der Straße war alles ruhig, keine Patrouillen. Hector ging zum Wagen und stieg ein. Beim Anlassen des Motors merkte er, daß er schwitzte. Der Schlaf war wie weggeblasen. Zwei Fragen: Warum war Alvarez Cerruli in der Fabrik umgebracht worden, wenn es doch anderswo einfacher gewesen wäre? Und: Warum hatte der Mörder eben jetzt sein Werk nicht vollendet?

Die Sache wurde immer makabrer. Wie in der Geschichte, wo einer, ohne es zu wollen, einem Kind ein Auge ausschlägt und dann den Erwachsenen klarzumachen versucht, es sei gar nichts los, alles nur Spiel, keinerlei böse Absicht, und das Blut auf dem Boden sei nur rote Farbe.

Wütend wusch er sich die Hände, mit nacktem Oberkörper. Im Spiegel erblickte er sein Gesicht, fahl, gelblich, Stoppelbart, Augen gerötet. Gespenstisch. Drei Tote – wofür, verdammt noch mal?

Auf der einen Wange ein rötlicher Fleck, eine ganz leichte Verbrennung. Von dem Geschoß, das unmittelbar neben ihm in den Teppich eingeschlagen war?

Elisa sah ihm von der Tür aus zu.

»Probleme?«

»Neben mir ist einer umgebracht worden.«

»Und was war los?«

»Nichts. Er ist tot.«

Er hätte gern das Hemd gewechselt, hob jedoch das alte vom Boden auf und zog es wieder an. Aus dem Spiegel grinste wieder die Gespenstervisage, während er ungeschickt das Hemd zuknöpfte.

»Das Mädchen erwartet dich. Soll ich mitkommen?«

»Ja. Gib mir, was du für mich aufbewahrt hast.«

Elena saß lesend im Patio, die Beine in der Sonne, ein Glas Limonade neben dem Plastikstuhl.

Hector trat näher und griff nach dem Glas. Ein tiefer Zug löste den Klumpen in seiner Kehle.

»Wie geht's, wie steht's, du Vogelscheuche?« begrüßte ihn das Mädchen.

»Gestern hat's noch geheißen: Schutzengel.«

»Für einen Engel siehst du aber reichlich lädiert aus!«

Und als sie des Päckchens ansichtig wurde, sagte Elena: »Was soll das hier?«

»Ich hab's mir geholt, weil du's mir nicht zeigen wolltest.«

»Wirst du's aufmachen?«

»Mhm.«

»Und was tust du mit dem, was du finden wirst?«

»Sag du's mir.«

»Ich habe nichts damit anfangen können. Es verbrennen, es lassen, wo es war, es verkaufen und mit dem Erlös abhauen ... Damit hat der ganze Schlamassel angefangen.«

»Deine Mutter weiß nicht, daß du es hast?«

»Ich glaube, sie weiß gar nicht, daß es existiert.«

»Hört endlich auf zu quatschen und öffnet das Päckchen«, sagte Elisa.

»Ihr werdet erschrecken«, meinte Elena.

»Ich erschrecke vor nichts mehr«, erklärte Hector.

Es handelte sich um zweiundsiebzig erstklassige Hochglanzfotos. Sie hätten ein mexikanisches Kamasutra illustrieren oder einem Institut für Sexualkunde als Anschauungsmaterial dienen können. Dargestellt war immer dieselbe weibliche Person, bisweilen kenntlich an dem Muttermal auf der linken Hinterbacke oder auch an dem Lächeln irgendwo inmitten des Gewirrs von Brüsten und Schamhaaren. Sie wechselte sich mit drei männlichen Personen ab, leicht benennbar mit Vor- und Familiennamen, bestens bekannt und identisch mit jenen illustren Namen, die zwei sechsjährige Amtsperioden lang die innenpolitischen Spalten der Tagespresse beherrscht hatten und noch heute im Zusammenhang mit einem Ministerium oder einem feudalen Ruhesitz auftauchten.

Belascoarán grinste, als er neben dem elastischen, hinreißenden Frauenkörper die drei Gnome mit schweißtriefender Stirn gewahrte, mit heftigen Gesten und fiebrigem Antlitz.

»Ich könnte vor Scham in den Erdboden versinken«, sagte Elena.

»Wie denn auch nicht«, sagte Elisa. »Weiß deine Mutter von diesen Bildern?« fragte Hector.

»Sie hätte niemals in so etwas eingewilligt! Sie ist eine Dirne, das schon. Aber immerhin eine Dirne mit Stil.« Das Mädchen biß sich auf die Lippen.

Obenauf lag ein Foto, wo auf einem runden Bett ein ehemaliger Minister nach der nackten Marisa Ferrer haschte. Sie bedeckte sich den Magen mit einem Kissen, während die entblößten Brüste im Taumel des Treibens zu tanzen schienen. Der Kerl trug Socken.

»Wo hast du das her?«

»Geklaut, aus dem Wagen von Burgos. Eines Abends, als er mit Mama dinierte, habe ich seinen Kofferraum geplündert und die Kassette mit den Fotos erbeutet, ein Tonbandgerät und noch andere Sachen. Ich hatte keine Ahnung, was es war, ich wollte Burgos nur eins auswischen, weil ich ihn nicht riechen kann. Das Tonbandgerät und das andere Zeug habe ich weggeworfen, das Päckchen jedoch behalten, um nachzusehen, was drin war. Als es offen war, dachte ich, mich trifft der Schlag!«

»War's Burgos, der dich gestoßen hat, als du von der Terrasse gefallen bist und dir den Arm gebrochen hast?«

Elena nickte. Sie weinte jetzt ganz offen, ohne das Gesicht abzuwenden. Sie schämte sich nicht für die Tränen. Elisa nahm das Mädchen in die Arme, und sie verharrten umschlungen.

»Und der zweite Vorfall?« drängte Hector.

»Ich habe nie erfahren, was eigentlich geschehen ist. Vielleicht war alles rein zufällig so.«

»Hat Burgos etwas zu dir gesagt?«

»Als er mich hinuntergestoßen hat … Ich lese gerade in meinem Zimmer, da kommt er. Ich fürchte mich, gehe hinaus auf die Terrasse. Er sagt, er weiß, daß ich die Fotos habe, und ich soll sie lieber zurückgeben. Darauf ich: Was für Fotos? Und er schubst mich. Vielleicht wollte er mir gar nichts tun …«

Hector seufzte. Blieb also nur der gute Burgos, Besitzer einer illustrierten Enzyklopädie erotischer Spielchen zwischen einer Schauspielerin und drei Spitzenpolitikern. Aber die Schweinehunde waren fein heraus. Blieb nur Burgos.

»Scheißpolitik. Wenn die Herrschaften wüßten, was wir da haben, wären wir praktisch schon tot … Und du, verrücktes Huhn, wem wolltest du das verkaufen?«

»Es ist einen Haufen Geld wert.«

»Weiß der Himmel, und zwar bedeutend mehr als die fünfzigtausend Pesos für ein Mausoleum! Wußten der Dickwanst und seine Kumpane, was du ihnen da verhökern wolltest?«

»Ich habe ihnen ein Foto mit dem Typ da gezeigt.«

Sie deutete auf das zuoberst liegende Bild.

»Los, gehen wir essen«, sagte Elisa. »Lassen wir all das eine Weile liegen, sonst kann ich die nächsten paar Nächte nicht schlafen.«

»Vor Angst oder wegen erotischer Überreiztheit?« feixte Hector.

»Beides«, meinte Elisa.

Das Mädchen lächelte unter Tränen.

Den Nachmittag hatte er dösend in einem Kino verbracht, um Zeit zu gewinnen, um Energie für die ramponierte Maschine aufzutanken. Jetzt aber, während er eine ungemein komplizierte, aus sechs Geschmacksrichtungen zusammengesetzte Portion Eis verzehrte, garniert mit Nüssen, Schlagrahm, Erdbeeren, Melone und Kirschsirup, stellte Hector auf einer Serviette folgenden Fragenkatalog zusammen:

›a) Wie kam Paniagua auf das *Delex*-Gelände?
Warum hat er den Ingenieur ermordet?
Wozu will Direktor R.C. Beweismaterial gegen ihn?

b) Wohin verschwand der Alte, nachdem er 1966 den Markt verlassen hatte? Höhlen?
c) Die Bilder vernichten oder veräußern?
Wie verpaßt man Burgos eine Abreibung?‹

Er löffelte genießerisch die restlichen Ladungen Süßigkeit in sich hinein, durchdrungen von der selbsterworbenen Weisheit, daß komplizierte Speiseeiskompositionen den Kalorienbedarf hinreichend decken, und stellte daraufhin fest, die Dinge seien zwar klar, wenn auch von einer doch recht düsteren Klarheit.

Dann schritt er die Avenida Insurgentes entlang, gegen die Menschensturzbäche der abendlichen Stoßzeit anrennend: Büroangestellte beim Exodus des auserwählten Volkes heimwärts, Myriaden junger Leute, welche die Straßen überschwemmten, in Besitz nahmen, Autos und abermals Autos, vereinigt in einer beängstigenden Hupen-Symphonie. Vertrautes Stadtbild, mitveranlaßt, mitverursacht.

Das Labyrinth mündete in seine eigene Mitte. War das der Platz der Menschenopfer? Land des Minotaurus. Die drei Geschichten näherten sich endlich dem Ende.

Endlich dem Ende. Das hatte einen Klang, der Hector gefiel. Während er also den gemarterten Leib, vom Verkehrslärm umspült, die Straße entlangschob und wieder in seine Rolle als einsamer Jäger hineinwuchs, war der Detektiv auf der Suche nach Handlungsfäden, die möglicherweise zu einem überraschenden Ende führen konnten.

Das erste Problem war, auf ganz eigene Weise aus dem *Delex*-Konflikt herauszukommen. Ohne dabei dem Killer-Polizisten oder dem allmächtigen Direktor in die Hand zu arbeiten. Das gleiche galt im Hinblick auf Burgos und diese Fotosauerei.

Alles ganz klar, aber etwas bohrte noch im Hirn. Wie ein fallender Wassertropfen: Er bringt einen nicht um, aber er treibt einen zum Wahnsinn.

Burgos, das war Geschmeiß, das machte Fotos von Politikern bei ihren Freiübungen, in einem Land, wo die Karriere einer Künstlerin einem Marathon im Betthüpfen gleicht. Wo Macht im Gemächte wohnt, wo die einen es trieben und die anderen sich treiben und es mit sich treiben ließen.

Und ebenso wie Burgos zum Geschmeiß, gehörte der Comandante Paniagua zu den typischen und tüchtigen Funktionären. Erlaubt ist, was man tut. Wenn man Paniagua mit nichts in Verbindung bringen konnte, so deshalb, weil die Spielregeln ihn kaum tangierten. Nun ja, eine Art Grenzposten des Systems. Aber an Männer wie ihn wandte sich das System, wenn es galt, Studenten niederzumetzeln oder Streiks niederzuknüppeln.

Der einzige, der moralisch nicht in die nationale Landschaft paßte, war vielleicht unser Detektiv selbst. Und vielleicht stand er eben deshalb auf der Abschußliste und konnte vielleicht schon bald abgehakt werden.

Und es ging ihm durch den Sinn, daß Einzelgänger meist in aller Stille sterben, ohne an den Sachverhalten etwas zu ändern.

Er hielt vor dem Haus von Marisa Ferrer, warf den Zigarettenstummel durchs offene Wagenfenster, stieg aus und atmete die milde Nachtluft ein. Irgendwo mußte irgendetwas blühen. Sogar mit seinem verkümmerten Geruchssinn spürte er die Nähe von Blumen, auch wenn er niemals anzugeben vermocht hätte, was für welcher. Er hielt Ausschau und erblickte ein Beet mit weißblühenden Pflanzen; auch Rosen am Eingang des Nachbarhauses. Hätte er sich umgeblickt, hätte er zwei Männer aus einem Rambler-Lieferwagen klettern sehen.

»Laß die Hände, wo man sie sehen kann«, sagte eine Stimme hinter seinem Rücken.

Hector spreizte die Hände von den Taschen weg. Er hatte die Jacke zugeknöpft, um während des Fahrens bei offenem Fenster nicht zu frieren. Es hätte viel zu lange gedauert, die Pistole zu ziehen.

Der Dickwanst, ein Klappmesser in der Hand, trat näher. Ein paar Schritte weiter hinten zielte ein anderer mit einer 22er. Das war derjenige, welcher dem Mädchen die Flaschen vor die Füße geworfen hatte. Esteban? Hieß er nicht so? Esteban *Armzange.*

»Mensch, Fettklößchen ... Und Esteban, stimmt's?«

»Schnauze«, sagte Fettklößchen.

»Wir holen die Fotos«, sagte Esteban und hob die Pistole so, daß sie nun auf Hectors Kopf gerichtet war.

Falls der Dickwanst eine Bewegung ... Hector dachte nicht weiter. Keine Hasardspielchen, keine Kinoheldentaten. Bevor er richtig zuschlagen konnte, hatte er garantiert eine Ladung Blei im Schädel.

»Ich habe keine Fotos.«

»Aber sie hat welche. Du spielst hier den Großkotzigen und quasselst zuviel …«

Hector grinste. Er konnte auch schweigen. Vielleicht seine einzige Tugend.

Der Dickwanst trat ihm gegen das Schienbein. Er hatte was dazugelernt. Hector stolperte, fiel hin, bekam einen Tritt in die Rippen. Schluckte das Stöhnen hinunter. Esteban *Armzange* kam und kickte ihm gegen den Fußknöchel. Hector jaulte auf. Was mochten das für Blumen sein? Malven? Lilien? Jasmin? Orangenblüten? Aber die gab's nur auf Orangenbäumen. Der Dicke trat ihn jetzt in die Magengrube. Hector spürte, wie ihm die Luft aus den Lungen entwich, anscheinend für immer. Er kämpfte gegen das Ersticken an, während der Dicke ihm den Ärmel der Jacke mit dem Messer aufschlitzte. Die Klinge ritzte die Haut mit auf, Blut quoll hervor.

»Dir werden wir's zeigen!«

»Was geht hier vor? Ich rufe die Polizei!« rief eine Frauenstimme, ziemlich weit weg und sich überdies entfernend, aber nah genug für den Dickwanst und Esteban *Armzange*, die daraufhin sofort zum Lieferwagen rannten. Hector sah vom Boden aus die Schuhe über den Grünstreifen am Gehsteigrand davonhasten. Er rang noch immer nach Luft, gegen deren Eindringen seine Lunge sich noch immer widersetzte. Vom Boden aus hörte er, wie der Motor ansprang. Dann erblickte er die Beine seiner Retterin, vom Rocksaum abwärts.

»Ankschn«, sagte er, was soviel heißen sollte wie: Dankeschön.

»Höchste Zeit, daß Sie sich hier sehen lassen«, meinte Marisa Ferrer lächelnd, etwa hundert Meter oberhalb von Hectors Kopf, wie ihm schien. Er drückte das Gesicht in den Grünstreifen, um die Frische zu spüren, und wünschte, er hätte in dem Flohkino weitergedöst, hätte Tarzan bei der Durchquerung der Schlucht nicht im Stich gelassen. Alles wegen eines blödsinnigen Sechsfach-Eisbechers und einiger weißer Blumen, dachte er.

»Wo ist das runde Bett?« fragte der Detektiv.

Die Frau, die vor ihm auf dem Hocker saß, Rücken zum Schminktisch mit dem ovalen Spiegel, schaute ihn amüsiert an.

Ich werde sie immer nackt vor mir sehen, dachte Hector. Im milden Licht der beiden Nachttischlampen mit blauem Schirm schien der mit einem blauen Teppich ausgelegte Raum weder Anfang noch Ende zu haben. Es war, als lebte man im Inneren eines Eies.

»Das runde Bett … Ist es nicht mehr da?«

»Haben Sie was am Kopf abgekriegt?«

Hector verneinte.

»Meiner Tochter geht es gut?« fragte die Frau sanft lächelnd.

Ihnen geht's noch viel besser, dachte Hector, sich auf dem Bett ausstreckend, beschränkte sich jedoch auf ein Nicken.

»Es ist ihr doch nichts passiert, oder?«

»Nein, nein, alles in Ordnung … Sie haben sich doch, denke ich, in einem runden Bett vergnügt?«

»Ein paarmal, kann sein. Im Laufe der Jahre macht man so seine Erfahrungen …« Sie vollführte eine Geste, die den Rest offen ließ.

»Ein rundes Bett in einem gemieteten Raum. Wo?«

»Im Ernst?«

»Völlig. Ich weiß, daß Sie mit Regierungsmitgliedern geschlafen haben, mit Politikern. Ich weiß, daß es Fotos von Ihren Bettgeschichten gibt. Ich weiß auch, daß es Sie den Kopf kosten wird, wenn die Fotos jemals publik werden … Also wo?«

»Unmöglich.«

»Ich habe die Bilder selbst gesehen.«

Sie stand auf, kramte in einer Nachttischschublade nach Zigaretten, zündete sich eine an.

»Darf ich Sie um Feuer bitten?«

Hector holte mit dem unverletzten Arm seine zerknitterten *Delicados* aus der Hemdtasche, und Marisa Ferrer ließ ihr goldenes Feuerzeug aufschnappen. Im Schein der Flamme sahen sie einander an.

»Weiß Elena davon?«

Hector nickte.

»Was denkt sie von mir?«

»Keine Ahnung.«

»Und Sie?«

»Es fällt mir immer schwerer, ein Urteil abzugeben. Ich hätte es nicht getan«, meinte Hector halb im Scherz.

»Man kommt sich vor wie ein alter Handschuh. Zuerst empfindet man Ekel, wenn man den Körper zu Hilfe nimmt. So oft hat man uns eingebläut, er sei kein Spielzeug. Aber man wäscht sich hinterher, alles wie neu, manchmal sogar noch besser. Und man kommt weiter, macht Karriere, ohne den Gürtel enger schnallen zu müssen, rächt sich an den ehemaligen Schulfreundinnen, die einen ›Flittchen‹ genannt haben, und an der Tante aus Guadalajara, die nicht mehr mit einem redet. Und man schreitet über die Trümmer dahin. Haben Sie das nicht schon mal gehört, das vom Dahinschreiten über die Trümmer? Das habe ich schon mal gesagt, in der *Sumpfblüte*, einem hundsmiserablen Film ... Einem von diesen hundsmiserablen Filmen. Erwarten Sie nicht, daß ich jetzt in Tränen ausbreche und sage: Ach, wie schäme ich mich! Einen Dreck schäme ich mich. Andernfalls hätte ich eben mit anderen Kerlen geschlafen, rechtschaffeneren, menschlicheren, weniger kaputten; ärmeren, schwächeren ... Denn, wissen Sie, eigentlich haben sie allesamt nichts zu bieten. Ich aber habe immerhin das da.«

Sie hatte halb abgewandt gesprochen, die Züge erregt, manchmal wutverzerrt, vom Lampenschein scharf umrissen. Hector, auf dem Bett ausgestreckt, vom schmerzlichen Wunsch beseelt, sich die Schuhe auszuziehen, das Fernsehprogramm zu wechseln, wie man ein neues Leben anfängt, spähte nach einer Aschenablage aus. Er wollte nicht teilhaben an noch mehr Elend, wollte nichts hören, wollte in Ruhe gelassen werden. Sie aber stand auf, zerriß die Träger des schwarzen Kleids, hob die Arme, schon nicht mehr wuterfüllt, schon im gelernten Rhythmus, an ihre Rolle gekettet, ließ die Hüllen fallen, und ihre Brüste schimmerten im blaugefilterten Lampenschein. Das Gewand glitt zögernd auch noch über die Hüften hinab. Dann nur noch ein winziger weißer Schlüpfer und die schwarzen Schuhe, glänzend wie Katzenfell.

Hector fühlte sich versucht, die Hand auszustrecken und die verlockende Haut zu berühren. Die Frau entledigte sich auch noch des Schlüpfers, schob ihn mit beiden Händen abwärts, bis er, nur noch um die Beine gerollt, zu Boden fiel.

»Angst?«

Hector streckte die Hand aus, und die Frau ließ sich neben ihn aufs Bett fallen, nackt, die Schuhe noch an den Füßen, vollendeter Striptease, aber nicht auf der Kinoleinwand, sondern plötzlich von warmer Menschlichkeit erfüllt.

Hector umschlang die Frau, die sich stumm an ihn schmiegte. Er starrte zur Decke, starrte dem Zigarettenrauch nach, hatte nichts mehr zu geben, nur Anteilnahme. Trost der Kaputtgemachten untereinander, auf dieser Erde, in diesem Land, das uns geformt und verunstaltet hat, beansprucht und weggeworfen an Willkür, Aas, Fressen für die Geier. So starrte er zur blanken Decke empor, der Qualmsäule nach, die er aus seinen Lungen entließ.

»Kitsch in Reinkultur, wie?« sagte Marisa Ferrer. Sie stand auf, ging zum Wandschrank, warf sich ein Negligé über.

Hector wollte wieder die Hände ausstrecken, sie zurückhalten, schaute ihr jedoch nur wie hypnotisiert nach, als sie hinausging.

»Wie fühlen Sie sich?« fragte sie beim Wiederkommen.

»Scheußlich.«

»Ich habe Ihnen die Wunde am Arm notdürftig verbunden. Sie sollten einen Arzt aufsuchen, damit er feststellt, ob sie genäht werden muß.«

»Und das runde Bett?« fing Hector von neuem an.

Er stieg in den Wagen, und während er den Motor warmlaufen ließ, schaltete er das Radio ein.

> »Gute Nacht, schlafloser Freund. Alles schlimmstens, habe ich recht?«

»Alles zum Kotzen«, antwortete Hector Belascoarán Shayne der Stimme Valdivias, des *Raben.*

> »Nimm's nicht so tragisch. Oder glaubst du etwa, ich quassle hier zu meinem Vergnügen? Ich muß nämlich, wie du auch, meine Brötchen verdienen.«

»So ist es«, antwortete der Detektiv und fuhr los. Er benutzte den Fensterrand als Stütze für den verletzten Arm; auch so konnte er noch das Lenkrad festhalten. Weh taten ihm jetzt vor allem die Magengrube und der Kupplungsfuß. Er wandte sich mit seinem VW nordwärts, abermals via Insurgentes, nahm im Vorüberflitzen beleuchtete Schaufenster wahr, die ewigen Lichter der Straßenbeleuchtung, die Laternen der letzten Liebespaare kurz vor dem Verlöschen.

Durch seine Phantasie geisterten warme Betten, Gläser mit Milch auf den Nachttischchen, das Wort ›Ende‹ hinter dem Spätfilm im Fernsehen.

»Übrigens war dieser Tag für mich ebenso mies wie für euch. Ich habe schon daran gedacht, mir eine Kugel in den Kopf zu jagen. Aber dann habe ich mich an mein nächtliches Rendezvous erinnert, mit den Gefährten aus dem Schatten, den letzten Lebewesen, den Verzweifelten, den Vereinsamten ... Tja, und da bin ich also wieder, Teilhaber und Lehrling der Nacht, solidarischer Solist.

Warum ich euch hier etwas vorjammere? Wegen der sogenannten Ausgewogenheit ...«

»Warum unterhältst du dich nicht mit einer einsamen Filmschauspielerin, die eben jetzt einschläft?« fragte Hector laut diesen Valdivia, dessen Stimme in dieser Neonnacht aus dem Radio quoll.

»Und bevor ich euch eine inhaltsschwangere, melancholische Zamba auflege, die unsere eigene Mühsal wiederkäut, hier eine wichtige Durchsage an den Hundebesitzer in der Calle Colima 175 oder 177: Er soll doch, bitte, seinen Köter vergiften, damit er fünf von unseren Freunden, die morgen ins Examen steigen, nicht dauernd beim Studieren stört. Vielleicht genügt auch ein Napf mit Fressen, damit er endlich zu jaulen aufhört.

Noch eine Nachricht, und zwar für unseren Freund, den Detektiv, der sich auch irgendwo in der Nähe herumtreiben muß, in den Klauen der verliebt-verderblichen Nacht. Irgendwelche Kerle haben ein paarmal angerufen, sie wollen dich umbringen. Kann sein, du kriegst solche Witzchen jeden zweiten Tag zu hören. Falls es dich interessiert, kannst du von mir ein Tonband mit den Stimmen bekommen. Sei gegrüßt, Freund!

Und jetzt, zur Erinnerung an das, was ich heute unterlassen habe, und eingedenk dessen, was unser einsamer Detektiv dringend nötig hat, eine argentinische Zamba: die *Zamba vom Überleben.*

Hier spricht Valdivia, der *Rabe,* mit seinem Programm, das keine Reklame nötig hat.«

Jeden Abend versagt mir die Stimme, begann die Zamba im Radio. Hector brachte den Wagen an der Kreuzung Insurgentes und Félix Cuevas zum Stehen und hörte sich das Lied an. Dann fuhr er wieder los. Eine Viertelstunde später erreichte er sein Büro.

»Was Neues, Herr Nachbar?«

Der unvermeidliche, der unverwüstliche Ingenieur Villarreal, genannt *El Gallo*, arbeitete an seinen vermaledeiten Skizzen.

»Hängt es Ihnen nicht zum Hals heraus, Herr Ingenieur?«

»Un-sag-bar«, sagte der, jede Silbe einzeln betonend.

»Irgendwelche Mitteilungen?«

»Fehlanzeige. Was führt Sie um diese Zeit hierher?«

»Ich muß etwas überprüfen, was seit dem ersten Tag in unserem ›Tresor‹ ruht.«

»Seit was für einem ›ersten Tag‹?«

»Seit dem Tag, an dem das alles losging«, antwortete Hector und entnahm dem ›Tresor‹ eine Colaflasche und die Mappe mit den Zeugenaussagen vom Tatort des Falles Alvarez Cerruli.

»Ich habe was für Sie«, sagte *El Gallo* und reichte Hector eine Handvoll Fotokopien.

»Was ist das?«

»Sie haben mich kürzlich gefragt, was eine Firma wie die *Delex* ins Wanken bringen könnte. Ich habe bei ein paar befreundeten Beamten herumgehorcht und bin auf das da gestoßen.«

›*Dunkle Geschäfte mit Edelmetallen*‹, lautete die Schlagzeile einer Zeitung von vor einem Jahr.

»Gut. Da hätten wir also die ganze Geschichte beisammen«, meinte Hector, nachdem er den Artikel gelesen hatte.

»War mir doch auch so …«

»Besten Dank, Herr Nachbar.«

»Herrgott, mir scheint, Sie spinnen!« explodierte *El Gallo*, hob zum erstenmal den Blick und sah Hector an.

»Nichts, was sich nicht mit einem Aspirin kurieren ließe …«

Hector vertiefte sich in die Mappe. Jetzt galt es nur noch, Fäden aneinanderzuknüpfen, Konten auszugleichen.

Sorgfältig las er die Aussagen der Sekretärinnen, der Streifenbeamten 180 und 66 sowie des Werkschutzmanns Rubio. Was hatte Camposanto gesagt, bevor es ihn erwischt hatte? »Ich wußte schon, was passieren würde, er hatte mich schon darum gebeten.«

Blieb nur noch, herauszufinden, in welcher seiner drei Unterkünfte der Comandante Paniagua das Foto der Frau des Toten hatte. Wo er die makabre Trophäe aufbewahrte. Und das war einfach.

»Ich gehe ein Weilchen schlafen, Herr Nachbar.«

»Diesmal nicht im Sessel?«

»Dieser Körper lechzt nach einem weichen Bett«, sagte Hector.

Er ließ den grinsenden Ingenieur bei seinen Plänen und seinen Oluta-Zigarren zurück. Die Beleuchtung im Hausflur war schon wieder mal defekt, und Hector orientierte sich am Lichtschein, der durch die Glasscheibe der Bürotür herausdrang. Er ließ das Feuerzeug aufflackern und starrte das Schild an:

BELASCOARÁN SHAYNE: Detektiv.
GÓMEZ LETRAS: Installateur.
›GALLO‹ VILLARREAL: Abwasserexperte.
CARLOS VARGAS: Möbelpolsterer.

Hector zündete sich an der Flamme eine Zigarette an. Jede Stadt hat den Detektiv, den sie verdient.

Die erste MP-Salve durchschlug das Glas und zersplitterte Hectors rechten Oberschenkelknochen. Die zweite ließ ihn spüren, wie sein Kopf in tausend wirbelnde, unwiederherstellbare Teilchen explodierte, und während er umfiel, tastete er in einem absurden Reflex nach der Pistole.

Dann lag er auf dem Boden, blutend, die Hand nahe dem Herzen.

Kapitel 11

Keine rohe Gewalt. Das ist ein Denkspiel. George Habash
(zitiert von Maggie Smith)

»Möglicherweise können Sie den Stock in ein paar Monaten wegwerfen. Ich glaube, wenn Sie sich nicht überanstrengen, werden Sie nach und nach das Bein in vollem Umfang wieder gebrauchen können. Da sollten Sie sich keine Sorgen machen. Was das linke Auge betrifft, so möchte ich von Illusionen abraten. Einige meiner Kollegen meinen, vielleicht könnte eine Operation in der Schweiz ... Aber offen gestanden, die Sehkraft ist völlig dahin, das Auge ist praktisch tot, Señor Shayne.«

»Belascoarán Shayne«, ertönte es heiser aus dem Sessel gegenüber.

»Verzeihung, Señor Belascoarán.«

»Könnten Sie mir eine schwarze Klappe verschaffen, Doktor? Es stört mich im Spiegel, dieses – tote Auge, wie Sie sagen.«

»Selbstverständlich. Ich lasse Ihnen eine besorgen.«

Hector hinkte hinaus, gestützt auf den schwarzen Stock mit dem runden Griff. Alles in allem hatte er sich sozusagen bemerkenswert gut herausgemacht. Schwarze Augenklappe links, Vollbart, fester Stock, in den sich mit entsprechender Raffinesse ein Stilett einbauen läßt, à la Graf von Monte Christo.

Er kehrte in das Zimmer zurück, wo er die vergangenen drei Wochen verbracht hatte, packte Bücher und Schlafanzug in den kleinen schottisch karierten Koffer, steckte die Pistole in den Halfter und befestigte diesen vorsichtig am eigenen Leib.

Dann zog er sie wieder heraus, kontrollierte das Magazin und den Sicherungsbügel. Schließlich griff er nach dem letzten Brief des Mädchens mit dem Pferdeschwanz und streckte sich auf dem Bett aus. Vom Nachtkästchen nahm er die letzte Zigarette, knüllte das leere Päckchen zusammen und warf es in den Abfalleimer. Vielmehr: daneben. Ich muß mich daran gewöhnen, die Entfernungen mit nur einem Auge zu taxieren, dachte er.

›Ich werde wohl eine Fiesta ohne Ende für Deine Nachbarn, den Installateur und den Polsterer, organisieren müssen. Deren seltsamen Briefen entnehme ich, daß Du Dich erholst, aber noch nicht schreiben kannst. Sie schicken mir wundervolle Berichte, die anfangen: »Sehr geehrte Señorita mit dem Pferdeschwanz, hier melden sich Gilberto und Carlos, die Nachbarn und treuen Freunde des Detektivs Hector …«

Von ihnen habe ich auch die Ausschnitte aus den mexikanischen Zeitungen bekommen. Jetzt hast Du's also geschafft, in den Skandalnachrichten erwähnt zu werden.

Wie geht es Dir?

Ich kehre zurück. Aber glaub bloß nicht, daß ich gedenke, auf Krankenschwester umzusatteln für diesen Traumtänzer, der unterwegs überall irgendwas fallen läßt. Ich kehre zurück, weil meine Suche beendet ist, weil am Ende des Weges auch nichts ist, höchstens eine Sternennacht auf der Terrasse eines Hotels in Athen, wo man den Süßholzraspeleien eines deutschen Diplomaten ausweichen muß und denjenigen eines amerikanischen Captain, unterwegs zu irgendeiner NATO-Basis.

Das und ein riesiges Glas eisgekühlten Crème de Menthe zwischen den Händen. Ein trauriges Los am Ende dieser Suchexpedition. Ich habe also um elf Uhr nachts ein Reisebüro aufgetrieben, das noch offen hatte, und mir die Fahrscheine nach Paris besorgt, von wo aus ich nach Mexiko fliege.

Ich gebe Dir eine Gnadenfrist von einer Woche nach Ankunft dieses Briefes, damit Du Dich an den Gedanken gewöhnst.

Nachfolgend eine Liste der westgotischen Könige von Spanien; laß Deinen detektivischen Spürsinn walten und unterstreich die Namen derer, die einen Mord auf dem Gewissen haben:

Alarico, Ataúlfo, Sigerico, Valia, Teodoredo, Turismundo, Teodorico, Eurico, Alarico II, Gasaleico, Amalarico, Teudis, Teudiselo, Agila, Atangildo, Liuva, Leovigildo, Recaredo, Liuva II, Viterico, Gundemaro, Sisebuto, Recaredo II, Shintila, Sisenando, Kintila, Tulgo, Kindasvito, Recesvinto, Vamba, Ervigio, Egica, Vitiza, Akila und Rodrigo.

Falls Du auch nur einen einzigen Namen *nicht* unterstrichen hast, bist Du durchgefallen, denn diese Mörderbande hat sich seinerzeit in dieser Hinsicht ganz besonders hervorgetan.

Ein Schmetterling hat sich auf dem Fensterbrett niedergelassen und ist eingeschlafen.

In Liebe ICH.‹

Am Rand des Briefes eine Mitteilung mit Bleistift: ›Abflug Paris mit Iberia 727, Mittwoch den 16.‹ – Hector grinste, knüllte den Brief zusammen und warf ihn in Richtung Papierkorb. Er landete auf dem Rand, zögerte, kippte dann nach innen. Im Vollgefühl dieses ersten Triumphs verließ Hector nicht nur das Zimmer, sondern auch das Krankenhaus.

»Sie werden noch überschnappen, Chef«, sagte Gilberto, der sich aufs umständlichste mit dem Kostenvoranschlag für die Reinigung eines Abflußrohrs abmühte.

»Was gibt es an einem dämlichen Abfluß so viel herumzurechnen?« mischte sich der Möbelpolsterer ein, in die Gelegenheitsangebote des *Universal* vertieft, seine faltbare Bibel.

Hector brachte das Material zu den drei Geschichten in einer Aktenmappe unter. Die Bilder ließ er hängen, damit etwas übrig blieb, falls die ganze Sache schlecht ausging. Dann steckte er auch die Dynamitpatronen ein.

»Die bewußte Höhle könnte auch in der Stadt Mexiko sein«, sagte er laut. »Nicht unbedingt in Morelos.«

Er griff nach dem Telefon. »Carlos … Hast du jemanden an der Hand, der sich in den entlegensten Stadtvierteln von Mexiko auskennt?«

Hector wunderte sich, daß der Priester keine Soutane trug. Es war ein jüngerer Mann mit dicken Brillengläsern. Grauer Rollkragenpullover mit durchgescheuerten Ellbogen. Widerspenstiges Haar.

»Höhlen? Ich kenne zwei Stellen, möglicherweise gibt es noch eine Menge mehr … Soll ich mich weiter erkundigen?«

Hector nickte. Der Priester ging hinaus. Die Sonne blinzelte durch die gesprungene Fensterscheibe des Pfarrhauses. An der Wand einige Plakate: ›*Christentum und Sozialismus – Ja.*‹ – ›*Das Wort des Herrn kann erwecken oder einschläfern. Wie soll es auf uns wirken?*‹

»Da habe ich noch eine Gegend in Erfahrung gebracht«, sagte der zurückkommende Priester. »Ich selbst kenne sie zwar nicht, aber …«

Hector zog seine *Delicados* mit Filter hervor, und der Geistliche griff zu. Eine Weile rauchten sie stumm.

»Ich danke Ihnen«, sagte Hector schließlich, stand auf und steckte den Zettel mit den näheren Angaben ein.

»Keine Ursache. Ich erinnere mich noch recht gut, Sie haben der Kirche damals bei dem Skandal um die neue Basilika einen großen Gefallen erwiesen …«

»Ich hatte keine Veranlassung, sie zurückzuhalten. Was hättest du an meiner Stelle getan?«

Hector hob die Schultern.

»Das Mädchen wollte eigentlich allein auf und davon, aber gleichzeitig fühlte sie sich kraftlos, zu nichts nütze. Da hat die Mutter zu ihr gesagt: Hier sind die Tickets, komm, fangen wir gemeinsam von vorn an … Es ist mir als das geringere Übel erschienen.«

»Das geringere Übel«, wiederholte Hector.

»Weißt du, was, Bruderherz? Du siehst eigentlich recht attraktiv aus.«

Hector lächelte. Er hob die Hand, bestellte einen Espresso. Aus den Wochen vor der Schießerei hatte er lediglich den Eindruck zurückbehalten, immer am Rande des Einschlafens dahingetaumelt zu sein, sowie diese neue Angewohnheit, starken Kaffee zu konsumieren.

»Wohin sind sie geflogen?«

»Nach Polen, glaube ich. Marisa Ferrer hat irgendein Gaststipendium für die Arbeit an polnischen Theatern erhalten, und Elena schwärmte von einem Studium der Gebrauchsgraphik.«

(›Beiliegend schicke ich Dir ein Stückchen Gips von meinem Arm mit meiner Unterschrift drauf.‹)

Hector zahlte und stand auf.

»Was hast du vor?«

»Ein paar Rechnungen begleichen.«

»Brauchst du Unterstützung?«

Hector schüttelte den Kopf und humpelte davon.

»Ungefähr drei Tage nach deiner Einlieferung ins Krankenhaus war der Streik zu Ende. Aufgebote an berittener Polizei und so weiter. Die Streikbrecher haben die Arbeit aufgenommen, aber unsere Leute haben sich geweigert, solange noch Repressalien zu befürchten waren, und so kam man zu einer Übereinkunft. Jetzt brodelt es im Inneren weiter. Auf und ab. Es hat ein paar Entlassungen gegeben.«

»Eine Niederlage also?« fragte Hector.

»Nein. Die Leute lernen beim Kampf. Es war kein Sieg, aber hierzulande kostet alles viel Mühe. Letztlich, wie soll ich das erklären, weder Sieg noch Niederlage«, sagte Carlos und reichte seinem Bruder eine Tasse duftenden Kaffees.

»Sondern von allem das Gegenteil«, ergänzte Hector.

»Übrigens, Elisa hat das ererbte Geld im Namen von uns dreien bei einer Bank deponiert. Was machen wir damit?«

»Ich gedenke es nicht anzurühren.«

»Wenn ich etwas davon für die Familien der Entlassenen abzweige, gibt's dann Streit?«

»Mit mir nicht. Hat man die Festgenommenen freigelassen?«

»Einen Tag nach dem Ende des Streiks.«

»Wenigstens etwas«, meinte Hector und verbrannte sich die Lippen an dem dampfenden Kaffee.

»Weißt du überhaupt, wer den Ingenieur ermordet hat?«

»Wer, wie und warum. Es ist keine Kunst, zwei und zwei zusammenzuzählen.«

Beim Aussteigen aus dem Bus achtete er darauf, erst den Stock, dann das Bein auf den Boden zu bekommen. Danach ging er auf das zweistöckige Haus zu. Vor einer Werkstatt spielten drei Männer Münzenwerfen.

»Ist es erlaubt?«

Sie musterten ihn von Kopf bis Fuß, grinsten einander zu.

»Warum nicht?«

Man ließ Hector als ersten werfen, und seine Münze blieb gut zwanzig Zentimeter vor dem Strich auf dem Asphalt liegen. Ein Peso verspielt.

Beim zweiten Wurf schlitterte die Münze über den Strich hinaus. Noch ein Peso verloren.

Beim drittenmal traf er genau die Linie, die Münze rutschte sogar noch zwei knappe Zentimeter daran entlang. Hector kassierte die Peso-Einsätze seiner Mitspieler, bedankte sich und betrat das Wohngebäude.

»Für einen Krüppel ist er ganz schön auf Draht«, meinte einer der Spieler.

Hector klingelte. Der Butler (dem Aussehen nach konnte es sich nur um einen Butler handeln) öffnete die Tür.

»Lord Kellog?« Entsetzlich. Wie die Cornflakes. Na, egal.

»Wen darf ich melden?«

»Hector Belascoarán Shayne, unabhängiger Detektiv.«

»Einen Moment.«

Hinter der nur angelehnten Tür vernahm man die müden Schritte des alten Diplomaten.

»Ja?« Seine Stimme klang präzis, akademisch, vielleicht auch ein wenig unpersönlich.

»Ich bitte Sie, mich zu begleiten. Ich habe vor, eine ungesetzliche Handlung zu begehen, und möchte, daß Sie und Ihr Butler dem Vorgang als Zeugen beiwohnen.«

»With pleasure. Germinal!«

Der Butler leistete dem Ruf unverzüglich Folge. Das war das Gute an den Engländern. Keine langen und breiten Erklärungen. Man stieg ein Stockwerk tiefer. Hector zog die Pistole und feuerte zweimal auf das Türschloß, daß ihm die Splitter um die Hand fegten. Das Schloß gab nach. Er stieß mit dem Stock die Tür auf und trat ein.

Hinter ihm der Engländer, gleichbleibend schleppenden Schrittes, lächelnd, kurzsichtig durch die Brillengläser spähend, gefolgt vom Butler. Hector öffnete die Schlafzimmertür. Ein Ehebett, Nachtkästchen, ein Regal ohne Bücher, aber mit alten Zeitschriften, ein Tisch mit einer Kassette darauf. Er zögerte einen Moment, öffnete dann die Kassette. Noch im silbernen Rahmen, lächelte ihm das Foto der Ex-Gattin von Alvarez Cerruli entgegen, zufrieden, irgendwie stolz auf den Triumph des Detektivs.

»Ich möchte, daß Sie über Ihre Beobachtungen ein kurzes Protokoll anfertigen und dieses unterzeichnen. Eine Kopie davon verbleibt bei Ihnen.«

»Darf ich Sie bitten, sich zu legitimieren?«

Hector zeigte die von der mexikanischen Privatakademie ausgestellte Detektivlizenz vor. Für zehn Pepsi-Kronenkorken und zwei Pesos würde man ihm vermutlich jederzeit eine neue ausstellen. Sogar mit neuem Foto, inklusive Augenklappe.

Der Brite brachte einen goldenen Füllfederhalter zum Vorschein und setzte sich an den Tisch. Innerhalb weniger Minuten hatte er mit raumgreifenden, regelmäßigen Schriftzügen ein Protokoll der von ihm bezeugten Vorgänge aufgesetzt, fügte das Datum hinzu, unterschrieb und reichte das Papier dem Butler zur Unterschrift.

»Ich danke Ihnen für Ihre Bereitwilligkeit.«

»Hoffentlich nützt es Ihnen, Señor ...«

»Belascoarán Shayne.«

»Shayne?«

»Mütterlicherseits irischer Herkunft.«

»Oh«, machte Lord Kellog.

»Ich bedauere zutiefst ...« begann Rodríguez Cuesta inmitten des anheimelnden Dämmerlichts in seinem Büro. Hector unterbrach ihn, indem er mit dem Stock aufstampfte.

»Hier ist das Material, welches beweist, daß der Comandante Federico Paniagua den Mord an Ingenieur Alvarez Cerruli begangen hat.«

Er breitete auf dem Schreibtisch die Abschriften der anfänglichen Zeugenaussagen aus, gefolgt von dem Zettel mit Camposantos Unterschrift und den blutigen Fingerabdrücken, sowie als letztes die säuberliche Erklärung des Engländers und seines Butlers.

»Ich verbitte mir Ihre Belästigungen, Señor, ich –«

»Sie widern mich schon lange an, Señor«, sagte Hector, stand auf und schmetterte ihm den Stock ans Kinn. Irgendein Knochen brach knirschend. Den Direktor warf es nach hinten, sein Kopf schlug gegen die Rückenlehne des schwarzen Lederfauteuils. Der Mann spuckte eine Portion Blut aus, zusammen mit einem Zahn.

»Sie können sagen, Sie seien über das Kabel der Lampe gestolpert«, meinte Hector und fegte mit der Spitze des Stocks das Gruppenbild des Direktoratsgremiums zu Boden.

Ein Happy-End paßte nun mal nicht nach Mexiko, und außerdem hatte Hector sich eine gewisse kindliche Liebe für Feuerwerk bewahrt. Solche und andere Erwägungen zwangen ihm eine besondere Art von Schlußpunkt auf; auch die Vorstellung, all dies unter dem Zeichen des Scheiterhaufens enden zu lassen. Mochte alsdann der Stamm der Belascoaráns, vertreten durch ein einzelnes männliches Mitglied, ums Feuer tanzen. Es war die einzig wahre Manier, die Rechnung für ein Auge und ein hinkendes Bein zu präsentieren; das einzig wahre Ende für so viel Unrat.

Er wartete geduldig, bis die letzten Bowler das *Bol Florida* verlassen hatten, sich ereifernd über verpaßte *Strikes* und *Spares*, hätte doch der verdammte *Pin* nicht so abseits gestanden, oder auch darüber, wie dank des Effets der Kugel die beiden weit auseinanderstehenden doch noch gleichzeitig zu Fall gebracht worden waren, *caramba*.

Er ließ den geparkten Rambler-Lieferwagen mit dem verbeulten Nummernschild nicht aus den Augen und erahnte im Hinterzimmer des Bowlings die Herren *Fettklößchen*, *Grünjacke* und Esteban *Armzange*, wie sie jammerten, weil das Superding ihnen so knapp durch die Lappen gegangen war, all das, was sie sich so gern unter den Nagel gerissen hätten: Kies und Weiber und Schlitten und Luxusschuppen und Fressen und USA und Shit und Rock-Orgien.

Als die Nacht ganz und gar die Szenerie beherrschte, stieg er aus. Einsame Zigarettenglut auf leerer Straße. Geradezu liebevoll brachte er die Dynamitpatrone unter dem Lieferwagen an, entzündete die Lunte am aufglimmenden Zigarettenende. Schlenderte ganz langsam zurück, im Bewußtsein des Risikos, Spiel mit dem Feuer.

Er setzte sich in den VW und ließ den Motor an.

Die Flamme erhellte den ganzen Häuserblock, den Lieferwagen hob es in die Luft, und seine Trümmer flogen sogar noch durch die neuerdings und bis eben jetzt wieder heilen Glasscheiben des Bowling-Eingangs.

Während er davonfuhr, bedauerte er, daß das Werk der Zerstörung sich auch auf einen grünen Renault in unmittelbarer Nähe erstreckt hatte, und wünschte, er möge dem Dickwanst oder einem von seinen Kumpanen gehören.

»Krieg ist Krieg«, sagte er vor sich hin und grinste breit.

Von der nächsten Telefonzelle aus rief er die Funkstreifenzentrale an.

»Irgendwelche Chaoten haben vor dem *Bol Florida* einen gestohlenen Lieferwagen in die Luft gejagt, im Lokal selbst ist eine gefährliche Mafia von Autodieben versammelt, machen Sie schnell!« Und er legte auf.

Allmählich fand er richtig Spaß an diesem Rabatz und auch an der Melodramatik, mit der er die Situation am Telefon zusätzlich gewürzt hatte.

Die Adresse im Vorort Pedregal, die Marisa Ferrer ihm in jener Nacht, als er hätte dran glauben sollen, verraten hatte, gehörte zu einem traurigen Feudalschloß aus kaltem Stein inmitten einsamer Straßen. Ein großes grünes Gitter beherrschte den Eingang, dahinter Bäume und eine dürre Grünfläche. Man muß das wie ein Kommandounternehmen aufziehen, dachte Hector amüsiert. Er zündete sich die unvermeidliche Zigarette an, steckte die beiden übrigen Dynamitpatronen unter den Gürtel, entsicherte die Pistole und ließ die Jacke geöffnet, um leichter an den Abzug heranzukommen.

»Auf, auf!« rief er, sich selbst anfeuernd.

Die erste Ladung sprengte das Gitter, das sich in der Luft verbog, als wäre es aus Draht.

Hector lief hinkend zwischen den Bäumen dahin. Ein Schatten mit gezücktem Revolver tauchte am Eingang des Hauses auf, und der Detektiv schoß, ohne zu überlegen, auf die Beine. Mündungsfeuer zuckte ganz nah auf. Den Mann hatte es umgerissen, er hielt sich jammernd das Bein, und Hector kickte im Vorübergehen den Revolver weg.

Das war ein ganz neues Spiel mit ganz neuen Regeln. Auf zum nächsten Stützpunkt, dachte er und feuerte beim Eintreten zweimal in die Luft.

Er stieß mit einer Stehlampe zusammen und fiel hin. Vom Boden aus sah er zwei nackte Frauen vorbeirennen und sich in einer Toilette einschließen.

Er rappelte sich hoch und donnerte gegen die Klotür.

»He, aufmachen, ich muß mal!«

Die Antwort wartete er nicht ab. Er schleppte sich weiter bis zu dem Zimmer, wo die beiden Frauen hergekommen waren. Ein Mann zog sich, Rücken zur Tür, die Hose an.

»Mit Verlaub«, sagte Hector.

Der andere ließ sich einfach hinplumpsen.

Da war es, das runde Bett, das ihm auch noch im Krankenhaus den Schlaf geraubt hatte. Dann war dies also der Raum, wo die Fotos entstanden waren! Ein großer Spiegel, der fast die gesamte Wand des Zimmers bedeckte, warf Hectors Bild zurück.

Er gab drei Schüsse dagegen ab, bis nichts außer Trümmern von der Glitzerfläche übrig blieb. Dahinter erblickte man jetzt ein regelrechtes Foto-Atelier, komplett mit sämtlichen Apparaturen, einschließlich einer 16 mm-Filmkamera, auf ein Stativ montiert. Burgos, in Hemdsärmeln, starrte den Detektiv verblüfft an.

Der Mann auf dem Boden verfolgte die Ereignisse mit weit aufgerissenen Augen.

»Und jetzt los, marsch-marsch, denn in zwanzig Sekunden fliegt das alles in die Luft«, sagte Hector, packte die Dynamitpatrone und schleuderte sie mitten ins Atelier.

Der Fotograf und der halbnackte Mann sausten an ihm vorbei in Richtung Garten.

Als Hector an dem Verwundeten vorbeikam, kickte er dessen Revolver noch ein Stück weiter zur Seite. Hinter ihm brach die Hölle los. Züngelnde Flammen griffen auf die dem Haus zunächststehenden Bäume über. Die beiden Frauen kamen, noch immer splitternackt, ins Freie herausgelaufen.

Viel Vergnügen, dachte der Detektiv und setzte seinen Rückzug zum Wagen fort, der mit laufendem Motor wartete.

»Geschafft«, sagte er, als er die Tür hinter sich zuzog.

Im *Donidonas* an der Avenida Insurgentes trank er einen verwässerten, aber wenigstens heißen Kaffee, serviert von einem schwermütigen, pickeligen Kellner, der ihm verschrumpelte Krapfen anbot, als wollte er sich für den miserablen Service entschuldigen, dann jedoch erfreut eine Zigarette akzeptierte und über den letzten Boxkampf zu plaudern anfing.

Hector mußte sich eingestehen, daß er dieses Spielchen keine weiteren zwei Male in dieser Nacht spielen würde, und wenn man ihm eine Million Pesos dafür anbot. Sein Herz hämmerte noch immer, und auch die Angst hockte noch immer hinter den Rippen, um so mehr, als er sie verdrängt hatte, bevor es losgegangen war.

Was hatte er, alles in allem, erreicht? Daß der Dickwanst und seine Kumpane die Getränkekästen auf dem Buckel schleppen und mit der Metro fahren mußten, bis das Schicksal ihnen wieder mal unter die Arme griff. Daß Burgos sich vorübergehend der Produktion von Künstlerfotos enthielt. Durch Hectors Kopf huschten rosige Hinterbacken, vier an der Zahl, auf der Flucht vor dem Unheil. Wer mochte der Mann gewesen sein, dem es nicht ganz gelungen war, in seine Hose zu schlüpfen?

Der Kellner brachte noch zwei Krapfen, um die Heiterkeitsausbrüche des Detektivs zu feiern.

Dann fuhr Hector zum Gebäudekomplex von *Radio Mil.*

Valdivia, *der Rabe*, erzählte hinter der großen Glasscheibe gerade die Geschichte vom Untergang des Heiligen Römischen Reiches in einer äußerst privaten Version. Er zwinkerte Hector zu und forderte ihn mit einer Handbewegung zum Warten auf.

Vor den Armaturen der Tontechniker in einem Sessel zurückgelehnt, entwarf Hector die allerletzten Details seines Plans.

Er betrat die Polizeidienststelle mit einem billigen Radio unter dem Arm. Der Stock machte ihm den Weg frei. Er hinkte jetzt ein bißchen mehr, das Bein litt unter den Nachwehen des Dynamitballetts der vergangenen Nacht.

»Der Comandante Paniagua?«

Ein Uniformierter deutete auf die Tür eines Büros.

Hector trat ohne Anklopfen ein. Um einen runden Tisch herum saßen sieben oder acht Polizeibeamte in Zivil bei Kaffee und Gebäck.

»Mit Verlaub«, sagte der Detektiv und schaltete das Radio ein. Suchte den Sender. Drehte den Apparat auf volle Lautstärke.

»Was soll das?« fragte ein Mann, in dem Hector den Fahrer Paniaguas wiedererkannte.

»Der Comandante Paniagua?«

»Auf der Toilette. Wer sind Sie?«

»Ein Bekannter. Sagen Sie ihm, er soll sich beeilen, denn gleich kommt etwas über ihn im Radio.«

Als er den Raum verlassen wollte, kam Paniagua gerade herein. Einen Moment lang starrten sie einander an. Hector spürte, wie ihm die Angst das Rückgrat heraufkroch.

»Eine Frage, Comandante. War's eigentlich bequem, zusammengekauert auf dem Rücksitz von Camposantos Wagen, als der Sie unbemerkt bei der *Delex* eingeschmuggelt hat?«

Er lächelte, drehte sich um und ging davon.

Genau jetzt hätte der andere den Revolver ziehen und schießen können. Hector spürte auf seinem Rücken förmlich die genaue Stelle, wo das Geschoß eindringen mußte. Hinter ihm ertönte aus dem voll aufgedrehten Radio die gelassene, trockene, durchdringende Stimme des *Raben* Valdivia:

»Es ist eine ganz alltägliche Geschichte. Die Geschichte von einem Comandante der Sicherheitspolizei des Bundesstaates México, mit Namen Federico Paniagua, der drei Menschen getötet hat, um weiterhin ein Wirtschaftsunternehmen erpressen zu können ...«

Er hinterlegte das Päckchen auf dem Schreibtisch des Chefredakteurs der Zeitschrift *Caballero* und sagte, zum Gehen gewandt: »Mal sehen, ob Sie wagen werden, das zu veröffentlichen. Wenn nicht, verkaufen Sie's nach England oder Frankreich, oder wischen Sie sich damit den Arsch ab ...«

Aber schließlich und endlich, wenn er straffrei ausging, war das im Grunde nicht dasselbe wie bei den anderen? Hatte er nicht Dynamitpatronen werfen, Leibwächter niederschießen, Lieferwagen in die Luft jagen können, ohne daß ihm etwas passierte?

Fast war er geneigt, die ständige Redensart des Möbelpolsterers zu akzeptieren, die da lautete: »In diesem Land geschieht überhaupt nichts, und falls doch, dann auch nicht.«

Hector wußte nur allzu gut, daß Paniagua zwar, vielleicht unter dem Trommelfeuer eines trefflichen Presseskandals, ins Gefängnis wandern mußte, nach zwei Jahren jedoch, sobald das Gewitter sich verzogen hatte, wieder freikommen würde. Und auch Burgos würde seine Tätigkeit wieder aufnehmen, denn es gab immer Politiker, die nach dem Fleisch von Schauspielerinnen gierten, und immer Schauspielerinnen, die übers Leintuch auf die Leinwand zu gelangen trachteten. Und die Affäre mit den Fotos würde man vermutlich intern auf dem Finanzwege regeln; daß der Vermittler sich dabei bereicherte, dazu jedenfalls hatte Hector mit Sicherheit beigetragen. Rodríguez Cuesta würde nach gelungener Kieferoperation mit seinen dunklen Geschäften fortfahren. Und andere Schwule würden ihre Veranlagung hinter der Maske von Technokraten verbergen, und die blöden Toten blieben ein für allemal eben dies: blöde Tote in einsamen Gräbern. Der Streik war beendet, und Zapatas Leichnam verweste in Chinameca.

Die Höhle hatte elektrisches Licht. Ein niedriges grünes Holzgitter, mit Steinen abgestützt, diente als Eingangspforte. Als zweite Tür diente ein fadenscheiniger roter Vorhang. Dazwischen hing ein leerer Vogelkäfig am Felsgestein.

»Darf man?«

»Herein«, sagte eine brüchige Stimme.

»Guten Abend.«

»Gleichfalls, gleichfalls«, erwiderte der auf einer Pritsche ausgestreckte Greis. Über die Schultern hatte er eine grüne ausrangierte Militärdecke gebreitet, die Schuhe wachten gemeinsam neben dem Strohsack.

»Ich bin auf der Suche nach einem Mann«, sagte der Detektiv und versuchte, mit dem gesunden Auge das Halbdunkel zu durchdringen.

»Kann sein, Sie haben ihn gefunden.«

»Ihre Nachbarn sagen, Sie heißen Sebastián Armenta.«

»Das stimmt.«

Die Augen des Greises sahen ihn durchbohrend an. Waren das die leuchtenden, unzerstörbaren Augen Zapatas? Dieselben Augen, um sechzig Jahre reicher und viele Hoffnungen ärmer?

»Der Mann, den ich suche, ging im Jahre 19 aus Morelos weg, weil man ihn nicht mehr so recht mochte.«

»Da ist etwas Wahres dran … Die Regierung hat ihn nicht mehr so recht gemocht.«

»Dann war er 1926 in Tampico, zusammen mit einem jungen Mann aus Nicaragua namens Sandino.«

»General von freien Männern, der General Sandino«, bestätigte der Alte.

»Für ihn hat er noch im selben Jahr Waffen geschmuggelt, an Bord einer Barkasse namens *Tropical*.«

»Es gab noch zwei, die hießen *Superior* und *FOAM*. Anständige Kähne, waren gut zu gebrauchen …«

»Damals nannte er sich Zenón Enríquez und war Capitán im Befreiungsheer.«

»Capitán Enríquez; er hatte den Spitznamen ›der Schweigsame‹ … Stimmt.«

»1934 ließ er sich in Costa Rica einen Paß auf den Namen Isaías Valdez ausstellen, um nach Mexiko zurückzukehren.«

»Isaías Valdez«, wiederholte der Alte wie zur Bestätigung.

»Mitte des Jahres 1944 hat er angefangen, auf dem Markt

Dos de Abril zu arbeiten. Da hieß er Eulalio Zaldívar. Eng befreundet mit Rubén Jaramillo.«

»Ein echter Gefährte, der letzte der unseren.«

»Verließ den Markt 1947, kam 1962 zurück, ging 1966 abermals, und zwar nach Olivar de los Padres, wo er unter dem alten Namen Isaías Valdez Riemen hergestellt hat.«

»Von 1947 bis 1962 war er in Morelos.«

»Seit 1970 haust ein Mann, der so heißt wie Sie, nämlich Sebastián Armenta, hier in dieser Gegend, in so einer Höhle, und lebt davon, daß er vor den Kinoeingängen der Avenida Revolución Süßigkeiten verkauft. Kokosplätzchen, Sesamplätzchen, Fruchtbonbons.«

»Richtig.«

»Kennen Sie diesen Mann?«

Der Greis reagierte zunächst nicht. Hector hielt ihm eine *Delicado* mit Filter hin. Der Alte nahm die Zigarette, biß den Filter ab und steckte sich den Rest in den Mundwinkel, wartete, daß man ihm Feuer gab, nahm einen tiefen Zug. Dann entließ er eine Qualmwolke zur Decke der Höhle.

»Sie sind auf der Suche nach Emiliano Zapata«, sagte er schließlich.

»Ja.«

Einen Moment lang rauchte der Alte weiter, als hätte er die Antwort nicht gehört, den Blick nach draußen gerichtet, jenseits des roten Vorhangs, in die dichte Nacht hinter Hectors Rücken.

»Nein. Emiliano Zapata ist tot.«

»Wirklich, General?«

»Er ist tot; ich weiß, was ich sage. Gestorben in Chinameca im Jahr 1919, ermordet von Verrätern. Die gleichen Karabiner würden auch heute wieder lauern ... Die gleichen Leute gäben den Befehl. Das Volk hat damals geweint. Warum wollen Sie, daß es zweimal weint?«

Hector erhob sich.

»Tut mir leid, daß ich Sie zu so ungewohnter Stunde gestört habe.«

Er streckte die Hand aus, und der Greis ergriff sie geradezu zeremoniös.

»Wer im guten Glauben handelt, stört nicht.«

Hector schob den Vorhang beiseite.

Draußen schwarze Nacht. Ohne Sterne.